कैलाश पाण्डे

नैनीताल का रहस्य

कैलाश पाण्डे

This is a work of fiction. Name, characters, organisations, places, events and incidents are either product of the author's imagination or are used fictitiously. Any resemblance to actual persons, living or dead, or actual events is purely coincidental.

कैलाश पाण्डे

नैनीताल का रहस्य

कैलाश पाण्डे

आभार और पाठकों के लिए संदेश

हैलो सभी को,
आप इस बात के लिए शुभकामना के पात्र है कि आपने पढ़ने के लिए एक किताब को चुना है, आपने तमाम दिलचस्प चीजों जैसे इंस्टाग्राम, यूट्यूब, फेस्बूक और हमारे प्यारे फोन को छोड़कर एक किताब को पढ़ने का फैसला किया है। और इससे भी बढ़कर, आपने मेरी किताब को चुना है – इसके लिए बहुत-बहुत शुक्रिया। लेकिन यह कभी भी केवल मेरी किताब नहीं होती, इस पर बहुत सारे लोगों का हक रहता है- वह लोग, जिन्होंने इसको लिखने के दौरान मेरी हर तरह से मदद की है। किताब कि पांडुलिपि पढ़कर बेशकीमती प्रतिक्रियाएं देने वाले मेरे शुरुआती पाठक (अल्फाबेटिकल क्रम में): अखिल कुमार गौतम, दीपा शर्मा, मीना पाण्डे और भारती पाण्डे जिन्होंने इस किताब का कवर पेज बनाया। आप सभी कि सहायता और सुझावों के लिया शुक्रिया।

Amazon Kindle और Notion Press को शुक्रिया, मेरी किताब को अपने प्लेटफॉर्म पर जगह देने के लिए। मेरे सोशियल मीडिया के फॉलोअर्स, वह जो मुझे प्यार करते हैं और वह भी, जो नहीं करतें- सभी किसी न किसी रूप में अपना योगदान देते ही हैं। मेरा परिवार, मेरे जीवन को सहारा देने वाला आधार-स्तंभ है। माँ सरस्वती देवी, पिता भुवन चंद्र पाण्डे, पत्नी दीपा शर्मा और मेरी छोटी बहन मीना पाण्डे।
ये कहानी है तीनो दोस्तों की, जो जिंदगी से कुछ न कुछ पाना चाहतें है, और नैनीताल की अनंत गहराइयों में छिपे बरसों पुराने रहस्य को ढूंढने की कोशिश करते हैं। क्या है वो रहस्य, जिसके लिए तीनों दोस्त अपनी जान की भी परवा नहीं करते, ये sab जानने के लिए चलिए मेरे साथ इस रोमांच से भरी नई दुनिया में।
आपका स्वागत है ***नैनीताल के रहस्य*** में

कैलाश पाण्डे

मेरी दादी अम्मा को समर्पित........

अध्याय 1

रात के 10 बजे, गोपाल, ललित और जयंत तीनो दोस्त कांफ्रेंस कॉल पर बात कर रहे थे।

"हैलो.....हाँ भाई...." - ललित सिर खुजलाते हुए बोला।

"कल सुबह मिलते हैं 3:45 पर और हाँ, कोई देर नहीं करेगा" -गोपाल बोला।

"हाँ, कोई देरी से नहीं आएगा" - ललित ने गोपाल की हाँ में हामी भरते हुए कहा।

"बोल भी कौन रहा है, जो हर बार देर करता है, तेरे नाम पर तो देर से आने का वर्ल्ड रिकॉर्ड होना चाहिए" - जयंत ने ललित की टांग खींचते हुए कहा।

गोपाल, जयंत की बात सुनकर हँसने लगा।

अबे चल ना, कल देखिओ मुझे सबसे पहले मैं ही उठूँगा" - ललित पूरे विश्वास के साथ बोला।

"चल ठीक है कल देखते हैं......गुड नाईट......" - जयंत ने उबासी लेते हुए कहा।

"गुड नाईट.....

"गुड नाईट.....

अबे फोन तो काटो, अब क्या आई लव यू बोलूं मै तुन दोनों को? - ललित ने मजाकिया अंदाज में कहा।

"जिसे बोलना है उसे तो बोल नहीं पा रहा है और हमें बोलने चला है, सुन रहा है ना तू इसे गोपाल" - जयंत ने ललित की दुखती रग पर हाथ रखते हुए कहा।

"हा हा हा गोपाल और जयंत दोनों ठहाके लगा कर हंसने लगे, ललित ने अपनी मनपसंदीदा गाली देते हुए गुस्से से फोन काट दिया।

"अबे ये क्या बोल दिया तुने....." - गोपाल ने हँसते हुए कहा।

"बहुत उछल रहा था साला, कल देखते है इसको" - जयंत बोला।

"चल, गुड नाईट...... गुड नाईट भाई..... बोलकर दोनों ने फोन काट दिया।

गोपाल, जयंत और ललित तीनों स्कूल टाइम से दोस्त थे, गोपाल इतिहास की पढ़ाई कर रहा था उसको सरकार द्वारा हर महीने वजीफा मिलता था और शाम को वह बच्चों को ट्यूशन भी पढ़ाता था जिससे वो, अपना और अपनी माँ का खर्चा चलाता था। गोपाल की इतिहास में खास रूचि थी, उसके पास हर पुरानी वस्तु की जानकारी होती थी। गोपाल का रंग गेंहुआ था, सिर पर लंबे-लंबे बाल, आँखों पर एक मोटा चश्मा जो उसके पढ़ाकू होने का सबूत देता था।

वहीं दूसरी तरफ जयंत विज्ञान का विद्यार्थी था। उसके पिता फौज में अफसर थे, उन्होंने देश की रक्षा के लिया कश्मीर में दो आतंकवादियों को मारते हुए अपने प्राणों का बलिदान दे दिया, तब जयंत आठ साल का था और अपने माता-पिता के साथ जम्मू और कश्मीर में ही रहता था

उनके जाने के बाद वह अपने दादा, दादी और माँ के साथ दिल्ली आ गया। बी०एससी० करने के बाद वो अपने दादा जी के कपड़ों के शोरूमो को संभालने और व्यापार को आगे बढ़ाने में लग

गया। उसके दादा जी ने तीन बड़े शोरूम अपनी मेहनत से खड़े किये थे जयंत उन तीनों शोरूमो को अकेले ही संभालता था।

जयंत एक सामान्य कद-काठी का लड़का था और उसको घड़ियों का बहुत शौक था, ये शौक जयंत को उसके दादाजी से विरासत में मिला था। उसके पास उसके दादा की घड़ियों का एक बेहतरीन कलेक्शन था। जयंत ने अपना एक लक्ष्य बनाया था कि वह पूरी दुनिया घूमें और हर अनोखी और दिलचस्भ घड़ी उसके पास हो। उसके पास दौलत थी लेकिन सुकून और चैन नहीं था।

तीसरा था ललित। ये फिल्मों का बहुत शौक़ीन था, वह हमेशा फिल्मों से प्रभावित रहता था। उसके पिता एक ताले बनाने वाली प्राइवेट कंपनी में नौकरी करते थे और उसकी माँ गृहणी थी। उसके दो छोटे भाई बहन थे। ललित का अपना कोचिंग सेंटर था, जहाँ वो 8वीं से 12वीं तक के बच्चों को गणित का टूशन देता था। ललित की ऊँचाई 5 फुट 5 इंच थी वह गोपाल और जयंत दोनो से ऊँचाई में थोड़ा छोटा था पर यह बात वह कभी मानने को तैयार नहीं होता था। उसका वजन भी उन दोनों से ज्यादा था और पैसों के मामले में ललित का हाथ थोड़ा तंग था। उसके एक नहीं अनेक सपने थे ; एक बड़ा सा घर, गाड़ी, फिर शादी। 35 की उम्र तक काम फिर पूरी दुनिया घूमना और कम से कम समय में ज्यादा से ज्यादा पैसे कमाना ....वगैरह-वगैरह।

अगले दिन, सुबह के 3:30 बजे, गोपाल के फोन की घंटी बजे जा रही थी ललित उसे लगातार फोन कर रहा था पर गोपाल गहरी नींद में था उसने उसका फोन नहीं उठाया, ललित ने फिर जयंत को फोन किया। जयंत ने भी चौथी घंटी में उसका फोन उठाया।

"हैलो जयंत, साले तैयार हो गया तू" - ललित ने बड़े उत्साह से पूछा।

"हाँ भाई बस जूते पहन रहा हूँ। उठ गया तू, क्या बात है" - जयंत ने अपने जूते का फीता कसते हुए कहा।

"हाँ यार ठीक 3:45 पर मिलना था, तो मैं उठ गया" - ललित ने फोन स्पीकर पर लगाया और अपने बालों मे कंघी करने लगा। "तू आज वक़्त पर कैसे उठ गया?" - जयंत ने हैरानी के साथ पूछा।

"अबे जुबान वाला आदमी हूँ, जो एक बार कमिट्मन्ट कर दी तो कर दी समझा" - ललित डायलॉग मारते हुए बोला।

"हा ...हा ...हा" - जयंत जोर से हंसने लगा, "अबे चल चल पता है मुझे तेरे कमिट्मन्ट।"

"अबे मैं तो उठ गया लेकिन गोपाल को मैंने सुबह से 10 बार फोन कर दिया वो उठा ही नहीं रहा है कल तो मुझे बड़ा लेक्चर दे रहा था आज खुद ही नहीं उठा अभी तक" - ललित ने बस एक बार फोन किया था पर वह बड़ा चढ़ा कर बोलने लगा।

"क्या....! रुक, मैं फोन करता हूँ उसे, जयंत ने चोंकते हुए फोन काटा और फिर गोपाल को फोन लगाया, फोन की घंटी जा रही थी लेकिन गोपाल फोन नहीं उठा रहा था, जयंत ने दुबारा कॉल लगाया इस बार आखिरकार आखरी घंटी पर गोपाल ने फोन उठाया।

"है.....लो....."गोपाल नींद में फोन उठाते हुए बोला।

"साले....तू अभी तक सो रहा है, मैं कब से तैयार बैठा हूँ तुने ही 3:45 पर मिलने को कहा था और ज़िंदगी में पहली बार ललित भी टाइम से उठ गया है। अभी 3:35 हो रहे हैं हम तेरे घर 3:45 तक पहुँच जाएँगे तू तैयार मिलियो" – जयंत तमतमाते हुए बोला।

ललित वाली बात सुनते ही गोपाल की आँखें पूरी खुल गई........"क्या बात कर रहा है.... ये तो चमत्कार हो गया, ललित आज

समय पर कैसे उठ गया" गोपाल चोंकतें हुए अपने बिस्तर पर बैठ गया।

"अबे हाँ भाई....जल्दी कर तू" - जयंत हँसते हुए बोला।

"भाई चार बजे तक आइयो, अभी तो मैं उठा ही हूँ, कल रात कुछ काम कर रहा था इसलिए देर से सोया, अभी हल्का भी नहीं हुआ हूँ यार" - गोपाल ने उबासी लेते हुए कहा।

"चल ठीक है, चार बजे मैं कार लेकर तेरे घर पर आ जाऊँगा, अगर तू नहीं आया तो तुझे यहीं पर छोड़कर हम चलें जाएँगे" - जयंत ने चेतावनी देते हुए कहा और फोन रख दिया।

जयंत अपनी बात और वक़्त दोनों का पक्का था गोपाल को ये बात पता थी, अगर वो चार बजे तक तैयार नहीं हुआ तो जयंत उसे छोड़, कार लेकर निकल जायेगा।

गोपाल झट से अपने बिस्तर से उठा और लकड़ी की मेज पर रखी एक लीटर की ताँबे की बोतल उठाई और सारा पानी एक साँस में पी गया।

वह रोज सोने से पहले उस तांबे की बोतल में पानी भरके रखता था। उसके बाद वो अपने 4 बैगों की तरफ देखने लगा जिनको पैक करने में उसे रात के 2 बज गए थे। वह जल्दी से अपने कमरे से बाहर आया और ब्रश करने लगा, वह सारा काम भाग-भाग कर रहा था, और बीच-बीच मे घड़ी पर भी नजर डाल रहा था। उसकी माँ उठ गई थी, वो किचन में उसके लिए नाशते तैयार करने लगी।

3:50 पर जयंत, ललित के घर पर कार लेकेर पहुँच गया, उसने ललित को फोन किया, फोन की पहली घंटी पर ही ललित ने अपने घर के दरवाजे खोले। ऐसा लग रहा था मानो वो दरवाजे के पीछे बैठा बस फोन का इन्तजार कर रहा हो।

ललित अपने नीले और लाल रंग के दो बैग लेकेर अपने घर से निकला उसके हाथ में मोबाईल था, जिस पर वो विडिओ शूट करने लगा।

"स्वागत है आपका दोस्तों मेरे यूट्यूब चैनल पर, मेरा नाम ललित चौहान है, मैंने अपना नया व्लॉग चैनल बनाया है। आइये हम अपना सफर शुरू करते है और हाँ वो लाल रंग के सब्सक्राइब बटन को दबाना और घंटी को बजाना न भूलना, हमारा सफर शुरू हो गया है, मैं आपको हर पल अपडेट करता रहूँगा और हाँ मेरे चैनल को सबस्क्राइब करना मत भूलना" - ललित ने दोहराया।

"चल यार लेट हो जाएँगे जल्दी कर" - जयंत ने कार स्टार्ट करते हुए कहा।

"बस भाई हो गया", भूरे रंग की कार्गो और काले रंग कि टी-शर्ट पहने, ललित कार में अपना सामान रखने लगा। ललित ने कार का दरवाजा खोला, अपना नीले रंग का बैग बैक सीट पर फेका, 'चल मेरी धन्नो', उसने दरवाजा बंद करते हुए कहा।

"ये क्या नई चोचले बाजी कर रहा है? - जयंत ने ललित को व्लॉगिंग करते हुए पहली बार देखा।

"भाई, ये आजकल पैसे कमाने का नया तरीका है, विडिओ बनाओ, पैसा कमाओ, अगर मेरी कोई भी वीडियो वायरल हो गई तो समझ अपनी निकल पड़ी", ललित बोलते-बोलते हँसने लगा। जयंत भी उसके साथ हँसने लगा और दोनों गोपाल के घर की तरफ निकल पड़े।

ठीक चार बजे, जयंत ने गोपाल के घर के आगे कार लगा दी।

गोपाल को फोन कर जयंत ने ललित से कहा।

ललित ने फोन लगाया, "अबे आजा यार अब तो 4 बज गए हैं।

"आ गया भाई बस...आ गया" - गोपाल ने इतना बोलकर फोन काट दिया।

गोपाल फिर से इधर-उधर देखने लगा कहीं कोई सामान तो नहीं छूट गया। उसने एक बड़ा काला बैग अपने कंधों पर टांगा, एक भूरे रंग का हैंड बैग जिसमें अलग-अलग तरह के नक्शे के रोल, कुछ पुरानी डायरियां और पुराने कागज रखे हुए थे। उसमे एक पुरानी काली-सी डायरी थी जिसकी हालत बहुत ही नाजुक थी। उसके चारों तरफ भूरे रंग कि टेप लगी हुई थी, फिर उसने तीसरा बैग लिया और अब भी एक और बैग बचा हुआ था।

वो जैसे ही अपने कमरे से निकला, उसने देखा बाहर टेबल पर दो पराँठे रखे हुए थे। गोपाल की माँ चाय बना कर रसोई से बाहर ला रही थी, उन्होंने हरे रंग की साड़ी पहनी थी, उनकी आँखे नम थी और कभी भी आँसू निकल सकतेa थे।

"ये लो बेटा, चाय पियो और नाश्ता करो" – उसकी माँ ने उसे ओर पराँठे देते हुए कहा।

ललित ने अपने हाथ पर बंधी डुप्लीकेट एप्पल वॉच पर टाइम देखा।

"यार ये देर करवाएगा, रुक मैं जाता हूँ" - ललित बोला और कार से उतर कर गोपाल के घर की तरफ बढ़ने लगा। दरवाजे पर पहुँचा कर 'गोपाल....' बोलकर दरवाजा खट-खटाने लगा।

"यार ये ललित का बच्चा खाने भी नहीं देगा मुझे" - गोपाल ने परांठा हाथ में उठाते हुए कहा।

"तू खा बेटा, मैं दरवाजा खोलती हूँ" – गोपाल कि माँ इतना कहकर दरवाजा खोलने के लिए चली गई।

"आओ बेटा....अंदर आओ" – उन्होंने ललित से कहा।

"नमस्ते आंटी जी", ललित ने नम्रता से कहा और पैर छुए।

"कहाँ है भाई, चलना नहीं है क्या" - इतना कहकर वो सीधा गोपाल के पास चला गया।

"जल्दी खा भाई, कल तो तू मुझे बड़ा लेक्चर दे रहा था और आज खुद ही देर करवा रहा है" - ललित पराठे का एक टुकड़ा उठाते हुए बोला। और फिर वीडियो बनाने लगा, "देखिये दोस्तों ऐसे लोगों की वजह से ही हमें देरी हो जाती हैं।"

"कहाँ है तेरा बैग, मैं रख देता हूँ, तू आराम से पराँठे खा" - ललित वीडियो बनाते हुए बोला।

"ये है भाई" - गोपाल ने सोफे की तरफ इशारा करते हुए कहा।

सोफे पर चार बैग रखे हुए थे, "भाई घर छोड़कर जा रहा है क्या! – ललित ने चौंकते हुए कहा।

गोपाल हँसने लगा...."अबे नहीं यार, तू बस उस भूरे बैग को ध्यान से रखियों।

ललित ने उस भूरे बैग को घूरा और फिर दो-दो करके चारों बैग कार के पीछे रख दिए। तब तक गोपाल पराँठे और चाय पी चुका था। गोपाल की माँ टीके की थाली लेकर आई, उन्होंने पहले गोपाल को टीका लगाया फिर ललित को। उनकी आँखों से आँसू आ रहे थे उन्होंने अपनी साड़ी के पल्लू से उन्हे पोंछकर, भरी आवाज़ में कहा, "तुम अपने काम में सफल होकर लौटना"।

"जी माँ आप फ़िक्र मत करो", गोपाल ने अपनी आँखों से आँसू पोंछते हुए उनके पैर छुए और वो घर से बाहर निकला। जयंत ने

गोपाल की माँ को देखा वह तुरंत कार से उतरकर उनके पैर छुने आया।
गोपाल की माँ ने तीनों दोस्तों को आशीर्वाद दिया और कहा, "बैर आया....."

गोपाल कार में बैठा उसने अपनी माँ की तरफ हाथ हिलाते हुए टाटा किया और फिर तीनों दोस्त नैनीताल के लिए निकल गए।

"बैल आया मतलब...." - ललित ने पूछा।

"अबे बैल नहीं, "बैर आया" होता है, मतलब....जल्दी आना.... ऐसा पहाड़ी में बोलते हैं, जब कोई घर से दूर जाता है तब" - गोपाल ने समझाया।

"औ.....अच्छा....." – ललित बोला ।

जयंत के साथ ललित कार में आगे बैठा था और समान के साथ गोपाल पीछे वाली सीट पर।

तीनों दोस्त नैनीताल के सफर पर निकल गए।

******

अध्याय 2

गाजियाबाद शुरू हुए करीब पंद्रह मिनट हो चुके थे। तीनों दोस्त कार में शांत बैठे थे।

हर बार ललित को देरी से आने पर ताने मिलते थे, आज उसके पास मौका था अपने तानों का बदला लेना का, वो इस मौके को गँवाना नहीं चाहता था।

"तू चुप रहियो जयंत, इसकी तरफदारी मत करियो। गोपाल तू तो सुबह पौने चार आने वाला था, कल रात को बड़ा भाषण दे रहा था क्या हुआ तेरी उन सब बातों का" – ललित ने अपनी गर्दन पीछे गोपाल की तरफ घुमाकर भोंऔं को उचकते हुए पुछा।

"सही बात है" – जयंत ने मुस्कुराते हुए कहा, उसकी मुस्कुराहट आग में घी डालने का काम कर रही थी।

गोपाल के चेहरे पर हंसी आ रही थी, लेकिन वो उस पर काबू रखे हुए था।

"देख रहा है तू जयंत इसे, हंस रहा है साला, एक तो चोरी ऊपर से सीना जोरी"

ललित की ये बात सुन कर जयंत और गोपाल दोनों ठहाके लगा कर जोर से हंसने लगे, लेकिन ललित अभी भी गंभीर था, उसने गोपाल को अपनी सीट से कुछ पलों के लिए घूरा और फिर सामने रोड़ की तरफ देखने लगा।

"भाई देख कल रात मुझे सोने में देर हो गई थी, मैं रात के दो बजे के आस-पास सोया था", गोपाल बोल ही रहा था बीच में ललित

बोल पड़ा, "लड़की का चक्कर है जयंत, लड़की का चक्कर, देखा तुने इसे, मुझे तो इसका पहले से ही पता था, इसकी कोई ना कोई बंदी है लेकिन ये हमसे छुपा रहा था, आखिर दिल की बात जुबान पर आ ही गई।

ललित अभी भी शांत नहीं हुआ था वो ऐसे बोल रहा था मानो जैसे उसने कोई बड़ी पहेली सुलझा ली हो।

"ओ भाई! कोई लड़की नहीं है, अगर होती तो मैं तुम्हें सबसे पहले बताता, यार कुछ काम कर रहा था" - गोपाल ने अपनी सफाई देते हुए कहा।

"कैसा काम...., ज़रा हम भी तो सुने" - ललित ने फिर से अपनी तहकीकात शुरू करते हुए कहा।

जयंत दोनों की बातों का आनंद ले रहा था। तभी उसकी नजर कार के ओडोमीटर पर गई जहाँ पेट्रोल कि कमी का निशान चमकने लेगा।

"दोस्तों कार मे पेट्रोल भरा लें, नैनीताल क्या बातों से पहुँच जाओगे" - जयंत कार चलाते चलाते बोला।

"अबे सामने से लेफ्ट लेगा ना, वहीं मोड़ पर ही है हिंदुस्तान पेट्रोलियम का पेट्रोल पंप" - ललित ने ऐसे कहा जैसे वो वहीं से रोज पेट्रोल भरवाता हो।

जयंत ने कार मोड़ से बाएँ तरफ मोड़ी और कोने पर ही पेट्रोल पंप था। "बात तो तू सही बोल रहा था", जयंत ने ललित को चढ़ाते हुए कहा

"भाई मैं बात हमेशा ही सही कहता हूँ, लेकिन तुम मेरी बात पर भरोसा नहीं करते" – ललित ने अपने कंधे सीधे करते हुए कहा।

जयंत ने पेट्रोल पंप पर गाड़ी खड़ी कर दी। वहाँ सिर्फ जयंत की कार थी, बाकी पूरा पेट्रोल पंप खाली था।

जयंत इधर-उधर देखने लगा। फिर उसने कार का हॉर्न बजाया, तभी पंप के ठीक बगल में रखे हुए कम्बल से अचानक एक दुबला पतला सा आदमी धीरे-धीरे बाहर निकला, उसकी उम्र लगभग 40-45 साल की होगी, उसने पूरा मुहँ खोलते हुए उबासी ली और हाथों के सहारे से उठ कर इशारे से पूछा कितने का करना है।

उसको देखकर जयंत चौंक गया और बोला, "अबे! ये कहाँ से आ गया? ", ललित और गोपाल भी उसे देख कर अचंभे में थे।

उस आदमी ने पेट्रोल पम्प के सामने आकर फिर एक बार उबासी ली और अपने हाथों की हडीयाँ चटकाने लगा,

"फुल कर दे भाई, जयंत बोला और फिर उसने ललित की तरफ देखते हुए पुछा "पैसों का क्या सीन है?"

"अबे इसके गाँव जा रहे हैं, ये ही देगा पैसे" - ललित ने गोपाल की तरफ देखते हुए कहा।

जयंत हंसने लगा.....

"अबे नहीं, एक काम करते हैं, मैं अभी पेमेंट् कर देता हूँ, जब हमारा टूर पूरा हो जायेगा, तब हम आपस में बाँट लेंगे" - जयंत बोला।

"3000 रुपयों का पूरा कर दूँ क्या? – उस आदमी ने पूछा।

जयंत ने पम्प के मिटर की तरफ देखा 2890 रुपये दिखा रहा था, "हाँ कर दे यार पैसा बहुत है अपने ललित के पास", जयंत ललित की तरफ आँख मारते हुए बोला, "एप्पल की नई घड़ी लाया है लड़का", जयंत की घड़ी वाली बात सुनकर ललित ने खोखली मुस्कान भरी......

जयंत ने अपने क्रेडिट कार्ड से पेट्रोल की पेमेंट की और वे फिर नैशनल हाइवै पर आगे बढ़ने लगे।

ललित को भूरे बैग की बात खाए जा रही थी। जिसे सुबह वह बड़े गोर से देख रहा था। "गोपाल, तू बता रहा था अपने इस भूरे बैग के बारे में" - ललित ने बैग की तरफ उंगली से इशारा करते हुए कहा।

"भाई इस बैग मे पुरातत्व के कुछ उपकरण है और एक पुराना नक्शा है" - गोपाल ने बताया।

"नक्शा...." - जयंत चोंकते हुए बोला, "तू उन बातों को अब भी सच मानता है क्या?

"अबे नक्शा.... पुरातत्व...., ये क्या बोल रहा है और कौन सी बातें? ललित ने जयंत की तरफ हैरनी से देखते हुए पूछा।

"सच और झूठ का तो वहीं जाकर पता चलेगा।" – गोपाल ने गंभीरता के साथ कहा।

"क्या सच-झूठ? - ललित ने गोपाल की तरफ बेचैनी से देखते हुए फिर पूछा।

"अब समझा...., तो तू इसलिए ये ट्रिप प्लान कर रहा था" - जयंत हंसते हुए कार के हैंडल के ऊपर तबला बजाने लगा।

"अरे क्या चल रहा है ये, कोई मुझे भी बताएगा कि हम कहा जा रहे हैं" -ललित घबराकर जोर से चिल्लाया।

तभी गोपाल और जयंत एक साथ जोर से बोले-"चुप हो जा दो मिनट के लिए"

कार में दो पल के लिए सब शांत हो गए। पर ललित बड़बड़ाता रहा, "खुद बोले जा रहे हैं और मुझे चुप रहने को बोल रहे हैं।"

"अबे मैं तुझे सब बताऊँगा, थोड़ी शांति तो रखा कर" - जयंत ने कार का गियर बदलते हुए कहा।

"बता भाई.... तू ही बता, हम लोग कहाँ जा रहे हैं? - ललित ने परेशान होते हुए पूछा।

"अबे नैनीताल ही जा रहें हैं लेकिन कहानी में ट्विस्ट है" - जयंत ने ललित की तरफ देखते हुए कहा।

"ट्विस्ट....कैसा ट्विस्ट? - ललित ने चौंकते हुए पूछा। जयंत ने अपनी आखें बड़ी कर मुस्कुराते हुए कहा "खजाने का ट्विस्ट!!

'खजाना....' ललित कूद कर जयंत की तरफ मुंह करके बैठे गया, जयंत हँसने लगा लेकिन ललित को समझ नहीं आ रहा था कि चल क्या रहा है।

"गोपाल सच में...खजाना? - ललित ने पीछे मुड़कर गोपाल की तरफ देखकर पूछा।

"हाँ भाई सच में, मैं तो जा रहा हूँ खजाना ढूँढने, तुझे चलना है तो बता? – गोपाल अपना चश्मा साफ करते हुए बोला।

"सच में!?" - ललित को अभी भी भरोसा नहीं हो रहा था।

"हाँ भाई, अब क्या तुझे लिखकर दूँ" - गोपाल ने चिड़ते हुए कहा।

"तुम दोनों मिलकर मेरा काट रहे हो ना, पता है मुझे। तुम दोनों भी यूट्यूब देखते हो, कोई नहीं ले लो मेरे मजे.... आज कल यही ट्रेंडिंग में है" ललित हँसते हुए बोला।

तभी गोपाल ने अपने भूरे बैग से एक A4 शीट का पन्ना निकाला, और उसे ललित की तरफ बढ़ाते हुए कहा "ये ले"।

ललित गंभीरता से उस पन्ने को देखने लगा, कुछ देर देखने के बाद उसने वो पन्ना उसे लौटाते हुए कहा, ""क्या है ये? मुझे कुछ समझ में नहीं आया, तू वैसे ही बता दे क्या सीन है?"

"अबे अगर तुझे समझ में आ जाता तो खजाना, कब का तुझे ना मिल जाता" - जयंत बीच मे हँसते हुए बोला।

गोपाल ने हँसते हुए ललित के हाथों से पन्ना लिया और उसे मोड़कर अपने बैग में वापस रख दिया।

"ये तो मुझे किसी मूवी की तरह लग रहा है, तीन दोस्त चले खजाने की तलाश में, वाह! - ललित सोचकर मुस्कुराटे हुए बोला।

"भाई तीन नहीं.., दो.., तुम दोनों जाओ मुझे कोई शौक नहीं है खजाने-वजाने में" - जयंत ने बाएं तरफ एक ढाबे को देखते हुए कहा।

ललित ने बोलने के लिए अपना मुंह खोला ही था कि जयंत ने बीच में टोकते हुए पुछा 'चाय पीनी है किसी को?'

"हाँ यार पीते है, मुझे हल्का भी होना है" – गोपाल ने झट से कहा, ऐसा लग रहा था जैसे वो इस ढाबे का कब से इन्तजार कर रहा हो।

जयंत ने बाईं तरफ उस ढ़ाबे पर कार मोड़ी। सामने, 'मिंत्रा दा ढाबा' एक सफेद रंग के बोर्ड पर लाल रंग से लिखा हुआ था।

"चलो भाइयों उतरो, ललित एक बार अपनी तरफ के टायर चेक कर" - जयंत ने उबासी लेते हुए कहा।

गोपाल कार से उतरते ही टॉइलेट की तरफ भागा, ललित और जयंत ने कार के टायर चेक किए। जयंत ने अपनी राडो की घड़ी पर समय देखा, सुबह के 7 बजे हुए थे। वो घड़ी उसके दादा ने उसे 22वें जन्मदिन पर उपहार में दी थी।

ढ़ाबे पर पाँच कारें पहले से ही खड़ी थी। जयंत और ललित ढाबे के अंदर, सामने लगी हुई मेज पर जाकर बैठे गए। उस मेज के चारों तरफ कुर्सियाँ लगी हुई थी। ललित इधर-उधर अपनी नजर घुमा कर देखने लगा। कहीं ब्रेड-टोस्ट और चाय चल रही थी, कहीं आलू के पराँठे और दूध और कहीं घर की बनी रोटियाँ। भूख तो ललित को भी तेज लगी थी, पर कहीं उसे पैसे न देने पड़े इसलिए उसने अपना मुहँ बंद रखा हुआ था।

उनके सामने टेबल पर एक लड़का चाय दे रहा था। वो झट से जयंत और ललित की टेबल पर आया और बोला "गुड मॉर्निंग सर, स्वागत है आपका मित्रां दा ढाबे पर, मैं आपके लिया क्या लाऊं सर", लड़के ने जोश और उत्साह के साथ मेनू कार्ड जयंत की तरफ बढ़ा दिया। उस लड़के की उम्र लगभग 20 से 22 साल थी। हाथों में एक सफेद डायरी और पेन था, उसने मित्रां दा ढाबा की सफेद रंग कि टी-शर्ट और भूरे रंग की पैंट पहनी हुई थी। उसकी कद-काठी सामान्य और चेहरे पर एक लंबी सी मुस्कान थी।

जयंत मेनू कार्ड को एक तरफ रखते हुए बोला,-

"बॉस पहले...तीन चाय ले आओ"

"और तीन समोसे भी ले आईओ...भूख लग गई है यार" - ललित ने झट चाय के साथ समोसे का आर्डर देते हुए कहा।

"जी सर", इतना बोलकर वो लड़का वहाँ से चला गया।

"मैंने हार मान ली। सच-सच बता तुम दोनों मिलकर मुझसे मज़े ले रहे हो ना" - ललित ने टेबल पर अपने दोनों हाथ रख कर धीरे से पूछा।

"नहीं भाई, सच में गोपाल खजाना ढूँढने ही जा रहा है" - जयंत ने गंभीरता से जवाब दिया।

"कहाँ है खजाना? - ललित ने फिर पूछा।

"यही तो ढूँढना है...नक्शे में होगा। मगर मुझे बिल्कुल भी भरोसा नहीं है इन बचकानी बातों में" - जयंत ने हसँते हुए कहा।

ललित सोचते हुए बोला, "अब मैं समझा, ये नैनीताल जाने के लिये ही इतना उतावला क्यों हो रहा था, मेरा तो गोवा जाने का प्लान था लेकिन ये हमें अपने फायदे के लिए नैनीताल ले जा रहा है, ये तो गलत बात है"

गोपाल सामने से अपने हाथों को रुमाल से पोंछते हुए आ रहा था। "खजाना कहाँ है गोपाल?"- ललित ने उसे देखकर जोर से आवाज लागते हुए पूछा।

ये बात सुनकर गोपाल दौड़ता हुए मेज के पास पहुँचा, "अबे ओ...घोंचू!, चुप हो जा" - गोपाल ने ललित की तरफ हाथ करके कहा और फिर चारों तरफ देखने लेगा।

"पूरी दुनिया में ढ़िढोरा पिटेगा क्या....." - गोपाल, जयंत के बगल वाली कुर्सी पर बैठते हुए बोला।

"प्लान क्या है मुझे भी बता यार, खजाने का शौक तो मुझे बचपन से है" - ललित ने गोपाल की तरफ आशा भरी नजरों से देखते हुए कहा।

"देख-देख ललित की आँखों में लालच तैर रहा है" - जयंत बोला और फिर दोनों हँसने लगे।

तभी वह ढाबे वाला लड़का, तीन चाय और तीन समोसे लेकर वहाँ आ गया। जयंत ने उसे थैंक यू कहा, जवाब में उस लड़के ने सिर झुकाया और मुस्कुराकर चला गया। उसके जाते ही गोपाल ने इधर-उधर देखकर नक्शे की कॉपी अपनी जेब से निकालते हुए मेज पर उन दोनों के सामने रख दिया।

"देखो मैं बताता हूँ तुम्हे, इस नक्शे में क्या है", गोपाल ने उस पन्ने पर एक चित्र पर हाथ रखा जो आम की तरह नजर आ रहा था, "नैनीताल ऊँचाई से ऐसा दिखाई देता है, ये देखो जो त्रिकोण नक्शे में बने हुए है, इनमें से जो एक त्रिकोण नैनीताल से बाहर है वो नैना देवी का मंदिर है और ये माना जाता है कि वह सारा खजाना उनका है"

ललित टेबल के ओर पास आकर गौर से नक़्शे को देखने लगा।

"और ये बाकी त्रिकोण.., ये क्या हैं? - जयंत ने नक्शे पर बने दूसरे त्रिकोणों पर हाथ रखते हुए पूछा।

"इन त्रिकोण में से ही किसी एक त्रिकोण में खजाना छुपा है" - गोपाल धीरे से बोला।

"मतलब ये की इन 6 त्रिकोण में से किसी एक में खजाना है, ये तो आसान है यार, चलो फिर देर किस बात की अभी चलते हैं और खजाने को अपने नाम करते हैं" -ललित ने खुश होकर जोश में कहा।

"ये इतना आसान नहीं है", गोपल ने नक्शे को दूसरी तरफ पलटा "ये देख, ये दो निशान नैनीताल के अंदर है और बाकी चार दूसरे तालों में है। अच्छी बात यह है कि दूसरे सभी तालों में खोज हो चुकी है" - गोपाल आगे बता ही रहा था कि जयंत बीच में बोल पड़ा।

"क्या बक रहा है बे, नैनीताल के अंदर...पागल हो गया है क्या वो तो बहुत गहरा होगा" - जयंत चोंकते हुए बोला।

तभी ललित गूगल पर नैनीताल के बारे में विकिपीडिया में पढ़ने लगा, - "अबे ज्यादा गहरा नहीं है, मैंने गूगल पर देख लिया, सिर्फ 27 मीटर है" - ललित ने अपना गूगल ज्ञान बाँटते हुए कहा।

"तुझे डूबने का शौक है, मुझे नहीं, तू जा भाई" - जयंत चाय पीते हुए बोला।

"ये क्या है", ललित ने उस नक्शे के नीचे लिखी लाइनों की तरफ इशारा किया, "ये मेरे दादाजी ने लिखा है, उन्होंने 5 बार खजाने को ढूँढने की कोशिश की थी, मगर उन्हें खजाना नहीं मिला" - गोपाल ने चाय का कप उठाते हुए कहा।

"क्या!! तेरे दादाजी भी खजाने को ढूँढ़ते थे? - ललित ने हैरान होकर पूछा।

गोपाल की ये बात सुनकर जयंत भी हैरान था। "हाँ भाई मेरे दादाजी भी खोजी थे, ये उन्ही का लिखा हुआ है" – गोपाल ने दोहराया।

'त...ल ता...ल म...ल ता...ल
हर..जा..ग ता..ले ता..ल'

ललित पढ़ने की कोशिश कर ही रहा था कि गोपाल ने उसके हाथ से नक्शा छीन लिया।

"क्या लिखा है ये कुछ समझ में नहीं आ रहा" - ललित ने असमंजस में कहा जैसे उसने कोई दूसरी भाषा पढ़ ली हो।

"इसे पढ़ने में ही तुझे इतनी मुश्किल हो रही है तो खजाने ढूँढने में तेरा क्या हाल होगा..." – जयंत ने उसकी फिरकी लेते हुए कहा।

"हाँ... हाँ... ठीक है, ज्यादा मत बोल" - ललित चिड़ते हुए बोला।

"ये कुमाऊनी बोली में लिखा है......" - गोपाल बोला और फिर पन्ने में देखकर पढ़ने लगा।

तल ताल मल ताल
हर जाग ताले ताल
पाणी में रीठनी ताल
काइ अमावश्य रात
बानू भवर भतर ताल
सुनु खाण माया जाल
तल ताल मल ताल
हर जाग ताले ताल

"समझा... ", गोपाल ने उसे ललित की तरफ देखते हुए पढ़ा।

"अबे अगर इस जैसे को समझ में आ जाता तो ये इस धरती के सारे खजाने नहीं ढूँढ लेता" - जयंत ने अपने सिर को झटकते हुए कहा और गोपाल के साथ मिलकर हंसने लगा।

"हँस ले बेटा खजाना तो मुझे ही मिलेगा तू देख लियो" – ललित ने पूरे भरोसे के साथ कहा।

गोपाल और जयंत और जोर से हँसने लगे, "अबे बस कर भाई हँस हँस कर मेरे पेट में दर्द हो गया है", जयंत ने अपनी चाय की आखरी घूँट लेते हुए कहा।

गोपाल ने नक्शे को मोड़ा और अपनी जेब में रख लिया।

"चलो भाइयों अब चलते हैं" - जयंत अपनी घड़ी की तरफ देखते हुए उठा और कार की तरफ चलने लगा।

"अबे रुक तो जा भाई, एक बार पूरा समझ लेते हैं" - ललित ने जिज्ञासा से कहा और वो कुर्सी पर चिपका रहा।

"अबे चल पिछले एक घंटे से यही पर बैठे हैं, नैनीताल चलेगा तभी तो खजाना ढूंढेगा" - गोपाल अपनी कुर्सी से उठते हुए बोला।

तभी वह ढाबे वाला लड़का चाय और समोसे का बिल लेकर आ गया और उसने ललित के सामने मीठी सौंफ के साथ बिल रख दिया।

ललित वहीं बैठा खजाने के बारे में सोचने लगा, तब तक जयंत और गोपाल कार में बैठ चुके।

जयंत ने जोर से कार का हॉर्न बजाया तब जाकर ललित का भ्रम टूटा, उसने कार की तरफ देखा और फिर बिल को देखकर हाथ ऊपर करते हुए कहा, "कोई बिल के पैसे तो दे दो" जब वहाँ से कोई जवाब नहीं आया तो उसने अपने बटुए से पैसे निकाल कर टेबल पर रख दिए और कार की तरफ चल पड़ा।

"भाई 120 रुपए दिए है मैंने, वो हिसाब में लिख लियो" - ललित अपना हिसाब जयंत को बताते हुए कार में बैठा।

"अबे तुझे पैसों की क्या कमी है पूरा खजाना तो तुझे ही मिलेगा" - जयंत ने चुटकी लेते हुए कहा।

"जब मिलेगा तब देखेंगे, अभी तू लिख ले" - ललित चिड़ते हुए बोला।

"हाँ भाई लिख लूँगा" - जयंत ने कार स्टार्ट करते हुए कहा।

ललित के दिमाग में खजाने का ख्याल घर कर गया था, जल्दी अमीर होने का उसका सपना ये खजाना ही पूरा कर सकता

है, यही सोचते हुए ललित मन ही मन दुगना खुश हो रहा था। वह जगह-जगह पर अपना व्लॉग भी शूट कर रहा था।

जयंत को सिर्फ नैनीताल घूमने से मतलब था। वो कुछ दिन बिना चिंता के प्रकृति की गोद में बिताना चाहता था, जयंत बस अपने काम से कुछ दिनों की छुट्टी चाहता था गोपाल के साथ-साथ ललित के जीवन का भी अब एकमात्र लक्ष्य बन गया था "खजाना ढूँढना"।

******

अध्याय 3

दोपहर के 12:30 बज चुके थे।

नैनीताल 25 कि०मी०, सीमेंट से बने पीले मील के पत्थर पर लिखा हुआ था। गोपाल दाहिने तरफ पहाड़ों की खूबसूरती को निहार रहा था। ललित खिडक़ी से बाहर की तरफ अपने सिर को एक तरफ झुकाए, ठंडी हवा का आनंद ले रहा था और जयंत सामने की तरफ देखता हुआ गाड़ी चला रहा था।

जयंत ने चुप्पी तोड़ी.....

"सिर्फ तीन दिन है हमारे पास और रविवार की शाम को हम लोग वापिस दिल्ली के लिए रवाना हो जायेंगे, जिसको जितना खजाना ढूँढना हैं, ढूँढ लेना" - जयंत ने ललित की तरफ देखा और मुस्कुराते हए कहा।

"यार खजाना....मुझे चाहिए, तुने वो फिल्म देखी है? 'हैंगओवर" - ललित बोला।

"नहीं" - जयंत ने फट से जवाब दिया।

"जिंदगी ना मिलेगी दोबारा....?" - ललित ने अगला विकल्प दिया।

"हाँ.., देखी है....तो?" - जयंत ने उदासीनता से जवाब दिया।

गोपाल अपने एक कान से दोनों की बातें सुन रहा था, लेकिन उसका ध्यान अभी भी पहाड़ों की तरफ ही था।

"भैंस की टांग, हम भी वैसे ही करेंगे.....तीनों दोस्त स्पेन या लास वेगस चलेंगे, कैसीनो में जुआ खेलेंगे, आग लगा देंगे, जिंदगी

एन्जॉय करेंगे, हवाई जहज से कुंदेंगे, स्कूबा डाइव करेंगे, टोमाटीनो में जायेंगे, समझा.... खजाना कितना जरूरी है हमारे लिए" - ललित खजाने के महत्व बताता हुआ जोश के साथ बोला।

"तू अपना मुँह बंद ही रखा कर ठीक है ना, वो सब फिल्मों में होता है, तेरे जैसे को पागल बनाने के लिए और तू बनता भी है। लास वेगस जाएगा, पिछली बार जो खाना खाया था ना ढ़ाबे पर उसके 163 रुपये तुने पेटीएम करने को कहा था, दो महीने हो गए है अभी तक तेरा पेटीएम नहीं आया, बात करेगा, स्कूबा डाइव और प्लेन से कूदने की" - जयंत ने ललित को अपने पैसों की याद दिलाते हुए कहा।

"तू भी क्या लेकर बैठ गया, दोस्ती यारी में पैसों से ज्यादा जरूरी दोस्ती होती है समझा, पैसा क्या है, तेरे पास हों या मेरे पास, एक ही बात है...क्यों गोपाल सही बोल रहा हूँ ना मैं" - ललित गोपाल को ढ़ाल बनाने की कोशिश करते हुए बोला।

"भाई तुम दोनों का हिसाब है तुम दोनों जानों पर हाँ...., मैंने तेरा रिचार्ज किया था 199 का, याद है तुझे... उसके पैसे भी नहीं आए अभी तक" - गोपाल भी ललित को अपने पैसे याद दिलाते हुए बोला।

"अबे जाओ, नहीं जा रहे लास वेगस, गरीब कहीं के, कम से कम सोच में तो अमीरी रखो, 100-200 रूपये की सोच लेकर घूम रहे हो, तुम कैसे अमीरे बनोगे" - ललित ने भड़कते हुए कहा और फिर खिड़की से बाहर देखने लगा।

इन सब के बीच अचनाक गोपाल के फोन की घंटी बजी..... गोपाल ने जैसे ही फोन की तरफ देखा उसके चेहरे पर बड़ी सी मुस्कान आ गई।

"क्या हुआ बड़ा खुश लग रहा है, बंदी का फोन आ गया क्या? - ललित ने उसे छेड़ते हुए पूछा।

गोपाल ने ललित की बात को अनसुना करते हुए फोन उठाया, "चाचा जी नमस्कार, हम लोग बस पहुँचने ही वाले हैं, अरे वाह ये तो बहुत अच्छी बात है, मैं पहुँचते ही आपको फोन कर दूंगा"- इतना बोलकर गोपाल ने फोन रख दिया।

"चलो एक गुड़ न्यूज़ है, चाचा जी ने हमारे रहने की व्यवस्था कर दी है और खाने-पीने की हमें खुद ही करने को कहा है" - गोपाल ने फोन को अपने जेब में रखते हुए कहा।

"क्या बात है....पीने का इंतज़ाम भी है क्या"

ललित की बात सुनकर गोपाल और जयंत दोनों फिर हँसने लगे।

ललित ने अपने लिए एक बक्केट लिस्ट बनाई हुई थी, जिसमे उसे अपनी पूरी ज़िंदगी में क्या क्या करना है ये सब कुछ लिखा हुआ था, जैसे पूरी दुनिया घूमना, फेरारी कार लेना, एक आइलैंड अपने नाम पर करना, किसी फिल्म का हिस्सा होना और ना जाने क्या क्या। उसको जिंदगी में हर चीज एक बार ट्राई करनी थी और हाँ शराब भी उनमें से एक थी।

दोपहर का 1 बज गया था।

तीनो दोस्त नैनीताल के करीब पहुँच गए। सामने एक बड़ा सा नीले रंग का बोर्ड लगा हुआ था जिसपर सफेद अक्षरों में लिखा था '**नैनीताल में आपका हार्दिक स्वागत है,** नगर पालिका, नैनीताल'।

सड़क की चौड़ाई कम होती जा रही थी। जयंत ने सड़क की तरफ देखते हुए कहा 'भाई हम सही तो जा रहे है ना?'

"अरे चिंता मत कर, हम सही जा रहे हैं" - गोपाल इधर-उधर देखते हुए बोला।

"वो क्या है? - ललित ने बाएँ तरफ इशारा करते हुए पूछा।

"वो माननीय उच्च न्यायालय है"

गोपाल न्यायालय का इतिहास बता ही रहा था तभी उसके चाचा जी का फिर से फोन आ गया।

"हेलो, हाँ चाचा जी, हम लोग बस पहुँच गए हैं, उच्च न्यायालय की तरफ ही आना है ना?" - गोपाल ने उच्च न्यायालय को तरफ देखते हुए पूछा।

"हाँ, बस उच्च न्यायालय से आगे ही मालरोड़ पर, आप सीधे आते रहो, मैं आपको वहीं माल रोड़ पर मिलूंगा, कौन सी रंग की गाड़ी है आपकी? - चाचा ने पूछा।

"काली रंग की कार है चाचा जी" - गोपाल ने बताया।

"ठीक है, आते रहो... आते रहो बेटा, सही आ रहे हो" - चाचा ने कहा।

उस माल रॉड पर चारों तरफ लोग ही लोग थे। जयंत धीरे-धीरे ढलान पर कार को उतारने लगा। सड़क के दोनों तरफ दुकाने और होटल बने हुए थे। कौने पर चाय की एक छोटी सी दुकान थी जिस पर गोपाल के चाचा खड़े थे।

"ये सिर्फ वन-वे है", गोपाल ने बताया और तभी सामने से दो बाइक आ गई; "मतलब कार और बड़ी गाड़ियों के लिए वन वे है।",ये जयंत का अब तक का सबसे कठिन कार चलाने का अनुभव था। अगल-बगल से लोग, सामने से बाइक, जैसे-तैसे करके वह कार को चाय के खुमचे तक ले जाने की कोशिश कर रहा था।

कार धीरे-धीरे आगे बढ़ रही थी, गोपाल ने अपने चाचा को पहचान लिया, "वो जो सामने नारंगी रंग के कपड़े पहने हुए है, वो ही है मेरे चाचा जी, कार उन्हें के पास ले चल", गोपाल मुस्कुराते हुए बोला।

जयंत धीरे-धीरे चाय के खुमचे के सामने से कार उतारता हुआ चाचा के पास पहुँचा।

गोपाल ने कार का दरवाजा खोला, "आइये चाचा जी", चाचा कार के अंदर बैठे। उनके कंधे पर भूरे रंग का एक झोला लटका हुआ था, सिर पर गाँधी वाली टोपी, नारंगी रंग का कुर्ता-पजामा और कुर्ते के ऊपर भूरे रंग का भूटी था। उनके सिर पर चोटी का गोल गुच्छा बना हुआ था और उन्होंने पूरे माथे पर चन्दन का लेप लगा हुआ था। बुढापे के कारण उनके चेहरे पर झुर्रियाँ भी थी।

जैसे ही वे गाड़ी के अंदर बैठे, पीछे से जोर से आवाज आई, "ये काली रंग की कार....आगे बढ़िए, रुकना मना है", साइरन और हॉर्न दोनों एक साथ बजने लगे।

जयंत, गोपाल और ललित जब तक कुछ समझ पाते, चाचाजी ने तुरंत जयंत से कहा 'चलो बेटा, नगर पालिका वाले आ गए हैं, चलो-चलो, यहाँ रुकना मना है, 1000 रूपये का चलान ठहरा यहाँ पर"

जयंत ने कार के शीशे में पीछे की तरफ देखा, नीले रंग का टोइंग ट्रक ठीक उनकी कार के पीछे खडा था। उसने ब्रेक से पैर हटाया और कार धीरे-धीरे ढलान पर उतरने लगी।

"भैंस की टाँग, दो सेकंड में यहाँ तो पुलिस आ जाती है" – ललित धीरे से बोला।

"पुलिस नहीं है बेटा, नगर पालिका वाले ठहरे ये, ये पूरा पर्यटन क्षेत्र है ना, यहाँ गाड़ी खड़ा करना सख्त मना है" - चाचा ने समझाते हुए कहा।

गोपाल ने चाचा के पैर छुए, 'जीते रहो बेटा और मम्मी ठीक है?,

"जी चाचा जी, सब बढ़िया है" - गोपाल बोला।

"अरे मैंने तो अपना परिचय दिया ही नहीं आपको, मेरा नाम खिमानंद शास्त्री है, आप सब से मिलकर मुझे बहुत अच्छा लगा"- चाचा मुस्कुराते हुए बोले।

गोपाल ने भी जयंत और ललित का परिचय करवाया।

"बेटा आगे जो मोड़ आएगा उससे थोड़ा आगे आप अपनी गाड़ी रोक देना, वहीं पर मैंने आपके रुकने का इंतजाम किया है" - खिमानंद ने सामने की तरफ इशारा करते हुए कहा।

जयंत धीरे-धीरे नैनीताल के किनारे बनी सड़क पर आगे बढ़ रहा था, उसने मोड़ से थोड़ी आगे गाड़ी रोकी और सामने एक शानदार रिसोर्ट था जिसपर लिखा था 'द हेवन एन ओम होटल इंटरप्राइज'। जयंत, गोपाल और ललित तीनों की आँखें खुली की खुली रह गईं। छः मंजिला इमारत देखकर वो तीनों हक्के-बक्के रह गए। रास्ते के दोनों तरफ रंग-बिरंगे झंडे लगे हुए थे, बीच में एक बड़ा-सा घास का मैदान था जिसके बाद रिसॉर्ट के एन्ट्रन्स पर एक जैगुआर कार रुकी, जिसमे से अभी मेहमान उतरकर अंदर जा रहे थे।

"ये तो जैगुआर एफ-पेस है मेरी पसंदीदा कार" जयंत ने उसे देखते हुआ कहा।

"चाचा जी यही होटल है क्या? - जयंत ने एक बार दुबारा पक्का करते हुए पूछा।

"हाँ बेटा यही है, कैसा लगा आपको? - खिमानंद ने मुस्कुराते हुए पूछा।

"ये तो मस्त है" - ललित बोला और अपने फोन से व्लॉग शूट करने लगा, "जैसा की आप लोग देख सकते है, हम तीनों अपने हॉटल पर पहुँच चुके है और हमारे होटल का नाम है 'द हेवन' ", ललित अपने वलॉग में व्यस्त हो गया। गोपाल होटल को देखकर खुश तो था लेकिन उसे अपने चाचा की माली हालत भी पता थी, वह यही सोचकर थोड़ा असमंजस में था कि चाचा ने यह कैसे किया?

"ये तो बहुत महँगा होगा चाचा जी? - गोपाल ने खिमानंद के पास जाकर पूछा।

"अरे मेरा दोस्त हैं ना ओम ये उसका है, आप लोग पैसों की चिंता मत करिए, अपना आराम से घूमिए-फिरिए" - खिमानंद ने मुस्कुराते हुए कहा।

'दोस्त का...?', जयंत ने यह बात सुनते ही गोपाल की तरफ देखा, वह कुछ पूछने ही वाला था कि तभी दो हॉटल बॉय सामने से आए और उनके सामने खड़े हो गए। जयंत ने चाबी से अपनी कार की डिग्गी खोली फिर वे होटल बॉय डिग्गी से सामान उतारने लगे।

गोपाल और खिमानंद के आगे दो हॉटल बॉय उनका सारा सामान ले जा रहे थे। गोपाल और उसके दोस्त चारों तरफ देखते हुए जा रहे थे। गोपाल और ललित पहली बार किसी फाइव स्टार हॉटल में आये थे। जयंत इससे पहले कई बार ऐसे होटलों में अपने काम के सिलसिले में जा चुका था। ललित ने अपना कैमरा निकाला और जहाँ-जहाँ उसकी नजर जा रही थी वहाँ-वहाँ वह अपना फोन ले जा रहा था। पूरा फर्श सफेद संगमरमर से बना हुआ था, जिस पर काले संगमरमर के चौकोर टुकड़े हर एक मीटर पर लगे हुए थे।

इधर-उधर देखते हुए सभी रिसेप्शन तक पहुँचे। वहाँ पर दो रिसेप्शनिस्ट थे, एक आदमी जिसकी उम्र लगभग 30-32 साल की थी, उसने सफेद रंग की शर्ट और नीले रंग की पैंट पहनी हुई थी और उसके बगल में ही कंप्यूटर पर एक महिला खड़ी थी जिसने गुलाबी रंग की साड़ी पहनी हुई थी। दोनों ने एक साथ हाथ जोड़कर कहा 'स्वागत है आपका', खिमानंद ने हाथ जोड़े और कहा "खिमानंद आए है ऐसा आप अपने साहब से कहिए",

रिसेप्शन पर खड़े आदमी ने फोन किया और कहा "सर, खिमानंद साहब आए है","जी सर, जी सर, ओके सर", इतना बोलकर उसने फोन रखा और अपने चेहरे पर मुस्कान को और बड़ा करते हुए कहा, "सर आपका स्वागत है हमारे हॉटल, 'द हेवन' में, आप हमारे अति विशिष्ट मेहमान है। ये आपके कमरे की चाबी है" उसने चाबी गोपाल की तरफ बढ़ाते हुए कहा।

"Sir your room key"

"Thankyou" - गोपाल ने थोड़ा असहज होते हुए कहा और चाबी ले ली।

जयंत और ललित चारो तरफ होटल को देख रहे थे।

"अच्छा बेटा मैं चलता हूँ, अगर किसी चीज की जरूरत हो तो मुझे फोन कर लेना" - खिमानंद बोले।

गोपाल ने खिमानंद के पैर छुए, पीछे-पीछे जयंत और ललित ने भी पैर छुए और खिमानंद शास्त्री वहाँ से चले गए।

*****

अध्याय 4

गोपाल ने चाबी की तरफ देखा, उस पर 333 नंबर गढ़ा हुआ था। गोपाल, जयंत और ललित रिसेप्शन से अपने कमरे की तरफ बढ़े, उनके साथ-साथ दो हॉटल बॉय उनका सारा सामान ले जा रहे थे। दीवारों पर अलग-अलग प्रकार की चित्रकलाएँ लगी हुई थी। ललित अपना व्लॉग शूट कर रहा था। उसके लिए ये पल किसी सपने से कम नहीं था। उसे वह सब सपने जैसा ही लग रहा था।

"सर, आपका कमरा" - हॉटल बॉय बोला और चाबी लेने के लिए हाथ आगे किया।

गोपाल ने चाबी हॉटल बॉय के हाथ में रखी, होटल बॉय ने कमरा खोला और सामान अंदर रखकर उसने थैंक्यू कहा। गोपाल ने मुस्कुरा कर जवाब में सिर हिलाया। हॉटल बॉय ने दुबारा उसे थैंक्यू कहा। गोपाल जब तक समझ पता, जयंत ने सौ रूपये का नोट हॉटल बॉय के हाथ में रख दिया और बोला, "दोनों शेयर कर लेना", सौ रुपये का नोट पाते ही दोनों खुश हो गए और एक बार फिर थैंक्यू बोलकर वहाँ से चले गए।

जयंत, गोपाल और ललित कमरा को बड़े गौर से देखने लगे। वह कमरा बहुत शानदार था, अचानक जयंत जोर से बोला,"भाई हम लोग गलत कमरे में आ गये हैं, ये तो मुझे प्रेसिडेंटल सूट लग रहा है" - जयंत चारों तरफ नजर घुमाने लगा।

तीनों की आँखें फटी की फटी रह गई, वह कोई आम कमरा नहीं था वो उस हॉटल का इकलौता प्रेसिडेंटल सुइट था।

"प्रेसिडेंटल सुइट, ये क्या होता है? - ललित ने वीडियो बनाते हुए पूछा।

"सही बोल रहा है तू, मुझे भी कुछ ठीक नहीं लग रहा है, चलो वापिस" - गोपाल ने कहा और अपना सामान उठाने लगा, ललित का जाने का बिलकुल भी मन नहीं था। उसने सुझाव दिया, "एक काम करो तुम दोनों रिसेप्शन पर पता करके आओ मैं यहीं पर सामान की देखभाल करता हूँ"

"अबे ओ नवाब....! तुझे पता भी है इसका एक दिन का किराया कितना होगा!! चल हमारे साथ" - जयंत ने अपने बैग उठाते हुए गुस्से से कहा।

वे तीनों अपना सामान लिए रिसेप्शन पर पहुँचे।

, 'मैडम कही कुछ गलती हुई है, वो हमारा कमरा नहीं है" गोपाल ने रिसेप्शनिस्ट से कहा

"येस मैडम, वो प्रेसिडेंटल सूट है" - जयंत ने गोपाल की बात आगे बढ़ाते हुए कहा।

"वैसे काफी खूबसूरत है वो कमरा मैडम" -ललित भी पीछे से बोला।

रिसेप्शनिस्ट ने गोपाल की तरफ देखा और मुस्कुरा कर कहा. 'सर आप हमारे वी०आई०पी० गेस्ट हैं, इसलिए आपको प्रेसिडेंटल सूट दिया गया है, जो हमारे होटल में सिर्फ एक ही है'

तभी जयंत के मुँह से निकला, "वी०आई०पी०", "मैडम, Can I ask you a question? What's the cost of one night stay in that suit? -जयंत ने पूछा।

"Sir, Its 28,999/- with breakfast & diner" - रिसेप्शनिस्ट ने कहा।

"Okay...., Thank you Mam" – जयंत बोला और अपना बैग उठाने लगा।

"28,999/- ये तो कुछ ज्यादा ही हो गया" - ललित ने जयंत के पास आकर कहा।

गोपाल को भी कुछ समझ नहीं आ रहा था। वो पैसों के बारे में सोचने लगा, तभी उनके गंभीर चेहरो को देखकर रिसेप्शनिस्ट ने कहा ; "सर आपका Amount Pre Paid है, आपको कुछ पे नहीं करना है"

पैसों वाली बात सुनकर ललित के चेहरे पर आई चिंता की लकीरें एक बड़ी मुस्कान में बदल गई और वो खुश होते हुए बोला, " भैंस की टांग..., भाई, चाचा हो तो गोपाल के जैसे"

"चलो फिर......" - जयंत ने वापस अपना सामान उठाया ओर वे तीनों अपना सामान लेकर प्रेसिडेंटल सूट नंबर 333 में आ गए।

"वाओ, ये तो मस्त है गोपाल, यार.... मजा आ गया" - ललित ने कमरे में रखे सोफे पर कूदकर बैठते हुए कहा।

"हाँ यार, मैं भी चौंका हुआ हूँ लेकिन जो भी हो कमरा मस्त है" - गोपाल चारों तरफ देखते हुए बोला।

"तेरे चाचा जी की जान पहचान काफी बड़े लोगों से है" - जयंत ने कहा।

"अरे यार ये होटल मेरे चाचा जी के स्कूल के दोस्त का है" - गोपाल ने अपने आखरी बैग को कमरे के अंदर रखते हुए कहा।

"क्या!!" - ललित और जयंत दोनों ने एक स्वर में कहा और दोनों गोपाल के पास आकर खड़े हो गए।

"तू बोल रहा है, ये फाइव स्टार होटल तेरे चाचा के बचपन के दोस्त का है" – जयंत, गोपाल के ठीक सामने आकर बोला।

"हाँ यार" - गोपाल थोड़ा पीछे होकर सोफे पर बैठ गया।

"क्या बात है!! तेरे चाचा जी भी अमीर होंगे फिर तो? - ललित ने गोपाल की तरफ देखते हुए पूछा।

"नहीं यार, वो नंदा देवी मंदिर में एक पुजारी है" - गोपाल ने बताया।

"औ भैंस की टाँग.....तेरे चाचा जी पुजारी है, मतलब पूजा-पाठ करने वाले......ये कैसी दोस्ती है यार......मेरे तो सिर घूम रहा है" – ललित अपने सिर पर हाथ रखते हुए बोला।

"ये सब छोड़ो, चाय-कॉफी, क्या पियोगे ये बताओ, मेरा सिर भी घूम रहा है" - गोपाल ने पूछा।

"कॉफी मंगा दे, मैं नहाने जा रहा हूँ" - जयंत ने कहा और वो उठकर बाथरूम ढूँढने लेगा।

"मैं सो रहा हूँ, जब कॉफी आए तो मुझे जगा दियो" - ललित बोला और कमरे में सामने लगे बेड पर चादर तान कर सो गया।

गोपाल ने फोन किया और तीन कॉफी ऑर्डर कर दी।

गोपाल को अभी भी अचंभा हो रहा था, वो चारों तरफ कमरे की हर वस्तु को बड़े ही गौर से देखने लगा फिर सोफे पर आँखे बंद करके लेट गया और सोचने लगा।

थोड़ी देर बाद दरवाजे पर किसी ने दस्तक दी, गोपाल उठा और उसने दरवाजा खोला;

"Sir your coffee" - सामने खड़े वेटर ने मुस्कुराकर कहा। उसने नीले रंग की शर्ट और सफ़ेद रंग की पैंट पहनी हुई थी।

"आइए, अंदर आइए" - गोपाल ने दरवाजा खोला।

वेटर अंदर आया, उसने टेबल पर कॉफी रखी और पुछा, "सर सर्व कर दूँ ?"

"No, Its fine" - गोपाल ने कहा।

"सर ये आपके लिए है" - वेटर ने एक सफेद रंग का लिफाफा गोपाल को देते हुए कहा।

गोपाल ने आश्चर्यजनक तरीके से लिफाफे की तरफ देखा और फिर वेटर की तरफ देखते हुए पूछा; "ये क्या है?"

"सर ये आपके लिए है" - वेटर ने दुबारा कहा।

गोपाल लिफाफे को बड़े गौर से देखने लगा। उसने लिफाफे के चारों तरफ देखा, कहीं कुछ भी लिखा हुआ नहीं था, गोपाल और कुछ पूछता, तब तक वेटर जा चुका था।

ललित चादर तान कर सो रहा था और जयंत अभी तक नहाकर नहीं आया था। गोपाल ने लिफाफे को सामने टेबल पर रख दिया और कॉफी बनाने लगा, उसने अपने लिए कॉफी बनाई और उसमें दो चम्मच चीनी डाली और फिर धीरे-धीरे चम्मच घुमाते हुए गंभीरता से सोचने लगा।

"कहीं इस लिफाफे में कमरे का बिल तो नहीं, अगर ऐसा है तो मैं इसे सबके सामने खोलूँगा, लेकिन फिर उसने सोचा कि एक बार खोल कर देखने में क्या हर्ज है।

गोपाल ने कॉफी का एक घूँट भरा और कप को नीचे रखा और फिर लिफ़ाफ़े को उठाकर खोलने लगा, उस लिफाफे में एक पत्र था जिस पर काले और मोटे अक्षरों में लिखा था;

"गोपाल, नैनीताल में आपका हार्दिक स्वागत है, हमें पता है कि आप नैनीताल में क्यों आए है, आपको जो भी मदद

चाहिए वो हम आप तक पहुचाएंगे लेकिन हमारा आपसे एक ही निवेदन है, खजाने का आधा हिस्सा हमारा होगा ।

"आपका शुभचिंतक"

गोपाल ने हड़बड़ाते हुए पत्र को जल्दी-जल्दी मोड़ा और अपनी पैंट की दाहिने जेब में रख लिया। उसे जयंत के आने का आभास हो गया था। जयंत गुनगुनाता हुआ अपने गीले बालों को झाड़ता हुए वहाँ आ गया।

"गोपाल.....कहाँ जाना है आज? - जयंत ने अपने बालों पर हाथ फेरते हुए पूछा।

"आज नैनीताल घूमेंगे" - गोपाल ने अपनी आवाज को सामान्य रखते हुए कहा।

"ललित तू चल रहा है ना..." - जयंत ने पूछा लेकिन कोई जबाव नहीं आया।

"ललित....." - जयंत जोर से चिल्लाया।

"क्या हुआ..... क्या हुआ....." - ललित चिल्लाता हुआ उठ कर बिस्तर पर बैठ गया।

जयंत बेड की तरफ बढा और उसने ललित की चादर खींचकर कहा "चल बे नाह ले, नैनीताल घूमने चलना है ना "

"मैं नहीं नहा रहा....गोपाल मेरी कॉफी बना दे यार" - ललित अँगड़ाई लेते हुए बोला।

"दोपहर के दो बज रहे है, पहले लंच ऑर्डर कर लेते हैं फिर चलेंगे नैनीताल घूमने" - जयंत ने कहा।

"हाँ यार भूख तो मुझे भी लगी हुई है" - ललित बोला।

इन सब बातों के बीच गोपाल गंभीर सोच में डूबा हुआ था, वो उस पत्र के बारे में सोचे जा रहा था, 'किसी को कैसे पता चल सकता है कि मैं नैनीताल में हूँ। सिर्फ मेरी माँ और खिमानंद चाचा को ही पता है', तरह-तरह के सवालों से गोपाल घिरा हुआ था। उसको कुछ समझ नहीं आ रहा था कि वो किस से क्या बोले और अब क्या करे।

जयंत ने गोपाल का उतरा हुआ चेहरा देखकर उसके कंधे पर हाथ रखते हुए पूछा, "गोपाल तू ठीक तो है ना?"

'हाँ...... हाँ भाई',गोपाल असहज होकर सोच से बाहर आते हुए बोला।

"अबे क्या हुआ 28,999/- सुन कर तो तेरे तोते नहीं उड़े हुए हैं" - जयंत ने कॉफी को कप में डालते हुए कहा।

"नहीं-नहीं यार ऐसी कोई बात नहीं है थोड़ी थकान हो गई है" - गोपाल ने बात बदलते हुए कहा।

"क्या हुआ किसी को पता चल गया क्या कि हम यहाँ खजाना ढूँढने आए हैं" - ललित ने मजाक में बोला और फिर जोर से हंसने लगा।

ललित की बात सुनकर वो ओर गंभीर हो गया और ललित को घूरने लगा।

"भूख लगी है यार मुझे, लंच मँगवा लेते हैं पहले" - जयंत बोला।

"क्या बात है वाह!! बटर चिकन, नान और पाइनऐपल रायता, मँगवा ले" - ललित ने अपना फेवरेट ऑर्डर दिया।

"नहीं! हम आज माँ नैना देवी के मंदिर जाएंगे तो नॉन वेज नहीं खा सकते" - गोपाल ने अपने आप को सामान्य बनाते हुए कहा।

"तो ठीक है, कढ़ाई पनीर, दाल मक्खनी और बटर नान और क्या भूल गया मैं......" - ललित ने सोचते हुए कहा। "हाँ याद आया पाइनऐपल रायता, क्यों.... ये तो खा ही सकते हैं ना?"

गोपाल उस पत्र को लेकर परेशान था। वो उसी के बारे में सोचे जा रहा था। उसकी भूख-प्यास सब जा चुकी थी।

"गोपाल" - जयंत ने कहा।

"हाँ भाई" - गोपाल बोला।

"क्या हुआ सब ठीक है? तेरा तो चेहरा पीला पड़ गया है" - जयंत ने फिर पुछा।

"थकान हो गई है इसे इसलिए इसका चेहरा ऐसा हो गया है"- ललित ने कहा।

"नहीं-नहीं ऐसी कोई बात नहीं है, मैं यही प्लान कर रहा था कि हमें कहाँ-कहाँ जाना है घूमने" - गोपाल ने फिर से बात बदलते हुए कहा।

"जयंत, तू खाना ऑर्डर कर दे" - गोपाल बोला और फिर से वो गंभीर सोच में डूब गया।

जयंत ने खाना ऑर्डर कर दिया।

ललित अपने फोन से प्रेसिडेंटल सूट के कोने-कोने को रिकॉर्ड कर रहा था, हर एक चीज के बारे में बता रहा था, टाइल से लेकर सोफे तक, बेड शीट से लेकर बाथरूम में लगे गीजर तक।

कुछ देर बाद, दरवाजे की घंटी बजी, जयंत उठा और दरवाजा खोलने चला गया। दरवाजे पर वहीं वेटर था जो थोड़ी देर पहले कॉफी लेकर आया था। वो एक व्हील कार्ट को धक्का लगाता हुआ कमरे में दाखिल हुआ।

उसने गोपाल को देखा और कहा "Sir your lunch", गोपाल उसकी आवाज को पहचान गया, उसने वेटर कि तरफ देखा, उसके चेहरे पर वैसी ही मुस्कान थी जैसी कॉफी देते वक़्त थी। गोपाल कुछ बोल पाता इससे पहले उस वेटर ने एक और सफेद रंग का हुबहू वैसा ही लिफाफा गोपाल की तरफ बढाया। उस लिफाफा देखकर गोपाल का दिल जोर जोर से धड़कने लगा, उसको अपने दिल की आवाज साफ सुनाई दे रही थी। हे भगवान! अब क्या होगा इसमें, गोपाल मन ही मन बोला।

"क्या बात है, गोपाल के लिए चिट्ठी आई है" - ललित लंच की ट्रे को देखते हुए बोला।

"क्या है ये? - जयंत ने वेटर से पूछा।

"सर आप तीनो के लिए हमारे होटल ने एक स्पेशल बोट बुक की है, इसका कोई चार्ज नहीं है, ये एक कॉम्प्लिमेंट्री है। आप कभी भी बोटिंग करने जा सकते है, लेकिन शाम के 5:30 बजे तक ही बोटिंग होती है, मैं चलता हूँ सर और कुछ चाहिए होगा तो आप फोन कर सकते है, Enjoy the meal & have a great day ahead," - वेटर ने गोपाल के तरफ देखकर कहा और वो वहाँ से चला गया।

"क्या बात है यार.....नैनीताल में बोटिंग करने की टिकट और वो भी फ्री में" - ललित ने उछलते हुए कहा।

"जान पहचान हो तो गोपाल जैसी" - जयंत ने खाना सर्व करते हुए कहा।

गोपाल अपने चेहरे पर बनावटी हँसी लाया पर वह अंदर ही अंदर सवालो से घिरता जा रहा था।

"खाना खाते हैं और फिर चलते हैं, अभी 2:20 बज रहे है" - जयंत ने अपनी घड़ी की तरफ देखते हुए कहा।

"हाँ-हाँ सही बोल रहा है" - ललित ने नान का पहला टुकड़ा उठाया।

"हाँ ये सही रहेगा" - गोपाल ने भी गाजर का एक टुकड़ा सलाद की प्लेट से उठाया।

उन तीनो ने भर पेट लंच किया और नैनीताल घूमने की तैयारी करने लगे।

*****

अध्याय 5

दोपहर के तीन बजे, खाना खाने के बाद वे तीनों होटल से बाहर निकले।

ललित लगातार अपने फोन से व्लॉग शूट करने में लगा हुआ था। गोपाल अभी भी उस पत्र क बारे में सोच रहा था और उन दोनों से अलग, जयंत नैनीताल को ही देखे जा रहा था। चारों तरफ लोगों का हुजूम था, ऐसा लग रहा था मानो गर्मी की छुटियाँ सब यहीं मनाने आ गए हो। होटल से नैनीताल की दूरी लगभग 500 मीटर थी। माल रोड़ के एक तरफ दुकाने ही दुकाने । कहीं पर लकड़ी से बना सजावट का सामान तो कहीं ऊन से बने टोपी और मफलर, कहीं चाट-पकोड़े की दुकान तो कहीं कॉफी का स्टॉल और दूसरी तरफ था अद्भुत नैनीताल।

जयंत चारों तरफ हर दृश्य को अपनी आँखों में कैद कर रहा था। दिल्ली शहर की उस भाग दौड़ भरी जिंदगी से दूर वो कुछ दिन सुकून के साथ जीना चाहता था। उसकी नजर जब से नैनीताल पर पड़ी तब से उसके चेहरे पर एक सुकून भरी मुस्कान बनी हुई थी। ललित अपने फोन में नैनीताल के सौंदर्य को कैद करने की कोशिश में अभी भी लगा हुआ था। इस दोनों के विपरीत गोपाल गुमसुम-सा सोच में डूबा हुआ सिर्फ एक ही दिशा की तरफ देखे जा रहा था। जैसे ही जयंत का ध्यान गोपाल पर गया, वो उसके पास आया और उसने उसके कंधे पर हाथ रखते हुए पूछा, 'क्या हुआ, जब से होटल से आए हैं तब से कुछ परेशान सा लग रहा है सब ठीक तो है ना?'

"नहीं-नहीं ऐसी कोई बात नहीं है, मैं कुछ सोच रहा था" - गोपाल ने अपने चेहरे पर मुस्कान लाने कि कोशिश कि।

"गोपाल तू खजाने की इतनी फिक्र मत कर, मैं हूँ ना तेरे साथ, हम दोनों मिलकर ढूढेंगे, खजाने को तू चिल कर यार" - ललित भी गोपाल के दूसरे कंधे पर हाथ रखते हुए बोला। उसकी बात सुनते ही तीनो फिर एक साथ हँसने लगे।

गोपाल नहीं चाहता था कि वो अपने दोस्तों को उस पत्र के बारे में कुछ बताए, वो अपनी वजह से उन्हे किसी मुसीबत में नहीं डालना चाहता था।

तीनों दोस्त नैनीताल के सामने खड़े हो गए और नैनीताल को निहारने लगे। उसे देखने भर से उन्हे एक अद्‌भुत ऊर्जा की अनुभूति हो रही थी, मानों उस ताल की सकारात्मकता उनके जहन में उतर रही हो जिससे एक मासूमियत भरी मुस्कान उन तीनों के चेहरो पर भिखर गई। उन्हे ऐसा लग रहा था मानो समय की गति धीमी हो गई और वो तीनों बस एक टक नैनीताल को देखते रहे। तरह तरह की रंग-बिरंगी नावें नैनीताल में तैर रही थी, कही पैरों से चलने वाली नावें थी तो कही पर चप्पू से चलने वाली लम्बी नावें। वहाँ अलग-अलग किस्म की नावें थी, लकड़ी से बनी हुई, प्लास्टिक से बनी और कुछ तो गोल गुब्बारे जैसी भी थी।

"गोपाल यही पर रहना है या नैनीताल के अंदर भी जाना है?" - जयंत ने चारों तरफ देखा और उत्साहित होते हुए पुछा।

"वो देखो वहाँ एक गार्ड है, चलो उससे पूछते है" - ललित ने दाहिने तरफ ऊँगली से इशारा करते हुए कहा।

एक गार्ड नावों के पास खड़ा था, उसने लाइफ जैकट पहनी हुई थी वो लगातार लोगों को समझा रहा था कि कैसे लाइफ जैकेट

पहननी है, और कौन किस नाव में बैठेगा। वे तीनों उस गार्ड के पास पहुचे और गोपाल ने उन्हें अपना टिकट दिखाया जो उसे होटल बॉय ने दिया था।

गार्ड ने टिकट देखा और उत्साहित होते हुए कहा; "सर वो सामने वाली आपकी नाव है"

"वो वाली..?" - जयंत ने कन्फर्म करते हुए पूछा।

"क्या बात है, ये तो कोई राजा महाराजा की नाव जैसी लग रही है" - ललित ने अपना फोन नाव की तरफ करते हुए कहा।

ये तो बिल्कुल वेलकम मूवी की तरह हो गया, जब उदय शेट्टी नाव में अपनी बहन के लिए लड़का देख रहा होता है, याद आया तुझे कुछ जयंत.., ललित ने फोन के कैमरा को जयंत की तरफ मोड़ते हुए पुछा।

हाँ पता है मुझे, तू दो मिनट शांत रहेगा, जयंत ने नाव की तरफ गौर से देखते हुए कहा।

उन तीनों के सामने एक शानदार बहुमंजिला सफेद रंग की नौका खड़ी थी, जिसपर लाल अक्षरों में लिखा था 'महाराज द किंग्स बोट'

"नहीं यार वो नाव नहीं होगी और कोई होगी" - गोपाल ने गार्ड से टिकट वापस लेते हुए कहा।

"नहीं साहब, आपकी नाव वो ही है, क्या आप अपने साथ गाइड ले जाना चाहेंगे? - गार्ड ने पूछा

"नहीं" - गोपाल झट से बोला।

"क्या हमे उसके पैसे देने होंगे? - ललित ने पूछा।

"नहीं साहब, वो आपके टिकट में फ्री है" - गार्ड ने कहा।

"फ्री है तो रख लेते है" - ललित ने मोबाइल गोपाल की तरफ करते हुए कहा।

"जी, बहुत बढ़िया, देवी...... ओ देवी......" - गार्ड ने जोर से आवाज लगाई।

"लड़की है क्या? - ललित ने खुश होते हुए पुछा।

"पता नहीं, अब जब वो आएगी तब ही देख लियो" - गोपाल ने बिना किसी उत्साह से कहा।

"अबे ये तो जिंदगी ना मिलेगी वाला सीन हो गया, उसमे भी कैटरीना कैफ आती है गाइड बनकर, याद है तुझे" - ललित फिर अपना फिल्मी ज्ञान झाड़ने लगा।

"अबे, गाइड नहीं होती वो, कोच होती है और वो भी डाइविंग की, समझा और जरा चुप हो जा तू" - जयंत चीड़ कर बोला।

ललित बड़ी बेसब्री से गाइड का इन्तजार रहा था, तभी पीछे से किसी ने आवाज दी, "हेलो सर" - जयंत और ललित दोनों एक साथ पीछे मुड़े। गोपाल भी मुड़ा पर उसके चेहरे पर कोई उत्साह नहीं था। उसे किसी से भी मिलने की कोई इच्छा नहीं थी। अब उसके दिमाग में नाव, पत्र और होटल तीनों घूम रहे थे।

"मेरा नाम देवेंद्र है" - देवेंद्र ने अपना हाथ आगे किया, गोपाल ने हाथ मिलाया फिर जयंत ने और फिर आखिर में भरे मन के साथ ललित ने।

"आप देवी है? - ललित ने बड़े आश्चर्य के साथ पूछा।

"हाँ, मैं ही हूँ, मुझे प्यार से यहाँ के लोग देवी कहते है" - देवेंद्र ने मुस्कुराते हुए कहा।

देवेंद्र एक लंबे कद काठी वाला व्यक्ति था जिसने सफेद रंग की कमीज और काली रंग की पैंट पहनी हुई थी, उसके भूरे रंग की

बेल्ट और भूरे रंग के जूते मैच कर रहे थे। उसके चेहरे पर एक हल्की सी मुस्कान बनी हुई थी।

"आइए सर" - देवेंद्र तीनों दोस्तों को अपने साथ चलने को कहा।

"वो सामने आपकी नाव है, पूरे नैनीताल में सिर्फ एक ही नाव ऐसी है और एक बात और ये पूरे दिन सिर्फ एक ही बार बुक होती है, जैसे आज आपके लिए है और सिर्फ आज आपको ही सैर कराएगी ये 'महाराजा नाव' - देवेंद्र ने कहा।

"अरे वाह! क्या बात है, मुझे तो अभी से स्पेशल फील हो रहा है" - ललित ने अपने कंधे उचकाते हुए कहा। वो सारी बातें अपने फोन में रिकॉर्ड कर रहा था।

जयंत की नजर देवेंद्र की घड़ी पर गई और उसने देवेंद्र की तरफ देखते हुए कहा, "Nice watch"

"Thanks" - देवेंद्र ने मुस्कुरा कर कहा, फिर उसने अपने दोनों हाथों को पीछे की तरफ किया, ऐसा लगा मानो जैसे वो अपनी घड़ी को छुपाने की कोशिस कर रहा हो।

देवेंद्र ने तीनों दोस्तों को लाइफ जैकेट दी और फिर पहनने का तरीका बताया। तीनों दोस्त देवेंद्र के साथ 'महाराजा द किंग' में चढ़ गए। वहाँ पहले से ही दो कर्मचारी मौजूद थे, जिन्होंने तीनों दोस्तों को फूलो की माला पहना कर स्वागत किया और एक-एक ग्लास कोल्ड ड्रिंक का दिया। कर्मचारियों ने सफेद रंग की शर्ट-पेंट पहनी हुई थी। उनकी शर्ट के दाहिने तरफ '**Maharaja The King's Boat**' लिखा हुआ था और दूसरी तरफ **The Heaven Hotel** का चिन्ह बना हुआ था।

जयंत और ललित काफी खुश थे, वहीं दूसरी तरफ गोपाल और सोच में डूबता जा रहा था। उसे समझ नहीं आ रहा था कि ये सब क्या हो रहा है और क्यों हो रहा है। उसे खुद की और अपने चाचा की आर्थिक स्तिथि का पता था, तो फिर ये सब उसके लिए कौन कर रहा था, इन्हीं सवालों ने गोपाल को चिंता में डाला हुआ था।

नाव के ऊपर तीनों दोस्त और देवेंद्र आ गए। सामने एक सफेद रंग की बड़ी सी मेज लगाई हुई थी उसके चारों तरफ छः सफेद रंग की कुर्सियाँ लगी हुई थी, कुर्सियों के पायों में चक्के लगे हुए थे जिनकी मदद से नाव के कौने पर आसानी से जाकर नैनीताल का आनंद लिया जा सकता था।

गोपाल अपने चेहरे पर बनावटी हंसी लिया जयंत के पास गया और उसके कंधे पर हाथ रखकर नाव के आगे वाले हिस्से की तरफ चलने लगा। ललित अपना व्लॉग शूट करने में लगा हुआ था। गोपाल ने अपने आप से कहा 'छोड़ दे ये बातें अभी सिर्फ नजारों पर ध्यान दे, एन्जॉय कर, क्या पता ये मौका फिर मिले या नहीं', ये बात सोचते ही गोपाल के चेहरे से मायूसी जाने लगी और हल्की-हल्की मुस्कराहट का आगमन होने लगा।

देवेंद्र ने नाव चलाने का इशारा किया और नाव नैनीताल पर धीरे-धीरे आगे बढ़ने लगी। जयंत एक-एक पल को आँखों में कैद कर रहा था और बस पहाड़ों को देखे जा रहा था और वहीं दूसरी तरफ ललित अपने फोन से प्रकृति के नजारों को कैद कर रहा था। गोपाल सब कुछ भुला कर आँखें बंद करके गहरी साँसे ले रहा था।'महाराजा द किंग' नाव पर हर किसी व्यक्ति की नजर थी।

थोड़ी देर बाद ललित ने अपना व्लॉग शूट करते हुए उसने कैमरा देवेंद्र की तरफ किया और पूछने लगा 'ये नैनीताल की गहराई कितनी होगी?'

"सरकारी आँकड़े के हिसाब से लगभग 30 मीटर है लेकिन यहाँ के निवासियों का मानना है कि इसकी गहराई तल धरती तक है," - देवेंद्र ने कहा।

"तल धरती मतलब? - जयंत ने पूछा।

"तल धरती मतलब वह जमीन जो पानी के नीचे होती है," - देवेन्द्र ने समझाते हुए कहा।

"अच्छा..." ललित बोला और फिर दूसरा सवाल पूछने लगा।

"यहाँ खजाना-वजाना भी है क्या? - ललित ने थोड़े मजाकिया अंदाज में पूछा।

ये सुनते ही गोपाल और जयंत दोनों की निगाहें नैनीताल से हट कर देवेंद्र की तरफ हो गई। उन तीनों के चेहरों पर इस सवाल के जवाब की उत्सुकता साफ दिखाई दे रही थी।

गोपाल को गुस्सा भी आ रहा था, उसका मन कर रहा था कि वो ललित को अभी नाव से धक्का दे दे और उसके फोन को तोड़ कर ताल में फेंक दे, लेकिन अब देर हो चुकी थी।

"सर खजाने की बात तो लोग करते ही रहते है, पर कुछ लोग इस बात को सच मानते है और कुछ लोग कहानी। जो लोग खजाने को सच मानते है, उनका यह मानना है कि पूरा नैनीताल खजाने के ऊपर ही है और माँ नैना देवी के पुजारी परिवार उस खजाने की रखवाली करते है" - देवेंद्र ने कहा।

"नैना देवी के पुजारी......." - जयंत और ललित एक साथ बोले और गोपाल की तरफ देखने लगे।

"हाँ, यहाँ की लोक गाथाओं और कहानियों में ऐसा ही कहा जाता है" - देवेंद्र बोला।

ललित देवेंद्र के उत्तर से संतुष्ट था या नहीं ये तो पता नहीं लेकिन उसने अपना फोन का एंगल बदला और वीडियो शूट करने के लिए खड़ा हो गया और चारों तरफ पहाड़ों से घिरे नैनीताल को फिर अपने फोन में कैद करने करने लगा।

जयंत और गोपाल ने आँखों ही आँखों में एक-दूसरे से कुछ कहा और फिर वो नैनीताल को देखने लगे।

तीनों दोस्तों ने करीब दो घंटे तक उस नाव से नैनीताल की सैर करी। पर्यटकों से भरे नैनीताल में उनकी नाव सबके आकर्षण का केंद्र बनी हुई थी और ये बात ललित को पता थी, वो अपने व्लॉग में बोल-बोल कर बता रहा था कि ये नाव ऐसी है-वैसी है, जैसे वो कोई अपना सामान बेच रहा हो। लोग नैनीताल के साथ-साथ उस नाव की फोटो भी खींच रहे थे।

शाम के 5 बजकर 30 मिनट हो गए थे, देवेंद्र ने नाव चालकों से किनारे चलने का इशारा किया। किनारे पहुँचते-पहुँचते उन्हे 6 बज गए। तीनों दोस्त देवेंद्र क साथ नाव से उतरे। किनारे पर उनका स्वागत करने के लिए पहले से ही वह गार्ड मौजूद था जिसने उन्हें नाव में बैठाया था।

"साहब, नैनीताल कैसा लगा आपको?" - गॉर्ड ने बड़ी आशावादी नजरों से पूछा।

"मजा आ गया" - जयंत बोला।

"फुल पैसा वसूल" - ललित बोला।

"अच्छा लगा" - गोपाल ने कहा।

"सर आप अपनी लाइफ जैकेट मुझे दे दीजिए, मैं उन्हें काउंटर पर जमा कर देता हूँ" - देवेंद्र ने अपना लाइफ जैकेट उतारते हुए कहा।

तीनों ने अपना जैकेट उतारकर गार्ड को दे दिए, गार्ड उन चारों लाइफ जैकेट को लेकर देवेन्द्र के साथ काउंटर की तरफ चला गया। जयंत की नजर अभी भी देवेंद्र की घड़ी पर टिकी हुई थी।

"यार वो हमारे साथ दो घंटे रहा और उसने मेरे सवालों के जवाब भी दिए, कुछ ना कुछ तो देना चाहिए हमें उसे" - ललित ने अपना फोन जेब में रखते हुए कहा।

"हाँ, सही बोल रहा है तू, सौ रुपए दे देते है" - गोपाल बोला।

गोपाल की बात सुनकर जयंत जोर-जोर से हँसने लगा, ललित ने गोपाल की तरफ देखा और बोला, "क्या हो गया इसको?"

जयंत की हंसी देखकर गोपाल को भी हंसी आ गई।

"पता नही" - गोपाल ने हँसते हुए कहा।

"अबे तू उसे 100 रूपये देने की बात कर रहा था ना इसलिए हँसी आ गई" - जयंत हँसते हुए बोला।

"क्यों भाई ज्यादा है क्या, तो 50 दे देंगे हम.... इसमें हँसने की क्या बात है" - ललित बोला।

जयंत ललित की बात सुनकर और जोर से हँसने लगा और फिर वो गोपाल की तरफ देखते हुए बोला, "तुने उसकी घड़ी देखी.....?"

गोपाल ने सोचते हुए कहा, "ध्यान नहीं दिया मैंने यार"

"क्यों ऐसा क्या था उसकी घड़ी में जरा हम भी तो सुने" - ललित ने अपनी नकली एप्पल की घड़ी में समय देखते हुए कहा।

"उसके हाथ में रोलेक्स की कॉस्मोग्राफ डेटोना थी वो भी प्लैटिनम में" - जयंत ने हँसकर सिर हिलाते हुए कहा।

"रोलेक्स! – गोपाल चोंकत हुए bola।

"तो, अबे ऐसी घड़ियाँ चाँदनी चौक में 150-200 रूपये में मिलती है समझा, वहीं से ली होगी उसने" - ललित मुह बिगड़ते हुए बोला।

"तुझे पता है वो कितने की है?" - जयंत ने गोपाल की तरफ देखते हुए पुछा।

"नहीं, मुझे नहीं पता, लेकिन तू कहना क्या चाहता है, खुल के बता, ये पहेली मत बुझा" - गोपाल ने कन्फ़्यूज़न में कहा।

"अबे वो 16 लाख की घड़ी है" - जयंत ने अपने हाथों को अपने सिर के पीछे रखते हुए कहा।

"क्या! 16 लाख!!" - ललित बोला और उसका मुहँ खुला का खुला रह गया।

"क्या बक रहा है!!! 16 लाख?" - गोपाल भोनचक्का रह गया।

गार्ड लाइफ जैकेट जमा कर के वापिस आ गया और बोला, "कैसी रही आपकी नैनीताल की सैर", गार्ड ने अपनी आशा भरी नजरों से तीनों की तरफ देखा। तीनो दोस्त एक दूसरे को देखने लगे फिर जयंत ने गार्ड की तरफ देखा और पूछा;

"वो देवेंद्र कहाँ है?

"वो तो चला गया, आपको कुछ काम था क्या उससे? - गार्ड ने पूछा।

"चला गया.....!! - गोपाल बोला।

"चलो हम भी चलते हैं" - जयंत ने नैनीताल की तरफ देखते हुए कहा।
जयंत और ललित दोनों चलने लगे।गार्ड अभी भी आशा भरी नजरों से गोपाल की तरफ देख रहा था।

गोपाल ने सौ रुपए का नोट जो देवेंद्र के लिए निकाल कर अपने दाहिने हाथ में रखा हुआ था वो उस गार्ड को देकर आगे बढ़ गया।

गार्ड के चेहरे पर एक बड़ी मुस्कराहट आई उसने माँ नैना देवी के मंदिर की तरफ देखते हुए कहा "जय हो....माँ नैना देवी, माँ आपकी यात्रा सफल करे"।

*****

अध्याय 6

शाम के 6 बजे, नैनीताल के चारों तरफ रौशनी जगमगाने लगी, बुद्धिस्ट मार्किट में आपका स्वागत है, नैनीताल से चंद कदमों की दूरी पर एक बोर्ड के ऊपर लिखा हुआ था, उसके ठीक सामने मस्जिद थी, बगल में गुरुद्वारा और थोड़ा आगे बढ़ते ही माँ नैना देवी का मंदिर। भारत की संप्रभुता में एकता का एक जीता जागता उदहारण।

छोटी-छोटी दुकानों में लबा-लब भरे सामान, खिलोने, ऊन से बनी टोपी, शॉल, दस्ताने, लकड़ी से बने अलग-अलग किस्म की चीजे देखकर ललित के चेहरे पर एक बड़ी सी मुस्कान आ रही थी। वहीं दूसरी तरफ गोपाल सबसे आगे चल रहा था वो ये नहीं चाहता था कि कोई उससे फिर से ये पूछ ले कि उसका चेहरा क्यूँ उतरा हुआ है?

पहले तो सिर्फ गोपाल ही गंभीर सोच में डुबा हुआ था लेकिन इस बार जयंत भी सोचने लगा। उसके दिमाग से घड़ी का ख्याल जा ही नहीं रहा था। वो गोपाल के पास आया और उसने अपना दाहिना हाथ गोपाल के कंधे पर रखते हुए कहा, "मुझे देवेंद्र गाइड नहीं लगा, वो कोई अमीर घराने का व्यक्ति था, उसके कपड़े, उसके बोलने का ढंग, जूते और घड़ी। ये सब, कुछ ओर ही बता रहे हैं"

"तू सही बोल रहा है" – गोपाल उसकी हाँ में हाँ मिलते हुए बोला।

ललित ने अपने लिए एक दुकान से सस्ती और टिकाऊ टोपी और मफलर मोल भाव करके खरीद लिया फिर वो भी आगे गोपाल और जयंत के पास आ गया।

"क्या हुआ दोस्तों, क्या बातें चल रही है, मुझे भी बताओ" - ललित ने मफलर को अपने गले में लपेटते हुए कहा।

गोपाल और जयंत शांत खड़े सोच रहे थे।

"कॉफी पीते हैं यारों, ठंड बहुत हो गई है" - ललित अपने दोनों हाथों को आपस में रगड़ते हुए बोला।

सामने ही कॉफी का स्टॉल लगाए एक बुजुर्ग खड़े थे, उनके सिर पर गाँधी वादी टोपी, चेहरे पर सफेद दाढ़ी और गले में मफलर था।

"अंकल जी तीन कॉफी बना दो और चीनी हल्की रखना" - ललित ने कॉफी का आर्डर दे दिया।

भीड़ अब बढ़ने लगी थी, चारों तरफ सैलानी ही सैलानी नजर आ रहे थे।

ललित सब कुछ अपने फोन में कैद कर रहा था।

"दोस्तों ठंड बहुत बढ़ गई है, हम तीनों ने कॉफी पीने का प्लान किया है, यहाँ पर बहुत सारे सैलानी आए हुए है", ललित ने फोन गोपाल की तरफ किया ही था कि अचानक गोपाल बोला, "चलो कमरे पर, जल्दी", इतना बोलकर वो हॉटल की तरफ जाने लगा, जयंत भी उसके पीछे-पीछे चलने लगा।

ललित को समझ नहीं आ रहा था, इन दोनों को अचानक क्या हो गया, उसने कॉफी वाले को देखा और कॉफी वाले ने ललित को, "अंकल आप बस दो मिनट रुको, मैं इन दोनों को पकड़ कर

लाता हूँ, बस दो मिनट", इतना बोलकर ललित, गोपाल और जयंत के पीछे भागने लगा।

6 बजकर 45 मिनट, माल रोड पर तीन लड़के भाग रहे थे। लोग उन्हें बड़ी हैरानी से देख रहे थे। ललित लोगो से टकरा रहा था, जयंत सॉरी-सॉरी बोलकर गोपाल की रफ़्तार से दौड़ने की कोशिश कर रहा था। गोपाल करीब 15 मिनट दोड़ने के बाद होटल पहुँचने से ठीक पहले रुक कर जयंत और ललित का इंतजार करने लगा। उसकी सांसे फूली हुई थी, चेहरा लाल हो गया था। उसने अपने जैकेट की चैन खोली और जोर-जोर से साँस लेने लगा। उसकी जैकेट के अंदर की टी-शर्ट पसीने से पूरी भीग चुकी थी।

जयंत और ललित भी आ गए। उनका हाल भी कुछ वैसा ही था पसीने से वो भी भीग चुके थे।

"भाई तू घूमने आया है या हमारी परेड करवाने" - ललित ने एक ही सांस में कहा और फिर वो जोर-जोर से हाफ़ने लगा।

"मेरी बात ध्यान से सुनो", गोपाल गंभीरता से बोल ही रहा था, तभी ललित बीच में बोल पड़ा, "भाई ये चल क्या रहा है? कोई कुछ बताएगा मुझे"

"हाँ मैं सब बताऊँगा लेकिन तू बीच में कुछ नहीं बोलेगा और ना ही कोई सवाल पूछगा... समझा" - गोपाल ने चिढ़ते हुए बोला।

"हम तीनो के ऊपर नजर रखी जा रही है, बस चुप चाप मेरे साथ चलते रहो"

"क्या?" - जयंत चौंकते हुए बोला।

"मतलब" - ललित बोला।

"मैं तुम्हें सब बताऊँगा, लेकिन पहले हम कमरे पर चलते हैं" - गोपाल ने चलते-चलते कहा।

शाम के 7 बज चुके थे। तीनों दोस्त होटल के अपने कमरे में पहुँच गए। गोपाल के साथ-साथ जयंत और ललित भी सोच रहे थे और उनके चेहरो पर परेशानी साफ झलक रही थी।

उन तीनों का एक व्हाट्सएप्प ग्रुप था, जिसका नाम ललित ने रखा था 'याराना'

'अपने-अपने फोन निकालो', गोपाल धीमी आवाज में बोलते हुए सोफे पर बैठ गया।

दोनों ने अपने-अपने फोन निकाले और अगल बगल वाले सोफों पर बैठ गए।

गोपाल ने व्हाट्सएप्प पर पहला मैसेज भेजा: "मेरी बात ध्यान से सुनो, हम तीनों पर नजर रखी जा रही है"

"हाँ-हाँ ये बता दिया है तुने, आगे बता" - ललित ने मैसेज भेजकर कहा।

"अच्छा ये बता, तुझे कैसे पता चला कि हम पर नजर रखी जा रही है?" - जयंत ने मैसेज में पुछा।

"दोपहर को जब हम तीनों होटल के कमरे में आए। उसके बाद जयंत तू नहाने चला गया था और ललित सो गया था, तभी वेटर कॉफी लेकर आया और उसने मुझे एक पत्र दिया" - गोपाल ने सारा किस्सा व्हाट्सएप्प के ग्रुप पर लिखकर उन दोनों को बता दिया।

"तो ये तू हमें अब बता रहा है" - जयंत ने गुस्से से उसे देखा और लाल मुहँ वाली ईमोजी ग्रुप में भेजी।

"यार कॉफी तो ऑर्डर कर लेते है, रास्ते में भी नहीं पी और ठण्ड भी बढ़ गई है" - ललित ने कॉफी के कप वाली ईमोजी क साथ कहा।

तभी गोपाल और जयंत ने ललित को घूरा..

"क्या.....भाई, कॉफी तो मंगा लो" - ललित ने फिर व्हाट्सएप्प पर लिखा।

"चल ऑर्डर कर ले" – करीब 10 मिनट व्हाट्सएप्प पर बात करने के बाद, जयंत ललित को देख कर बोला।

ललित जोश में उठा और फोन के पास गया, उसने ऑर्डर दिया और वापिस आकर बैठ गया।

"देख भाई, मुझे तब शक हो गया था जब मैंने देवेंद्र को देखा। वो कोई साधारण व्यक्ति नहीं था, उसकी घड़ी, कपड़े, जूते, बोलने का ढंग सब अलग था वो किसी भी तरीके से गाइड नहीं लग रहा था। मैंने इन सब बातों पर ज्यादा गौर नहीं किया क्योंकि मेरी इन बातों में कोई रुचि नहीं है, ना ही खजाने में और न ही इसकी कहानी में, मैं नैनीताल घूमने आया हूँ और दो दिन घूमकर चला जाऊँगा" - जयंत ने गोपाल को देखा और सोफे पर आराम से पसर गया।

"कैसा मतलबी दोस्त है तू.., भाई मैं तेरे साथ हूँ, मैं खजाना ढूँढने में तेरी पूरी मदद करूँगा" - ललित ने गोपाल के कंधे पर हाथ रखते हुए कहा।

"यार बात खजाने की नहीं है, बात है मेरे पापा की" - गोपाल बता ही रहा था कि अचानक दरवाजे की घंटी बजी।

ललित ने उठकर दरवाजा खोला और सामने वही वेटर खड़ा था जो गोपाल को पत्र देकर गया था।

"Sir your coffee" - वेटर ने कॉफी की ट्रॉली आगे बढ़ाते हुए कहा।

"थैंक्यू" - ललित ने कॉफी की ट्रॉली का हैंडल पकड़ते हुए कहा।

“Sir May I Serve you” - वेटर ने ललित की तरफ देखते हुए हल्की मुस्कान के साथ कहा।

“No, No It’s fine” - ललित बोला और उसने दरवाजा बंद कर दिया और वो उस ट्रॉली को सोफे के सामने ले आया।

गोपाल ने सबसे पहले कॉफी की ट्रॉली को ऊपर से लेकर नीचे तक बड़े ध्यान से देखा, कहीं कोई पत्र तो नहीं है।

"क्या हुआ गोपाल क्या ढूँढ रहा है? - ललित ने जिज्ञासा से पूछा।

"कुछ नहीं" - गोपाल बोला और वापस अपनी जगह पर बैठ गया।

"ललित तू कॉफी बना दे, हाँ गोपाल तू क्या बता रहा था, अपने पापा के बारे में" - जयंत ने गोपाल की तरफ देखते हुए पूछा।

"मेरे पिताजी एक खोजी थे, उन्हें ये शौक मेरे दादाजी से विरासत में मिला था। जब मेरे दादाजी खजाने की तलाश में जाते थे तो वो पिताजी को भी अपने साथ ले जाते थे। सन 1978 की बात है, पिताजी और दादाजी ने खजाने की खोज का प्लान बनाया, खजाना ढूंढने से 15 दिन पहले ही दादाजी ने इस दुनिया को अलविदा कह दिया। इस बार पिताजी अकेले ही खजाना ढूँढने निकले, लेकिन 10 दिन के बाद वो खाली हाथ लौटे और फिर से उन्होंने 7 साल का इन्तजार किया।

सन 1985 को पिताजी और उनके एक मित्र ने खजाने की खोज फिर से शुरू की लेकिन उनके हाथ असफलता ही लगी।

सन 1992 में मेरे पिताजी अकेले ही खजाना ढूँढने चले गए और तब से लेकर आज तक वह कभी घर वापिस नहीं लौटे। कोई कहता है कि वो खजाना लेकर फरार हो गए, कोई कहता है कि वो इस दुनिया में नहीं है। लेकिन मैं अपने मन में किसी भी प्रकार का अफ़सोस नहीं रखना चाहता हूँ, बस मैं उन्हें ढूँढ़ना चाहता हूँ।" - बोलते बोलते गोपाल की आँखें भर आई।

गोपाल की बातें सुनकर ललित और जयंत की आँखें भी नम हो गई थी।

"आज रात का ही मौका है मेरे पास, फिर ऐसी अमावस्या अगले सात साल बाद आएगी"

गोपाल बता ही रहा था तभी कमरे में रखे फोन की घंटी अचानक बजने लगी। सभी शांत हो गए, कमरे में सिर्फ उस फोन की आवाज गूंजने लागी। जयंत, ललित और गोपाल तीनों फोन की तरफ देख देखने लगे।

"हमें यहाँ फोन कौन करेगा? – ललित, गोपाल की तरफ देखते हुए बोला।

"गोपाल फोन तो उठा" - जयंत बोला।

गोपाल फोन की तरफ बढ़ा और धीरे से उसने फोन को उठाया।

"हेलो...." - गोपाल गला साफ़ करते हुए बोला।

"गोपाल दत्त पंत कैसे हो" - एक भारी आवाज गोपाल को सुनाई दी जो उसने पहले कभी नहीं सुनी थी।

"मैं ठीक हूँ, आप कौन" - गोपाल ने थोड़ा सोचने के बाद कहा।

"मैं तुम्हारा शुभचिंतक बोल रहा हूँ" - उस आदमी ने हँसते हुए कहा।

"तुम्हे पत्र मिल गया था ना" - उसने अपनी हंसी को गंभीरता में बदलते हुए पूछा।

"हाँ" - गोपाल बोला और उसके माथे पर खींची चिंता की लकीरे और गहरी हो गई।

"देखो गोपाल, बात बहुत सरल है, मैं चाहता हूँ कि तुम मुझे खजाने का आधा हिस्सा दो और बदले में, मैं तुम्हारी खजाने तक पहुँचने में पूरी मदद करूँगा" - उस आदमी ने कहा।

गोपाल ने चोंकते हुए पुछा, "आपको पता है खजाना कहाँ है?"

फोन पर दोनों तरफ कुछ देर के लिए सन्नाटा छा गया।

"हाँ मुझे पता है" - उस आदमी ने कहा।

"तो आप पूरा खजाना ले लीजिए ना, आपको मुझे भी आधा देना नहीं पड़ेगा" - गोपाल ने झट से कहा।

गोपाल कि बात सुनते ही वो आदमी जोर से हँसने लगा और अगले ही पल उसने फोन रख दिया।

"क्या हुआ, कौन था वो और क्या बोल रहा था? - ललित ने एक के बाद एक सवाल पूछे।

"कोई मेरा शुभचिंतक था, बोल रहा था कि वो जानता है कि खजाना कहाँ है लेकिन जब मैंने उसे बोला कि खुद जा कर ले ले तो उसने हँसते हुए फोन रख दिया" - गोपाल ने सोफे पर बैठते हुए कहा और फिर दोनों हाथों से अपना सिर पकड़ लिया।

"तू सही बोल रहा था, हम पर नजर रखी जा रही है" - ललित ने प्लेट से बिस्कुट उठाते हुए कहा।

जयंत ने अपने हाथ में पहनी घड़ी की तरफ नजर घुमाई और बोला "7:45 बज गए हैं"

"शाम कि आरती का समय हो गया है, तुझे चलना है ना आरती में" - जयंत ने गोपाल कि तरफ देखते हुए पुछा।

"क्या..! आरती का समय हो गया है" - गोपाल ने चौंकते हुए कहा और वो अपनी जगह पर झट से खड़ा हो गया।

"चलो चलते हैं" - गोपाल ने अपना फोन जेब में रखते हुए कहा।

ललित ने प्लेट में रखे आखिरी दो बिस्कुट उठा लिए, एक को जेब में रख लिया और दूसरे को खाने लगा। तभी अचानक दरवाजे पर किसी की दस्तक हुई।

"कहीं तुम्हारा शुभचिंतक तो नहीं आ गया" - ललित ने बिस्कुट खाते-खाते हँसते हुए कहा।

गोपाल और जयंत दोनों ने ललित को फिर घूरा, दोनों के दिलों कि धड़कने बढ़ गई थी।

जयंत ने दरवाजा खोला, सामने वही वेटर खड़ा था।

"Sir your parcel" - वेटर ने एक फुट चौड़ा और एक फुट लंबा चौकोर सफेद रंग का डिब्बा जयंत की तरफ मुस्कुराते हुए आगे किया।

जयंत ने दोनों हाथों से डिब्बे को पकड़ा और गोपाल ने दरवाजा बंद किया।

"भाई ध्यान से, बम भी हो सकता है" - ललित ने अपना फोन ऑन किया हुआ था वो व्लॉग शूट कर रहा था। जयंत ने डिब्बे के चारों तरफ देखा लेकिन कहीं कुछ भी लिखा हुआ नहीं था और वजन में भी हल्का था।

गोपाल, ललित और जयंत तीनो ने डिब्बे की तरफ देखा।

"इसे खोलो तो सही देखे क्या है इसमें? - ललित ने अपने फोन से डिब्बे का एक क्लोज अप शॉट लेते हुए कहा।

"नहीं अभी नहीं, आरती से आकर खोलेंगे, इसे अभी रख दे," - इतना बोलकर गोपाल दरवाजे की तरफ चला गया।

जयंत ने डिब्बा टेबल पर रखा और वो भी गोपाल के पीछे-पीछे चला गया।

ललित ने डिब्बे के ऊपर हाथ फेर कर कहा "तुझे आकर खोलते है, तब तक मेरा इन्तजार कर", इतना कहकर वो भी कमरे के बहार निकल गया।

*****

अध्याय 7

नैनीताक की माल रोड पर तीन दोस्त भाग रहे थे, गोपाल सबसे आगे भाग रहा था। जयंत और ललित पीछे-पीछे दौड़ रहे थे।

"यार जयंत मुझे एक बात बता, हम जबसे नैनीताल आएं है, तब से दौड़ रहे हैं, घूमने आएं है या मैराथोन दौड़ने" - ललित ने अपना फोन जेब में रखते हुए कहा।

"पता नहीं यार, ये गोपाल ही जाने, मुझे भी कुछ समझ में नहीं आ रहा है, अरे! गोपाल कहाँ चला गया" - जयंत इधर-उधर देखते हुए बोला।

माल रोड़ पर सैलानियों का हुजूम उमड़ा हुआ था। पैर रखने तक की जगह भी नहीं थी।

"अरे सामने ही है, चलता चल" - ललित ने अपनी पैरों की उँगलियों पर खड़े होते हुए कहा।

तीनों दोस्त नैना देवी के मंदिर की तरफ बढ़े जा रहे थे।

माँ नैना देवी का मंदिर नैनीताल के साथ में ही था मदिर की सीढ़ियाँ नैनीताल की तरफ थी, और दूसरी सीढ़िया मैदान की तरफ, घंटियों की आवाजे सुनाई दे रही थी।

गोपाल, ललित और जयंत मंदिर के प्रागण में हाफ्ते हुए पहुँचे। वहाँ पर बहुत से लोगों ने धूप, दिये,अगरबत्ती,प्रसाद की छोटी-छोटी दुकाने लगाई हुई थी।

गोपाल ने जल्दी जल्दी आरती का सामान लिया। जयंत और ललित ने भी एक साथ प्रसाद लिया।

जयंत ने प्रसाद तो लिया था मगर वो भगवान और भूत- प्रेत पर विश्वास नहीं करता था। उसे लगता था ये सब सिर्फ मनुष्यों को व्यस्थ रखने के लिए है।

तीनों दोस्त, मंदिर के सामने पहुँचे, वहाँ पर पैर रखने की जगह भी नहीं थी। गोपाल के चाचा खिमानन्द शास्त्री मंदिर के मुख्य पुजारी थे, उन्होंने गोपाल को दूर से ही देख लिया था, वो पीछे के दरवाजे से निकल कर गोपाल के बगल में आकर खड़े हो गए। "गोपाल मेरे पीछे आओ", खिमानन्द बोले। गोपाल, ललित और जयंत तीनो खिमानन्द के पीछे चलने लगे। उन तीनों को खिमानन्द शास्त्री ने पीछे के दरवाजे से मंदिर में प्रवेश करवाया।

"नैना माँ से तुम्हें जो चाहिए वो मांग लो, अगर तुम्हारी श्रद्धा सच्ची हुई तो वो वस्तु तुम्हें अवश्य प्राप्त होगी" - खिमानंद शास्त्री ने मुस्कुरा कर कहा।

जयंत ने सुन कर अनसुना कर दिया।

ललित सोचने लगा कि उसे क्या-क्या मांगना है, उसने अपने दिमाग में पहले से लिस्ट बना ली थी।

गोपाल सिर्फ एक ही कार्य के लिए आशीर्वाद मांगने आया था।

तीनों ने नैना माता के दर्शन किए और फिर उसी पीछे के रास्ते से बाहर आ गए।

रात के 8:45 बजे हुए थे। माल रोड़ पर चलते-चलते तीनों दोस्तों को पाँच मिनट ही हुए थे, अचानक एक आवाज आई "गोपाल....ओ गोपाल", तीनों दोस्त एक जगह पर खड़े होकर इधर-उधर देखने लगे।

"जो आवाज अभी मैंने सुनी, क्या वो तुम दोनों ने भी सुनी? - ललित ने पूछा।

"हाँ, कोई गोपाल को आवाज लगा रहा था" - जयंत बोला।

"इतनी भीड़ है, शायद किसी और को बुला रहा हो, गोपाल बहुत ही कॉमन नाम है पहाडियों में" - गोपाल बोला।

फिर से आवाज आई, "गोपाल......ओ गोपल"

"यार ये आवाज ऊपर से आ रही है वो देख....ऊपर" - जयंत ने माल रोड़ से थोड़ा सा ऊपर देखते हुए कहा।

"कहाँ" - ललित ने ऊपर पहाड़ की तरफ देखते हुए पूछा।

"गोपाल वो अंकल तुझे बुला रहे है" - जयंत ने बेंच की तरफ इशारा करते हुए कहा।

वो बेंच माल रोड़ से करीब सौ फुट कि ऊँचाई पर लगा हुआ था, बेंच के चारों तरफ अँधेरा था, धुंधला-धुंधला सा वहाँ बैठा हुआ कोई नजर आ रहा था।

"हाँ यार आवाज तो मैंने भी सुनी" - गोपाल ने बेंच की तरफ देखते हुए कहा।

ललित अपने फोन में जूम करने लगा।

"यार मुझे तो कुछ नजर नहीं आ रहा है" - ललित ने अपना फोन में देखते हुए कहा।

"वो तीनों उस बेंच की तरफ चलने लगे, वो आदमी भी उतने ही कदम उनसे दूर जाने लगा और कुछ ही पलों के बाद वो आदमी अँधेरे में गायब हो गया।

बेंच के पास तीनो पहुँचे।

"कहाँ चले गए अंकल" - जयंत ने इधर-उधर देखते हुए कहा।

"सच में था ना, तुने देखा किसी को?" - ललित ने कन्फर्म करते हुए पूछा।

"हाँ यार, उन्होंने 'गोपाल ओ गोपाल' कहा था और हमारी तरफ हाथ भी हिलाया था"- जयंत ने पूरे भरोसे के साथ कहा।

"क्या पता किसी और को आवाज लगाई हो, चलो चलते हैं यहाँ से" - गोपाल ने बेंच के पास पहुँच कर हर तरफ देखते हुए कहा।

"ये क्या है? - जयंत की नजर एक पीले रंग के लिफाफे पर पड़ी जो की बेंच पर रखा हुआ था।

"अबे वहीं रख दे, किसी का होगा ये, थकान हो गई है मुझे तो" - ललित ने बेंच पर बैठते हुए कहा।

जयंत ने लिफाफे को उठाया और पलटा, उस पर नीले रंग की स्याही से लिखा हुआ था। जयंत ने पढ़ा...

'श्री गोपाल दत्त पंत पुत्र श्री गिरीश दत्त पंत, नैनीताल',

'गोपाल दत्त पंत पुत्र श्री गिरीश दत्त पंत' गोपाल ने बढ़बढाते हुए जयंत के हाथों से वो लिफाफा छीना।

"नाम तो मेरा ही है और पापा का नाम भी सही है" - गोपाल ने हैरानी से लिफाफे की तरफ देखते हुए कहा।

"भाई तेरा नहीं है ये, इसमें श्री गोपाल दत्त पंत लिखा है और तू सिर्फ गोपाल है" - ललित इतना बोलकर जोर से हंसने लगा।

जयंत और गोपाल दोनों ने ललित को फिर से घूरा।

"भाई जोक था, खैर छोड़ो तुम्हारी समझ में नहीं आएगा। खोलो इस लिफाफे को, देखे तो क्या है इसमें" - ललित बोला ।

गोपाल ने लिफाफे खोलना शुरू किया, उसका दिल जोर-जोर से धड़क रहा था।

लिफाफे के अंदर से एक पुराना पन्ना निकला, जो की बहुत ही नाजुक लग रहा था। उस पन्ने का रंग काला पड़ चुका था।

"क्या नजारा है नैनीताल का....जल्दी पढ़ यार, फिर माल रोड़ पर घूमते हैं" - ललित ने चारों तरफ देखते हुए कहा।

लिफाफे पर कुमाउँनी भाषा में लिखा हुआ था, गोपाल पन्ने पर लिखे हुए को पढ़ने की कोशिश करते हुए कहा।

"यार ये राइटिंग कहीं देखी-देखी सी लग रही मुझे" - गोपाल ने पत्र को बड़े ही गौर से देखते हुए कहा।

"औ भैंस की टाँग" - गोपाल जोर से चिल्लाया और फिर अपना सिर पकड़ा कर बेंच पर बैठ गया

"अब क्या हुआ? – जयंत बोला और बेंच पर बैठने लगा....लेकिन उसके बैठने से पहले ही गोपाल बेंच से उठा और माल रोड़ की तरफ नीचे को दौड़ने लगा। "अबे कहाँ जा रहे हैं, ये तो बता...." - जयंत ने गोपाल के पीछे दौड़ते हुए पूछा।

"भाई होटल जा रहा हूँ मैं" - गोपाल बोला और होटल की तरफ तेजी से चलने लगता है।

"औ भैंस की टाँग, ये मैं बोलता हूँ, तू कुछ दूसरा बोल समझा, कॉपी मत कर" - ललित ने चिड़ते हुए कहा और वो भी पीछे-पीछे चल पड़ा।

रात के 9:30 बजे हुए थे। तीनों दोस्त एक बार फिर से माल रोड़ पर दौड़ने लगे।

ललित व्लॉग बनाने की कोशिश कर रहा था लेकिन लोगों की भीड़ इतनी थी और ऊपर से वो दौड़ भी रहा था। उसने अपना फोन गुस्से से जेब में रख लिया।

"मजाक चल रहा है क्या, कभी होटल से दौड़ो, कभी होटल जाने के लिए दौड़ो" - ललित बड़बड़ाता हुआ लोगों से टकरा रहा था।

गोपाल के दिमाग में सिर्फ एक बात चल रही था कि वो कैसे भी करके होटल के कमरे तक पहुँचे, उसे और कुछ नजर नहीं आ रहा था।

जयंत सबको सॉरी बोलता हुआ गोपाल के पीछे दौड़ रहा था।

गोपाल सबसे पहले होटल पहुँचा, कमरे की चाबी जयंत के पास थी। गोपाल कमरे के पास खड़ा जयंत का इंतजार कर रहा था। वो पसीने से भीग चुका था। उसकी सांसे चड़ी हुई थी और चेहरा लाल हो गया था।

जयंत भी भागता-भागता गोपाल के पास पहुँचा, दोनों होटल के अंदर गए जयंत ने दरवाजे में लगे ताले को खोला और गोपाल जल्दी से कमरे के अंदर घुसा।

जयंत की भी सांसे चड़ी हुई थी। उसने अपना जैकेट उतारा और सोफे पर पसर गया।

ललित दरवाजे पर पहुँचा, उसकी हालत इन दोनों से ज्यादा ख़राब थी।

वो कमरे में हाँफता हुआ पहुँचा और जयंत के बगल में जाकर पसर गया।

"क्या मजाक चल रहा है ये....भैंस....की....टाँग" - ललित हाँफते हुए बोला।

"अबे पहले साँस तो ले ले फिर बोलियो" - जयंत ने ललित तो टोकते हुए कहा।

"सही बोल रहा है" - ललित ने कहा और फिर जोर-जोर से साँसे लेने लगा।

गोपाल अपना भूरे रंग का बैग लेकर आया, जिसमें नक्शे रखे हुए थे। उसमे एक-एक करके सारे नक्शे निकाल कर बिस्तर पर फैला दिए। अब बैग पूरी तरह से खाली हो चूका था, अंत में उसने एक पन्नी निकाली जिसमें एक पुरानी डायरी थी। गोपाल ने डायरी को खोला और दूसरे हाथ में पन्ने को रखा जो थोड़ी देर पहले बेंच पर मिला था और दोनों की राइटिंग को मिलाने की कोशिश करने लगा।

"पापा......." - गोपाल के मुहँ से निकला।

"पापा!! - जयंत चौंकते हुए बोला।

ललित, गोपाल के पास आकर खड़ा हो जाता है और पन्ने को अपने हाथ में ले लिया। जयंत ने गोपाल को कुर्सी पर बिठाया।

"हाँ यार, राइटिंग तो एक जैसी है" - ललित ने उस पन्ने और डायरी को जयंत को दिखाते हुए कहा।

जयंत कुछ देर तक देखता है फिर वह डायरी के पन्ने पलट कर दूसरे पन्ने से मिला कर देखता है।

"यार ये कैसे हो सकता है, बिलकुल हू...ब...हू लिखा हुआ है" – जयंत गोपाल के बगल वाले सोफे पर बैठते हुए बोला।

ललित को एक दम से कुछ याद आया वो सोफे के कवर और उस पर रखे तकिए को इधर-उधर कर रहा था और थोड़ी ही देर में उसने सभी सोफे और तकिए इधर-उधर कर दिए। थक हार कर वो जयंत के बगल में आकर बैठ गया।

"अब तुझे क्या हुआ?" - जयंत ने ललित को देखते हुए पूछा।

"भाई वो पार्सल जो वेटर देने आया था वो मिल नहीं रहा" - ललित ने गंभीरता से कहा।

"अबे ढंग से ढूँढ़ यहीं पर होगा" - जयंत बोला।

ललित पूरे कमरे में ढूँढने लगा और गोपाल अपना सिर पकड़ कर बैठ गया, उसको कुछ समझ नहीं आ रहा था।

जयंत काफी देर तक पन्ने को समझने की कोशिश करता है लेकिन उसको कुछ समझ नहीं आता।

"इन पंक्तियों का मतलब क्या है" - इतना बोलकर जयंत पन्ने को गोपाल की तरफ कर देता है।

गोपाल पन्ने को पकड़ता है।

"सात साल में एक रात, अंधेरों से भरी रात, मतलब अमावस्या की रात।

ताल के द्वार का मतलब, दरवाजे होगा।

मध्य रात ताल मध्य, मध्य रात मतलब रात के 12 बजे, ताल मध्य मतलब ताल के बीचों-बीच।

पानी, पानी के चक्कर काटेगा, इसका मतलब समझ नहीं आ रहा।"

गोपाल खुद बुदबुदाता है।

"जयंत वो बड़ा वाला नक्शा दियो" - गोपाल पन्ने की तरफ देखते हुए बोला।

जयंत नक्शे को लाता है और उसे गोपाल की तरफ बढ़ा देता है।

"इसको टेबल पर फैला दो" - गोपाल बोला।

जयंत और ललित उस नक्शे को टेबल पर फैला दिया।

"देखो ये है पूरे नैनीताल का नक्शा, ये रहे सात ताल, ये है नौकुची ताल, ये है भीम ताल" - गोपाल नैनीताल के सारे तालों को नक्शे में बताता है और अंत में वो नैनीताल पर उंगली रखता है।

"ये सारे तालों पर क्रॉस का निशान क्यूँ है, सिवाए नैनीताल के? - ललित नक्शे की तरफ गौर से देखते हुए पूछता है।

"वो इसलिए क्योंकि सारे तालों में खजाना खोजा लेकिन नहीं मिला। एक बार अंग्रेजों की टोली नैनीताल में भी गई थी फिर वो कभी वापिस नहीं आई और ठीक उसके 100 सालों के बाद मेरे पापा भी गायब हो गए, इसलिए खजाना तो वहीं होगा और मेरे पापा भी" - गोपाल ने पूरे आत्म विश्वास के साथ धीमी आवाज में कहा।

"तू फिक्र मत कर, खजाना हम ढूँढ लेंगे, मेरा मतलब है तेरे पापा को हम ढूँढ लेंगे" - ललित ने गोपाल के कंधे पर हाथ रखते हुए कहा।

ललित की ये बातें सुनकर जयंत और गोपाल के चेहरों पर हल्की सी मुस्कान आ गई।

रात के 10:00 बजे चुके थे।

"अब करना क्या है आगे, ये बता" - जयंत ने गोपाल की तरफ देखते हुए कहा।

आज ही वो रात है, हमे रात 11 बजे निकालना होगा। "तैयारी करनी है, लेकिन मैं तुम दोनों से कुछ कहना चाहता हूँ" - गोपाल गंभीरता से बोला।

"अगर हम इस यात्रा में आगे निकले तो हमारे वापसी की उमीदें 50-50 प्रतिशत हैं। हम वापिस आ भी सकते हैं और नहीं भी। मैं तुमसे कहना चाहता हूँ की तुम दोनों वापस चले जाओ" - गोपाल ने गंभीरता से कहा।

गोपाल की ये बात सुनकर जयंत और ललित एक दूसरे को देखने लगे।

“गोपाल यार मैं तो शुरू से तेरे साथ हूँ, खजाना और तेरे पापा दोनों का मिलना जरूरी है यार, मैं चलूँगा तेरे साथ" - ललित बोला।

"देख गोपाल, पिता से न मिलने का गम मुझसे ज्यादा और कौन समझ सकता है, मुझे खजाने में रत्ती भर भी दिलचस्पी नहीं है, लेकिन तेरे पिताजी को ढूँढने के लिए मैं तेरे साथ हूँ, जो होगा देखा जायेगा: - जयंत बोला।

गोपाल को अपने दोनों दोस्तों का साथ मिल गया था, उसको चिंता भी थी और खुशी भी।

"यार भूख लग गई है, कुछ मँगवा ले क्या? –गोपाल के आँशु निकालने वाले ही थे कि ललित बीच में बोल पड़ा।

"हाँ-हाँ मँगवा ले" - जयंत बोला।

"वो ही खाना दुबारा मँगा लेता हूँ जो दोपहर में खाया था" - ललित फोन के पास जाते हुए बोला।

"हाँ...सही है" - जयंत बोला।

*****

अध्याय 8

रात के 11 बजे हुए थे। होटल के एक कमरे में अफरातफरी मची हुई थी। ललित को खाने-पीने का बैग दिया गया था, जिसमें बिस्कुट, चिप्स और कोल्ड ड्रिंक्स थी। गोपाल के हाथों में नक्शा था और जयंत ने बैग टाँगा हुआ था जो गोपाल का था, उसमें पुरातत्त्व से जुड़ी हुई किताबें और कुछ पुराने नक्शे थे।

गोपाल का प्लान था वो चुपके से होटल से निकले और अपने काम में लग जाए। तीनों दोस्त होटल के कमरे से बाहर निकलें, गोपाल और जयंत चारों तरफ देखने लगे।

ललित ने अपने फोन का कैमरा चालू किया और वीडियो बनाने लगा।

"दोस्तों आपका स्वागत है" - ललित जैसे ही बोलने लगा गोपाल और जयंत दोनों ने एक साथ कहा चुप हो जा...बे।

"पूरी दुनिया को जगाएगा क्या? - जयंत ने चिड़ते हुए कहा।

"होटल वालों को पता नहीं चलना चाहिए की हम लोग निकल चुके हैं" - गोपाल ने फुसफुसाते हुए कहा।

"दोस्तों मैं अभी धीरे से बोलूँगा, आप समझ जाना" - ललित ने अपनी वीडियो दोबारा चालू करते हुए कहा।

वो तीनों छुपते-छुपाते होटल से बाहर निकल गए और माल रोड़ की तरफ चलने लगे।

"आज मौसम ठंडा है" - जयंत ने अपने जैकेट की चैन लगाते हुए कहा।

"नैनीताल में हमेशा ऐसा ही तापमान रहता है और रात को तो और ज्यादा ठंड पड़ती है" - ललित ने अपना ज्ञान बाँटते हुए कहा।

"तुझे बड़ा पता है, पहली बार तो तू आया है किसी पहाड़ी इलाके में और ज्ञान बाँट रहा है" - जयंत ने हँसते हुए कहा।

गोपाल गंभीर था, उसने अपनी घड़ी देखी, समय हो रहा था रात के 11बजकर 17 मिनट.

वो तीनों माल रोड़ पर आ गए। वहाँ की सारी दुकाने बंद थी। अभी कुछ घंटों पहले जहाँ लोग ही लोग थे, पैर रखने की जगह तक नहीं थी, अब सिर्फ ये तीनों दोस्त ही चल रहे थे। सुनसान रास्ते पर जहाँ चारों तरफ अँधेरा या बस स्ट्रीट लाइट जली हुई थी, अचानक आवाज आई।

"गोपाल...ओ गोपाल"

गोपाल, ललित और जयंत तीनो ने पीछे मुड़ कर देखा।

"ये क्या हो रहा है, ये दूसरी बार गोपाल को किसी ने आवाज लगाई है। मुझे तो लगता है कोई भूत-वूत है" - ललित ने इधर-उधर देखते हुए कहा।

"भूत-वूत कुछ नहीं होता, सिर्फ मन का वहम होता है" - जयंत ने मुस्कुराते हुए कहा।

गोपाल बड़े गौर से एक ही दिशा में देखे जा रहा था और फिर उसी दिशा की तरफ बढ़ने लगा।

"कहाँ जा रहा है, मेरी तो फट रही है भाई लोगों, वापिस चलते हैं होटल में, खजाना सुबह ढूँढेंगे" - ललित ने काँपती हुई आवाज में कहा।

"चुप हो जा और हमारे साथ चल" -जयंत, गोपाल के पीछे चलते हुए बोला।

"मुझे लगता है उस बेंच से हमें किसी ने आवाज लगाई है" - गोपल ने दूर रखे बेंच की तरफ इशारा करते हुए कहा।

"भाई तुम दोनों जाओ, मैं यहीं पर इंतजार करूँगा" - ललित बोला और वहीं खड़ा हो गया।

"अकेले खड़ा रहेगा यहाँ पर!! - जयंत ने कहा और वो आगे बढ़ गया।

"क्या मुसीबत है" - ललित ने कहा और वो उन दोनों के साथ बेंच की तरफ बढ़ने लगा।

"तुझे कैसे पता उसी बेंच से आवाज आई है क्या पता नीचे रखे किसी बेंच से आवाज आई हो? - ललित ने पूछा।

"मैंने किसी की परछाई को उस बेंच की ओर जाते देखा था" - गोपाल ने कहा।

"क्या बक रहा है तू, भाई पक्का भूत है, मैं बोल रहा हूँ वापिस चलते हैं यार" - ललित का चेहरा उतरने लगा था, उसे डर घबराहट सब एक साथ महसूस होने लगे।

"अबे नहीं होते हैं भूत, तू इतना मत सोच" - जयंत ने ललित के कंधे पर हाथ रखते हुए कहा।

ललित ने जयंत का हाथ अपने कंधे से नीचे उतारते हुए कहा "साले तेरी तो गर्लफ्रेंड है समझा, मेरी तो अभी तक कोई सेटिंग भी नहीं हुई है और ये गोपाल इसकी बंदी, क्या नाम है उसका...." - ललित सोचते हुए बोला।

"कोमल" - जयंत बोला।

"हाँ, उस कोमल से इसकी सेटिंग चल रही है" - ललित ने चिड़ते हुए कहा।

"अबे कोई सेटिंग नहीं चल रही है भाई, वो अर्कोलॉजिकल की किताब लेने आई थी मेरे घर पर बस, ग्रुप पर बताया तो था मैने" - गोपाल ने सफाई देते हुए कहा।

"अबे कोई लड़की घर पर एक दो बार किताब लेने आए तो समझ में आता है पाँच बार किताब लेने आए तो क्या समझे हम" - ललित ने चिड़ते हुए कहा।

जयंत और गोपाल दोनों हँसने लगे।

"तू क्यों हंस रहा है साले, तू भी तो....क्या नाम है उसका...बबिता को तीन महीने से डेट कर रहा है, उसका क्या" - ललित ने तमतमाते हुए कहा।

"अबे मिलने को डेट नहीं कहते भाई" - जयंत ने मुस्कुराते हुए अपनी सफाई दी।

"तुम दोनों के चक्कर में मेरी कोई बंदी नहीं है, मेरी जवानी बर्बाद हो रही है, साले तुम दोनों दोस्तों के साथ रहते रहते मेरी जिंदगी झंड हो गई है" - ललित ने दोनों हाथ सिर के पीछे रखते हुए कहा।

"शांत हो जा भाई, बस हम बेंच के पास पहुँचने ही वाले हैं, सारा गुस्सा हम पर निकालेगा क्या कुछ भूत के लिए भी बचा कर रख" - गोपाल ने ललित की डर वाली रक्त पर हाथ रख दिया।

ललित की फालतू की बातें सुनकर जयंत का पारा अब ऊपर हो गया था।

"बहुत बोल रहा है ना तू, तो सुन, तेरी बंदी कभी नहीं बन सकती, एक नंबर का कंजूस और लीचड़ किस्म का आदमी है तू।

एक दिन शामली को कॉफी पिलाने ले गया था, पहली बार किसी लड़की ने तेरे साथ चलने के लिए हाँ किया यही बहुत बड़ी बात थी और फिर कॉफी का जब बिल आया, तो पता है इसने क्या बोला?,"मैं अपना वॉलेट घर भूल आया", फिर शामली ने बिल दिया। बताओ बंदी चाहिए इसे, पैसे खर्च तो कर नहीं पाता, लड़की घुमाएगा" - जयंत ने चलते-चलते गुस्से से कहा।

गोपाल मुस्कुरा रहा था, लेकिन ललित और जयंत दोनों गुस्से से लाल हो गए थे।

"अरे छोड़ो पुरानी बातें" - गोपाल ने बीच में कूदते हुए कहा।

"और ये पैसो वाली बात तुझे कैसे पता? - ललित ने सोचने के बाद पूछा।

"भाई पूरी दुनिया को पता है, शामली मेरी दोस्त है, उसने हर जगह ढिंढोरा पीट दिया, बता अब क्या करेगा तू" - जयंत बोला।

ललित का गुस्सा धीरे-धीरे शांत होने लगा।

बेंच के पास तीनों दोस्त पहुँच गए। अचानक बेंच के बगल में लगी स्ट्रीट लाइट बंद हो गई। ललित ने जयंत और गोपाल दोनों को पकड़ लिया।

"भाई क्या हो रहा है यहाँ, जैसे ही हम ऊपर आए भूत ने लाइट बंद कर दी। जय हनुमान ज्ञान गुन सागर.....जय हनुमान ज्ञान गुन सागर....." - ललित हनुमान चालीसा की पहली पंक्ति को बार-बार दोहराने लगा।

जयंत ने चारों तरफ देखा, गोपाल ने अपनी जेब से टॉर्च निकाली, चारों तरफ घना अँधेरा था।

गोपाल बेंच के पास गया और टॉर्च से इधर-उधर देखने लगा। कौने में एक पीले रंग का लिफाफा पड़ा हुआ था। उसने लिफाफा उठाया और जयंत और ललित के पास आ गया।

"कुछ मिला? - जयंत ने पूछा।

"हाँ ये मिला" - गोपाल ने लिफाफा दिखाते हुए कहा।

"जय हनुमान ज्ञान गुन सागर" - ललित अभी भी आँखें बंद करके एक ही लाइन को दोहरा रहा था।

"भाई इतनी ही आती है क्या हनुमान चालीसा तुझे?" - जयंत ने पूछा।

"अबे यार आज में बाजार से खरीदने की सोच ही रहा था, मेरी नजर भी पड़ी थी हनुमान चालीसा पर मगर मैंने खरीदी नहीं, मेरी जिंदगी की सबसे बड़ी गलती है ये" - ललित ने अपनी काँपती हुई आवाज में कहा।

गोपाल और जयंत दोनों हंसने लगे।

"ये देख एक और लिफाफा मिला है यार, पर वजन है इसमें", जयंत ने कहा और फिर गोपाल की तरफ लिफाफा बढ़ा दिया।

गोपाल ने लिफाफे को पलटा उसमे लिखा था "**श्री गोपाल दत्त पंत पुत्र श्री गिरीश दत्त पंत, नैनीताल**"

"टॉर्च पकड़" - गोपाल ने जयंत को टॉर्च पकड़ाया और गोपाल ने उस लिफाफे को खोला। उसमें से एक पुरानी जंग लगी चाबी निकली, वह चाबी काली रंग की थी। सालों की धूल और जंग की वजह से वह बहुत पुरानी लग रही थी। लेकिन उस चाबी में छोटे-छोटे अक्षरों से '***जल मेव जीवनम***'लिखा हुआ अलग से चमक रहा था।

"ये क्या है? - ललित ने पुछा।

"अबे चाबी है ये" - जयंत बोला।

"वो तो मुझे भी नजर आ रहा है, लेकिन भूत हमें चाबी क्यों देगा? - ललित ने सोचते हुए कहा।

गोपाल ने अपनी घड़ी की तरफ नजर घुमाई, रात के 11 बजकर 35 मिनट हो गए।

"दोस्तों ये क्या है, किसकी है, क्यों है, बाद में सोचेंगे अभी यहाँ से चलते है। 12 बजने से पहले हमें नैनीताल पहुँचना है"- गोपाल बोला और धीरे धीरे उस जगह से आगे चलने लगा।

तीनों दोस्त ऊपर पहाड़ी से नीचे उतरते हुए नैनीताल की तरफ बढ़ने लगे। ललित अपनी वीडियो शूट करता जा रहा था।

"दोस्तों, हमे इस बेंच पर किसी भूत ने आवाज लगाई और फिर जब हम वहाँ पहुँचे, हमें लिफाफे में एक चाबी मिली। बहुत डरावना अनुभव रहा ये। अब ना जाने आगे क्या क्या होगा ठंडी-ठंडी हवाएँ चल रही है इधर, आप लोग हमारे साथ बने रहिए" - ललित ने कहा और फोन जेब में रख लिया।

रात के 11 बजकर 49 मिनट हो चुके थे। गोपाल, जयंत और ललित नैनीताल के बोटिंग एरिया में पहुँच गए। अँधेरा इतना घना था कि उन्हें अपनी टॉर्च से बार-बार इधर-उधर देखना पड़ रहा था।

जयंत इधर-उधर देख रहा था।

"क्या हुआ? - गोपाल ने जयंत से पूछा।

"नैनीताल में रात को कोई गार्ड नहीं होता क्या? यहाँ तो कोई भी नहीं है, सुनसान पड़ा है चारों तरफ" - जयंत बोला।

"हाँ तो, सही तो है हमारे लिए" - ललित बीच में बोला।

"और मुझे इस बार नैनीताल दूर भी नहीं लगा, जितना की शाम को लगा था", ललित बोले जा रहा था। जयंत ने बीच में टोका, "तू तो चुप ही रह, गोपाल तुझे क्या लगता है?", जयंत ने गोपाल की तरफ देखते हुए पूछा।

"बात तो तेरी सही है, लेकिन हमें रास्ता साफ चाहिए था जो की हमें मिल गया, ज्यादा सोचना क्या है इसमें" - गोपाल बोला।

"गोपाल तू सही बोल रहा है" - ललित मुस्कुराते हुए जयंत की तरफ देखते हुए बोला।

सामने सीढ़ियाँ बनी हुई थी। तीनो दोस्त सीढ़ियों से उतर कर एक बड़े काले दरवाजा के पास पहुँचे, उस पर एक मोटा सा ताला लगा हुआ था। दरवाजा करीब बीस फुट चौड़ा और दस फुट ऊँचा था। नैनीताल और जमीन के बीच में बस वही एक दरवाजा था।

जैसे ही ललित ने ताले को देखा उसने झट से कहा "वो चाबी दियो गोपाल, ताला खोलते है"

"पहेली के अनुसार रात के 12 बजे अपने आप ताला खुल जाएगा" - गोपाल ने सीढ़ी पर बैठते हुए कहा।

"अबे वो फिल्मों में होता है, ये हकीकत है, यहाँ ताला हमें ही खोलना पड़ेगा" - ललित ने दुबारा चाबी माँगी।

"अबे बैठ जा ना, ताला अपने आप खुलेगा" - जयंत बोला और तीनों दोस्त नैनीताल की सीढ़ियों पर बैठ गए।

12 बजने ही वाले है "बस 5 मिंनट रुक जा, उसके बाद देखेंगे" - गोपाल ने कहा।

रात के 11 बजकर 55 मिनट हो गए थे। तीनो दोस्त नैनीताल की सीढ़ियों पर बैठे दरवाजा खुलने का इंतजार कर रहे थे।

ललित ने अपना फोन जेब से निकाला और वीडियो बनाते हुए बोला ; "दोस्तों जैसा की आप लोग देख सकते हैं यहाँ पर ताला लगा हुआ है और हम लोग ताले के खुलने का इंतजार कर रहे हैं"

अमावस्या की काली रात में आसमां तारों से भरा हुआ साफ नजर आ रहा था। तारे बहुत ही करीब दिख रहे थे। नैनीताल पर उनकी परछाई ऐसी लग रही थी, मानों दो आकाश आमने सामने आ गए हो! वो तीनों दोस्त नैनीताल की सीढ़ियों पर बैठे दरवाजा खुलने का इंतजार कर रहे थे।

"अपने आप नहीं खुलेगा यार.... हमें ही खोलना होगा" - ललित ने इधर-उधर देखते हुए कहा।

ललित के कंधे पर जयंत ने दो बार हाथ मारा।

"कौन, कौन है? - ललित ने डर के मारे पूछा।

"अबे मैं हूँ, वो बैग दियो जिसमें यहाँ का नक्शा है" - जयंत ने कहा।

"अबे मुहँ से नहीं बोल सकता" - ललित ने चिड़ते हुए कहा।

"बोल तो रहा हूँ, फट्टू कहीं का...खजाना चाहिए इसे" - जयंत हँसते हुए बोला।

"फट्टू किसे बोल रहा है"- ललित ने जवाब दिया।

"चुप हो जाओ तुम दोनों" - गोपाल ने कहा।

समय की रफ्तार जैसे धीमी हो गई थी, 11 बजकर 58 मिनट हो गए थे।। मौसम में ठंडक बढ़ गई थी और तेज बर्फीली हवाएँ चलने लगी।

"कुछ हो रहा है यहाँ, मुझे कुछ समझ नहीं आ रहा, मौसम अचानक क्यों बदल रहा है?" - ललित ने डरते हुए पुछा।

"मौसम तो बदलता रहता है नैनीताल का...इसमें कोई बड़ी बात नहीं है" - गोपाल ने कहा।

समय कट ही नहीं रहा था, तीनों दोस्त नैनीताल के किनारे पर दरवाजा खुलने का इतंजार कर रहे थे।

गोपाल ने टॉर्च की रोशनी से अपनी घड़ी देखी, 12 बजने में अब बस एक मिनट बचा था।

"चलो खड़े हो जाओ, हम वो नीले रंग की नाव लेंगे" - गोपाल ने कहा।

जयंत और ललित खड़े हो गए और अपने बैग टांग लिए। गोपाल दरवाजे के थोड़ा ओर पास आकार उसके खुलने का इन्तजार करने लगा।

"लेकिन हम जायेंगे कहाँ? - ललित ने पूछा।

जयंत और गोपाल ने पीछे मुड़कर ललित को देखा, ललित समझ गया कि उसने कुछ गलत बोल दिया है।

12 बज गए, गोपाल ने अपनी घड़ी में देखा।

ललित और जयंत ने भी अपनी-अपनी घड़ियों पर नजर मारी। हवाएँ और तेज होने लगी थी।

"अब बस दरवाजा खुलने ही वाला है" - गोपाल बोला।

गोपाल दरवाजे को एक टक नजर बस देखे जा रहा था, उसका मानना था दरवाजा अपने आप खुल जाएगा लेकिन ऐसा हुआ नहीं।

"12 बजकर 01 मिनट हो गया है, अगर दरवाजा खुलते तो अभी तक खुल जाते" - ललित बोला।

"थोड़ा सब्र कर ले, क्या पता हमारी घड़ी आगे हो" - जयंत ने अपनी घड़ी पर नजर मारते हुए कहा।

"तीनों की घड़ी एक साथ आगे हो गई क्या, कैसी बातें कर रहा है तू" - ललित ने कहा।

"ये नहीं खुलने वाले, मैंने तो पहले ही कहा था...इतनी नॉलेज तो मुझे भी है, दरवाजा अपने आप सिर्फ भूतों की फिल्मों में खुलते है, असल जिंदगी में नहीं" - ललित ने एक सांस में बोल डाला।

"गोपाल वो लिफाफे वाली चाबी दियो" - जयंत ने हाथ आगे करते हुए कहा।

गोपाल ने अपनी पैन्ट की बाएँ जेब से चाबी निकाल कर जयंत के हाथ में रख दी। जयंत ताले के पास गया। नैनीताल का दरवाजा बहुत पुराना और ताला तो उससे भी पुराने जमाने का लग रहा था। ताले का आकार जयंत की हथ से दो गुणा था, इतना पुराना ताला होने के बावजूद उसपर 'जलमेव जीवनम' स्वर्ण अक्षरों में उभरा हुआ साफ दिखाई दे रहा था।

"चाबी कहाँ लगाऊँ, कुछ समझ नहीं आ रहा" - जयंत बड़बड़ाने लगा।

"अबे सामने देख वहीं होगा, गोपाल टॉर्च तो मार ताले पर" - ललित ने आदेश देते हुए कहा।

"चाबी कहाँ लगेगी, कुछ समझ में नहीं आ रहा है" - जयंत बोला।

"अबे ताले के नीचे देखियो"- ललित ने सुझाव दिया।

जयंत ने ताला उठाया और उसके नीचे देखा, ताले में करीब दो किलो जितना वजन था।

"हाँ मिल गया, काफी भारी है ये तो" - जयंत ने जल्दी से चाबी ताले में डाली और फिर चाबी घुमाने लगा, एक दो बार घुमाने के बाद जयंत बोला।

"अबे ये ताला शायद जाम हो गया है, और अगर मुझे किसी ने देख लिया ताला खोलते हुए तो हमें जेल हो जाएगी", जयंत अपनी पूरी जान लगाते हुए बोला।

चाबी एक बार पूरी घूमी लेकिन ताला नहीं खुला। जयंत ने फिर से जान लगाई इस बार कड़क की आवाजके साथ ताला खुल गया। जयंत ने दोनों हाथों से ताला उठाया और उसे जमीन पर रख दिया। इतनी ठण्ड में भी जयंत के माथे पर पसीना साफ नजर आ रहा था।

"ऐसा लग रहा है जैसे, हम किसी मिशन पर जा रहें हैं, मुझे ऐसी फीलिंग आ रही है" - ललित ने अपनी छाती चौड़ी करते हुए कहा।

"मिशन इम्पॉसिबल" - जयंत ने अपने माथे का पसीना पोछते हुए कहा।

"नहीं यार, हम अपना कुछ रखते है, जैसे मिशन नैनीताल" - ललित ने सुझाव दिया।

"ये तो कॉपी हो गया" - जयंत बोला।

"नैनीताल का रहस्य"

गोपाल सोचते हुए बोला।

"नैनीताल का रहस्य", ललित और जयंत ने एक साथ कहा और फिर उन दोनों ने एक साथ गोपाल की तरफ मुस्कुराते हुए देखा।

*****

अध्याय 9

नैनीताल के किनारे पर सिर्फ एक ही नाव पानी में तैर रही थी। तीनों दोस्तों ने अपने-अपने बैग लिए, लाइफ जैकेट ली और उस नाव की तरफ बढ़ने लगे। वह एक नीले रंग की नाव थी जिसके आगे एक ड्रैगन बना हुआ था। उस ड्रैगन की आँखे लाल और मुहँ खुला था।

"इसको कहते है ड्रैगन वाली नाव" - गोपाल बोला और छलाँग लगा कर नाव में जाकर बैठ गया।

"चलो अब बैठो...ललित पहले तू आ जा, तेरा वजन ज्यादा है ना" - गोपाल ने कहा।

"सिर्फ 4-5 किलो ज्यादा है नार्मल वजन से और इतना फैट होना चाहिए बॉडी में, जरूरत के समय पर काम आता है" - ललित ने अपने बढ़ते वजन को सही ठहराते हुए कहा।

"हाँ ठीक है, तू फिट है भाई, आजा अब" - गोपाल बोला।

ललित ने नाव पर पैर रखा और नाव हिलने लगी।

"अबे तू पकड़ ना नाव को, हिला क्यों रहा है" - ललित डरते हुए बोला।

"उसने पकड़ी तो है नाव, तू इतना डरता क्यों है" – जयंत चिड़ते हुए बोला।

जैसे तैसे करके ललित ने अपना दूसरा पैर नाव पर टिकाया।

"डरता नहीं हूँ मैं समझा......तू आ एक बार में, मैं भी देखूँ" - ललित ने चुनौती देते हुए कहा।

जयंत ने एक पैर नाव में रखा फिर झट से दूसरा पैर भी रखा और अपनी जगह पर बैठ गया।

"क्या बोल रहा था तू, अब बोल" - जयंत ने अपने बालों पर हाथ फेरते हुए कहा।

गोपाल और जयंत नाव की आगे वाली सीट पर बैठे गए। ललित पीछे वाली सीट पर सारे सामान के साथ बैठ गया। नाव की चारों सीट आमने सामने की तरफ थी।

"चलें....." - गोपाल ने पूछा।

"चलो-चलो" - ललित बोला।

वो तीनों दोस्त नाव में बैठ कर नैनीताल झील में आगे बढ़ने लगे।

"अबे जा कहाँ रहे हैं, इस नक़्शे में कुछ पता चल रहा है तुझे? - ललित ने पूछा।

पिछले 15 मिनट से गोपाल और जयंत पेडल मारे जा रहे थे और उनकी नाव नैनीताल झील के मध्य में आ गई थी।

12 बजकर 15 मिनट हो गए थे।

"मुझे लगता है हमें वापस चलना चाहिए, यहाँ कुछ नहीं है, शायद नक्शा गलत है" - ललित ने चारों तरफ देखते हुए कहा।

"नैनीताल के मध्य और मध्य रात्रि.....तो मध्य रात्रि तो चल रही है बस एक बार बीच में पहुँच जाए" - गोपाल ने पेडल मारते हुए कहा।

"भाई तू भी अपने पैर चला ले, थोड़ी मेहनत तो कर ले" - जयंत पैडल मारते हुए ललित की तरफ देखकर बोला।

जयंत और गोपाल नाव के सामने वाले हिस्से में थे उन्हें नैनीताल के पीछे का भाग दिख रहा था और ललित उनके सामने बैठा था, उसे ताल के सामने का हिस्सा दिख रहा था।

"लिखा तो उसमें ये भी था कि दरवाजे अपने आप खुलेगें, मगर कहाँ कुछ हुआ, मुझे लगता है कोई हमसे मजे ले रहा है और हम उसे मजे दे रहे हैं" - ललित ने अपने बैग से बिस्कुट का पैकेट निकालते हुए कहा।

"12 बजकर 25 मिनट होने को है और अभी तक हम मध्य में नहीं पहुँचे।" - ललित बोला।

"अबे लगभग 2 किलोमीटर लंबा है नैनीताल, समय लगता है....तेरी तरह नहीं है कि खाते रहो और बकवास करते चलो" - जयंत ने पेडल मारते हुए कहा।

"देखो मैं तुम दोनों के चक्कर में यहाँ आया हूँ ठीक है ना, ज्यादा बकवास मत कर, मुझे खजाने-वजाने का कोई शौक नहीं है.....वो तो मैं यारी-दोस्ती में आ गया" - ललित ने पैकेट से आखिरी बिस्कुट खाते हुए कहा।

गोपाल और जयंत दोनों ललित को घूरने लगे। जयंत को एक पल के लिए लगा कि वो उसे उठा कर नैनीताल में फेंक दे, फिर उसने अपने विचार बदले और पेडल मारने लगा।

"मैं तुम दोनों को पहले ही बोल रहा था कि हम लोग नैनीताल आराम से घूमते है", ललित बोल ही रहा था कि जयंत बीच में बोल पड़ा "चुप हो जा साले.....तू कितना बोलता है, और रही बात खजाने की उसमे सबसे ज्यादा तो तुझे इंटरेस्ट है समझा.....और तुझे अगर खजाना नहीं चाहिए तो हम तुझे अभी किनारे पर छोड़ कर आते हैं.....बोल" - जयंत गुस्से से बोला।

ललित कुछ देर शांत रहने के बाद, "नहीं ऐसी बात नहीं है, दोस्ती-यारी भी एक चीज होती है, तू नहीं समझेगा" - ललित ने धीमी आवाज में कहा और फिर शांत हो गया।

गोपाल ने बीच-बचाव करते हुए कहा।

तुम दोनों बच्चों की तरह लड़ने लगते हो" - गोपाल पसीना पोछते हुए बोला।

"ये हमारी नाव आगे बढ़ भी रही है? - ललित ने बिस्कुट का खाली रैपर ताल में फेंकते हुए पुछा ।

"थोड़ा पैर चला ले, आगे बढ़ जायेगें" – जयंत चिड़ते हुए बोला।

"उनकी तीखी नोक झोक चलते-चलते रात के 12 बजकर 55 मिनट हो गए। जयंत और गोपाल पिछले एक घंटे से लगातार नाव के पेडल चलाए जा रहे थे, उन्हें थकान भी हो गई थी और ठण्ड में वो दोनों पसीने से भीग चुके थे। ललित चारों तरफ देखने लगा और अचानक उसके चेहरे पर मुस्कान आई।

"मुझे लगता है हम लोग एक ही जगह पर रुक गए हैं, वो देखो मेरा बिस्कुट का पैकेट पिछले 10 मिनट से हमारे साथ ही है.....वैसे देखा जाए तो हमें तो इससे काफी आगे निकल जाना चाहिए था। " - ललित हँसते हुए बोला ।

जयंत और गोपाल ने ललित की बात पर गौर करते हुए बिस्कुट के रैपर को देखा।

"ललित सही बोल रहा है, हम एक ही जगह पर पिछले 10-15 मिनट से है" - गोपाल ने चिंतित होते हुए कहा।

"मुझे ऐसा क्यों लग रहा है कि हम गोल-गोल घूम रहें है....वो देखो वो ड्रम, जो पहले हमारे दाहिने था फिर हमारे सामने था और अब हमारे बाएँ तरफ है.... दिखा" - जयंत ने इशारा करते हुए कहा।

"हाँ वो वाला, तो हम गोल गोल घूम रहें हैं" - ललित ने बैग से चिप्स का एक और पैकेट निकालते हुए कहा।

गोपाल ने अपनी जेब से पत्र निकाला और पहेली के एक-एक शब्द को गौर से देखने लगा और फिर कुछ देर सोचने के बाद बोला।

"इसमें लिखा है 'पाणी, पाणी के चक्कर काटेगा"

"मतलब? - जयंत ने पूछा।

"मतलब पानी, पानी के चक्कर काटेगा" - गोपाल ने सोचते हुए अपने शब्द फिर से बोले।

"हे भगवान!! - गोपाल चिल्लाते हुए बोला, "पानी, पानी के चक्कर काटेगा का मतलब है......हम पानी में गोल-गोल घूमेंगे"

1 बज गया था, नाव ताल में धीरे-धीरे घूमने लगी।

"क्या हम सही में घूम रहे हैं? - ललित ने घबराते हुए कहा।

"देखो वो सामने मंदिर वहाँ चला गया"

"हाँ हम घूम तो रहे हैं"" - जयंत ने कहा।

"वापिस चलो" - ललित चिल्लाया और चिप्स के पैकेट को बैग में रखने लगा।

"हम नहीं, पानी घूम रहा है, हम तो एक ही जगह पर है" - जयंत ने चारों तरफ देखते हुए कहा।

ललित ने नाव का हैंडल घुमाया और नाव घूम गई।

"पूरी जान से पेडल मारो" - गोपाल ने जोर से कहा।

जयंत और गोपाल पूरी जान से पेडल मारने लगे। इस बार ललित भी उनका साथ दे रहा था। लेकिन उनकी नाव टस से मस नहीं हुई। उनकी नाव अपने आप गोल घूम रही थी।

"ये क्या है" - जयंत ने पूछा।

"शायद ये पानी का भोरा बन रहा है" - गोपाल ने घबराते हुए कहा।

"मतलब"? - जयंत ने पूछा।

"मतलब......व्हर्लपूल है वो" - गोपाल ने कहा।

"क्या बक रहा है, ये वो ही है ना जिस में एक बार फंस गए तो फिर घूमते रह जाते हैं?" - जयंत ने घबराते हुए पुछा।

"हाँ वो ही है, जल्दी-जल्दी पैडल मारो" - गोपाल चिल्लाया।

"जयंत जोर से पेडल मार, यार आज तो गए हम लोग" - ललित ने कहा।

उन तीनों दोस्तों ने पूरी जान लगा दी, लेकिन नाव अपनी जगह से टस से मस भी नहीं हो रही थी बस एक ही जगह पर घूमे जा रही थी और अब नाव की घूमने की रफ्तार धीरे धीरे बढ़ने लगी।

"ये क्या हो रहा है" - ललित ने रोते हुए कहा।

नाव की रफ्तार धीरे-धीरे बढ़ने लगी। नैनीताल का पूरा पानी एक ही दिशा में गोल घूमने लगा। नैनीताल में पानी का भंवर, फुटबॉल के मैदान से भी बड़ा बन रहा था और बीचों-बीच एक गहरी पानी की खाई बन गई, सारा पानी उस खाई में झरने की तरह गिरने लगा।नाव धीरे-धीरे उस झरने की तरफ बढ़ने लगी। उनका उस नाव पर अब कोई नियंत्रण नहीं था। गोपाल, जयंत और ललित तीनो पानी में भीग चुके थे, उनकी नाव पानी के तेज बहाव के चलते एक तरफ झुक गई थी। जिससे पानी के छींटे उनके ऊपर लगातार पड़ रहे थे।

"मेरी तो अभी शादी भी नहीं हुई है, मैं अभी मरना नहीं चाहता" ललित नाव के एक कोने को कसके पकड़ते हुए चिल्लाया।

"कुछ नहीं होगा हमें" - गोपाल ने पानी में भीगते हुए कहा।

नाव और जोर से घूमने लगी।

"हम भवंर के पास जा रहे है" - जयंत ने चिल्लाते हुए कहा।

"कुछ नजर नहीं आ रहा है" - गोपाल ने चिल्लाते हुए कहा,

पानी की वजह से गोपाल अपनी आँखें नहीं खोल पा रहा था।

पानी और तेजी से गोल-गोल घूमने लगा। नाव के सबसे अंतिम सिरे पर गोपाल, जयंत और ललित अपनी नाव को कसके पकड़े हुए नाव के साथ घूम रहे थे। वो जैसे-जैसे भवर के केंद्र की तरफ बढ़ने लगे , वहाँ पानी की गति बहुत तेज होने लगी। तीनों दोस्त चिल्ला रहे थे। नाव में चारों तरफ से पानी आ रहा था, वो और उनका सारा सामान पानी में भीग गया। उन तीनो के आँख, नाक और मुहँ में पानी जा रहा था, जैसे ही वो भंवर के मध्य में आए, वहाँ पर एक गोल, गहरा और चौड़ा गड्ढा बना हुआ था। उनकी नाव उस गड्ढे में गिर गई और वो तीनों नैनीताल में गायब हो गए।

****

अध्याय 10

धड़ाम!

धड़म!

धड़ाम!

ललित अपनी आँखे बंद करके चिल्ला रहा था। उसकी आवाज इतनी तेज थी कि पूरा नैनीताल जाग जाता। जयंत और गो़पाल भी उसके अगल-बगल गिरे।

"चुप हो जा" - जयंत चिल्लाया।

ललित चुप नहीं हुआ, वह अभी भी चिल्ला रहा था। जयंत ने अँधेरे में अपने दोनों हाथों से ललित को ढूँढ़ा। ललित उसके दाहिने तरफ उसके कान में चिल्ला रहा था। जयंत ने ललित को जोर से धक्का मारा तब जाकर वो चुप हुआ।

"एक मिनट" - जयंत बोला।

"गोपाल तुने कुछ सुना"

"क्या?"हाँ, कुछ सुना तो मैंने भी" - गोपाल बोला।

ललित चुप हो गया, उसने धीरे से अपनी आँखें खोली,

"हम तो नाव में थे ना, ये कहाँ आ गए, क्या ये स्वर्ग है, हम मर गए हैं क्या? - ललित ने चारों तरफ देखते हुए कहा।

जयंत ने ललित को जोर से चुटकी भरी, ललित दर्द से चिल्लाते हुए बोला,"क्या कर रहा है साले"।

"अबे चेक कर रहा था तू जिन्दा है या मर गया" - जयंत ने मुस्कुराते हुए कहा।

अचानक फिर से किसी के चलने की आवाज आई।

"दुबारा आवाज आई" - गोपाल बोला और फिर चारों तरफ देखने लगा लेकिन अँधेरा इतना था उसे कुछ साफ नजर नहीं आ रहा था।

"गोपाल ये हम कहाँ है, कुछ आईडिया है तुझे" - जयंत ने पूछा।

"सायद तल धरती है, बैग कहाँ है? - गोपाल ने पूछा।

ललित ने इधर-उधर हाथ मारते हुए कहा "हाँ यहीं है"

"अबे ये मैं हूँ" - जयंत बोला।

ललित जोर से हँसने लगा, "अबे मजाक कर रहा था मैं, हाँ मिल गए बैग, मेरे पास है"

"उसमें टॉर्च होगा मुझे दियो" - गोपाल ने हाथ बढ़ाते हुए कहा।

"रुक ढूँढने दे मुझे" - ललित ने बैग खोला और टॉर्च ढूँढने लगा।

"गोपाल मुझे ये बता यहाँ तो हम आ गए है अब आगे का क्या और वापस कैसे जाएंगे? - जयंत ने पूछा।

"उसी के लिए तो टॉर्च चाहिए, कुछ साफ नजर नहीं आ रहा" - गोपाल बोला।

एक रौशनी जो कि काफी कम थी वो ऊपरी भाग से आ रही थी।

"अबे जल्दी दे ना" - गोपाल ने जोर से कहा।

"रुक जा भाई, सबसे नीचे दबा हुआ है, हाथ में आ गया बस ऊपर खींच रहा हूँ....ये ले" - ललित ने गोपाल की तरफ टॉर्च बढ़ाते हुए कहा।

गोपाल ने टॉर्च जलाई इतने में सामने से कुछ दौड़ता हुआ नजर आया। तीनों दोस्तों ने देखा उसे लेकिन वो इतना तेज था कि किसी को साफ नजर ही नहीं आया।

"क्या था वो? - ललित ने डरते हुए पूछा।

"पता नहीं? शायद कोई जानवर हो" - जयंत ने असमंजस की स्थिति में कहा।

ललित फिर से बैग में टॉर्च ढूढ़ने लगा, इस बार बिना देर किये उसने दो और टॉर्च निकाली, एक जयंत को दे दी और दूसरी अपने पास रखी।

गोपाल, जयंत और ललित चारों तरफ टॉर्च घुमाने लगे।

"ये तो पुराना महल जैसा कुछ नजर आ रहा है, क्या है ये? - जयंत ने पूछा।

चारों तरफ टूटा-फूटा सामान रखा हुआ था। दिवारें बहुत ऊँची-ऊँची थी, उन दिवारों पर हरे रंग से नक्काशियाँ बनी हुई थी। ऐसा लग रहा था जैसे किसी महल का खंडर हो।

"ये तो सातवीं या आठवीं शताब्दी में बना होगा, इसकी नक्काशियां हरे रंग की है", गोपाल महल में बनी नक्काशियों के बारे में बता ही रहा था कि अचानक ललित की नजर सामने पड़ी, उसके सामने नीले रंग के बौनों की एक फौज खड़ी थी। उन बौनों के हाथों में नुकीले भाले थे। उनका पूरा शरीर नीले रंग का था और उनके माथे, छाती और पैरों पर भस्म लगी हुई थी। उनकी लम्बाई एक से डेढ़ फुट जितनी थी। वो सभी बौने तीनों दोस्तों के घुटनों तक थे और उनकी सँख्या लगभग 100 के आसपास थी।

"गोपाल ये कौन सी सदी के है, ये तो बता" - ललित ने डरी हुई आवाज में पीछे हटते हुए कहा।

जयंत और गोपाल ने अपनी नजरें दिवारों से हटा कर सामने की तरफ करी, उन छोटे नीले बौनों को देखकर वो दोनों भी चौंक गए और तीनों और पास आकर खड़े हो गए।

एक एक कदम सारे बौनों ने एक साथ बढ़ाया और वो उन तीनों के पास आने लगे।

"ये क्या हो रहा है, कौन है ये, अब क्या होगा हमारा.....हम जिन्दा नहीं बचेगें" - ललित बुदबुदाया।

जयंत सिर्फ उन्हें एक टक देखे जा रहा था, उसे यकीन नहीं हो रहा था कि इतने छोटे भी बौने हो सकते है और वो भी नीले रंग के। गोपाल को भी समझ नहीं आ रहा था कि वो अब क्या करे।

उस नीले बौनों की फौज में से एक बौना बाहर आया और उसने पहले जयंत को देखा फिर गोपाल को और आखिरी में अपनी गर्दन ललित की तरफ करके बोला।

"बका बकि बुक बकि
नै बकि बकिले बआछे नै"

जयंत, ललित एक दूसरे का मुहँ देखने लगे।

"गोपाल तुझे कुछ समझ आया तो हमें भी बताईयो" - जयंत बौनों की तरफ देखते हुए बोला।

इतनी देर में ललित बोल पड़ा, "भाई साहब हमें आपकी भाषा समझ में नहीं आ रही है, कृपया हिंदी में बोलें" - ललित ने बौने की तरफ एक कदम बढ़ाते हुए कहा।

ललित की बात सुनकर सभी बौने एक दूसरे को देखने लगे।

थोड़ी देर के लिए चारों तरफ शान्ति हो गई, सबसे आगे खड़ा बौना ललित को घूरे जा रहा था।

"लगता है मेरी बात इनको समझ आ रही है" - ललित ने गोपाल की तरफ देखा और फिर जयंत की तरफ देखकर मुस्कुराने लगा।

"आप लोग अगर मेरी बात समझ रहें हो तो मुझे एक बात बताइये", ललित फिर बोलने लगा तभी अचानक सामने खड़े नीला बौना जोर से चिल्लाया "बला........", ये शब्द सुनकर सारे बौने हरकत में आ गए और दौड़कर रस्सी से तीनों को बाँधने लगे। जब तक वो तीनों दोस्त कुछ समझ पाते कि ये सब क्या हो रहा है तब तक उन तीनों को रस्से से वो बौने बाँध चुके थे। उसके बाद उन तीनों को कंधों पर उठा कर वहाँ से ले जाने लगे।

"ये सब तेरी वजह से हो रहा है, तुझे चौधरी बनने को किसने कहा था" - जयंत बौनों के कंधों से लेटा हुआ बोला।

"मैं तो उनसे बात कर रहा था और मुझे लगा उनको मेरी बात समझ आ रही है इसलिए मैं बोलता चला गया, इसमें क्या गलत किया मैंने" - ललित ने अपनी सफाई देते हुए कहा।

"पता नहीं हमें कहाँ ले जा रहें है ये बौने" - गोपाल बोला।

"गोपाल तेरी वजह से आज हम लोग यहाँ फंसे है, अब पता नहीं ये हमारे साथ क्या करेंगे"- ललित मायूस होते हुए बोला।

"खजाना तो तुझे भी चाहिए था" - जयंत ने गोपाल का बचाव करते हुए कहा।

"मुझे क्या पता था ऐसा होगा"

गोपाल अपनी बात कर ही रहा था तभी अचानक उन तीनों को बौनों ने नीचे उतारा और उनकी रस्सी खोलने लगे। उन तीनों ने आस-पास देखा, वे एक बड़े से हॉल में थे जहाँ चारों तरफ मशालें जल रही थी, सामने एक छोटा सा सिंघासन था, जिसपर एक बौना

ताज पहने बैठा था, वो उन बौनों का राजा लग रहा था। उसका रंग नीला था। सिर पर बाल नहीं थे। उसने तरह-तरह के आभूषण गले, हाथ और पैरों में पहने थे। सभी सोने के थे। उसके चेहरे पर काली रंग की दाढ़ी थी और उसकी एक आँख दूसरी आँख से बड़ी थी। ललित उसकी आँखो को घूरे जा रहा था। गोपाल उस महल को बड़े गौर से देख रहा था, ऐसा महल जिसकी मरम्मत शायद वर्षो से नहीं हुई थी। दिवारों से मिट्टी झड़ रही थी, दरवाजे, खिड़कियाँ अपनी जगह से बाहर को निकले हुए थे। ऐसा लग रहा था जैसे किसी भी छण वो महल नीचे गिर जायेगा।

राजा अपने सिंघासन से उतरा और उन तीनों की तरफ बढ़ने लगा। महल में अजीब सी शांति थी। वो राजा उन तीनों के सामने आकर खड़ा हो गया और अपनी गर्दन ऊपर करके उनको देखने लगा, उसकी लम्बाई उनकी लम्बाई की आधी से भी आधी थी। वो उनके घुटनों तक था। बौने राजा ने उस सिपाही की तरफ देखा जो उन्हें लाया और फिर उन तीनों की तरफ देखने लगा। देखते-देखते वो अपनी नाक को ललित के घुटने तक ले गया और सूंघने लगा, फिर वो जयंत के पास आया और अंत में वो गोपाल को सूंघने लगा और उसको सूंघते ही वो थोड़ा असहज हुआ और दो कदम पीछे हट गया। तीनों दोस्त ये सब देख रहे थे लेकिन वह किसी पत्थर की तरह खड़े थे, कोई कुछ बोल नहीं रहा था।

बौने राजा ने फिर से उसी सिपाही की तरफ देखा जो इन तीनों को पकड़ कर लाया था और बोला;

'बतुना'....

सिपाई भाग कर बौने राजा के सामने आया। राजा ने सिपाही को आदेश देते हुए कहा "बका बकिले बऔर बसाथी बका बछाना"

"हो" बोलकर वो सिपाही अपने सभी साथियों को वहाँ से लेकर तुरंत चला गया। अब महल में सिर्फ 4 लोग थे।

"खजाना ढूँढने आई हो तुम लोग? - बौने राजा ने गंभीर मुस्कान के साथ कहा।

"औ भैंस की टांग हिंदी.... हिंदी....आती है आपको, क्या बात है" - ललित खुशी के मारे जोर से बोला।

"जो पूछा है उसकी जवाब देना" - इतना बोलकर राजा ने जोर से अपना भाला जमीन पर मारा और भाले से चिंगारी निकली।

तीनों दोस्त सहम गए और एक दूसरे के चेहरे को देखने लगे।

गोपाल हिम्मत जुटा कर आगे आया और बोला,

"आज से 21 साल पहले मेरे पिताजी खजाने की तलाश में नैनीताल के लिए निकले थे मगर वो आज तक वापिस नहीं लौटे, इसलिए हम उनकी तलाश में यहाँ आए हैं"

"21 साल पहले!! - बौने राजा ने सोचते हुए बोला।

"और तुम दोनों किस लिए आई हो" –उसने जयंत और ललित की तरफ देखते हुए पुछा।

"हम तो गोपाल के दोस्त हैं, इसने कहा चलने को और इसके पिताजी को ढूँढने की बात थी तो हम भी इसके साथ आ गए" - जयंत ने बौने राजा की आँखों में देखते हुए कहा।

ललित, जयंत की बात पर अपनी सहमती में गर्दन हिलाने लगा।

"अच्छा, दोस्ती के लिए तुम अपनी जान पर खेल गई" - बौना राजा हँसते हुए बोला।

उसकी हँसी महल में गूंजने लगी।

"मैं तुम्हारे पिता के बारे में जानती हूँ" - बौने राजा ने गोपाल की तरफ अपनी बड़ी आँख को और बड़ा करते हुए कहा।

"क्या जानते हैं आप उनके बारे में, कहाँ है मेरे पिताजी, कैसे है वो? - गोपाल ने एक सांस में तीनों सवाल दाग दिए। उसके सवालों में उसकी चिंता और उनसे मिलने की उत्सुकता साफ झलक रही थी।

"हाँ....मैं जानती हूँ" - बौने राजा ने कहा और अगले ही पाल चारों तरफ उस खंडर महल में गोपाल के नाम की आवाजे गूंजने लगी।

*****

अध्याय 11

"कहीं गोपाल मर तो नहीं गया" - ललित गंभीरता से बोला।

"पागलों जैसी बातें मत कर, ये जिन्दा है सिर्फ बेहोश हुआ है" - जयंत, गोपाल के पैरों को अपने हाथों से रगड़ते हुए बोला।

"गोपाल.....गोपाल.....गोपाल...." गोपाल के कानों में उसका नाम गूँज रहा था।

गोपाल ने धीरे से अपनी आँखें खोली, उसे महसूस हुआ कि वो जमीन पर लेटा हुआ था और बगल में ललित उसके हाथों को रगड़ रहा था और दूसरी तरफ जयंत उसके पैरों को।

"क्या हुआ....वो राजा कहाँ गया" – गोपाल अचमबित होते हुए बोला और बैठने की कोशिश करने लगा। ललित ने उसे सहारा देकर बिठाया।

"अरे भाई... तू जिन्दा है"- ललित ने गोपाल को गले लगाते हुए कहा, उसकी आँखें नम थी।

जयंत ने चैन की सांस ली, "चलो ये उठ तो गया"

"क्या हुआ, बौना राजा कहाँ चला गया और वो सारे सिपाही कहाँ है, वो महल...?" - गोपाल बड़-बड़ाने लगा।

"शांत हो जा भाई शांत" - जयंत बोला और बैग में से पानी की बोतल निकाल कर गोपाल को दी, "ले पानी पी", गोपाल ने पानी की बोतल पकड़ी और पूरी बोतल एक सास में पी गया।

"वो मुझे मेरे पिताजी के बारे में बताने ही वाला था" - गोपाल मायूस होते हुए बोला।

"कौन बताने वाला था, तू पिछले दो-तीन घंटों से यही पर बेहोश पड़ा था भाई" - जयंत बोला।

"क्या.....बेहोश....." - गोपाल माथा पकड़ कर बैठ गया। उसे यकीन नहीं हो रहा था कि जो उसने देखा वो सब एक सपना था।

उसने उठने के लिए अपने हाथ का सहारा लिया, पर उसका हाथ फिसल गया । उसे लगा जैसे वो किसी ऊँची जगह पर बैठा है तभी सिक्कों के गिरने और टकराने की आवाज आई। गोपाल ने चारों तरफ देखा और वो देखता ही रह गया। उसकी आँखों में सिर्फ एक ही रंग था सुनहरा। गोपाल, ललित और जयंत वो तीनों खजाने के ऊपर बैठे हुए थे। गोपाल ने जहाँ तक नजर घुमाई वहाँ तक खजाना था, सोने के सिक्के, मोहरें, हीरे-जवाहरात से भरे बक्से, बड़ी-बड़ी मूर्तियाँ, सोने-चांदी के बर्तन।

रेगिस्तान में जैसे रेत चमकती है बिल्कुल वैसे ही ये सोने के सिक्के चमक रहे हैं, जयंत चारों तरफ देखते हुए बोला।

क्या नजारा है, बहुत ही अद्भुत है, गोपाल बोला और फिर फिसल कर नीचे उतरा। जयंत और ललित उसके पीछे-पीछे उतरे।

"खजाना तो मिल गया हमें, अब इतने सारे खजाने को बाहर लेकर कैसे जायेगें" - ललित ने दो चार सोने के सिक्कों अपनी जेब में रखते हुए कहा।

"मैं कब से बेहोश पड़ा था? – अचानक गोपाल के सिर में दर्द उठा, उसने दोनों हाथों से अपना सिर को जोर से पकड़ कर पुछा।

"भाई दो तीन घंटे तो हो ही गए होगे....हम कब से तुझे उठा रहे थे और तू है कि हिलने का नाम ही नहीं ले रहा था। तेरे हाथों पैरों

को रगड़ रहे थे, हम ने तुझे अपने मोजे भी सुँघाये और पता नहीं हमने तेरे साथ क्या-क्या किया, तब जाकर तू उठा" - ललित मुस्कुराते हुए बोला।

गोपाल उठा और अपने कपड़े झाड़े....उसके कपड़ो से सोने के सिक्के गिर रहे थे।

"अब क्या करना है हमें इस खजाने का? - जयंत ने पूछा।

"क्या करना है, क्या मतलब? ये खजाना मेरा.., मतलब हमारा है, इसे हम अपने साथ ले चलेंगे" - ललित बोला।

गोपाल चारों तरफ देखने लगा, उसके दिमाग में खजाने को लेकर रति भर भी लालच नहीं था वो सिर्फ अपने पापा को ढूँढना चाहता था।

गोपाल चारों तरफ खजाने के चक्कर लगाने लगा, सिक्कों के आपस में टकराने की आवाजे चारों तरफ गूँजने लगी, पीछे-पीछे उसके ललित और जयंत भी चले जा रहे थे लेकिन उन्हें बाहर निकलने का कोई रास्ता नहीं मिल रहा था।

वहाँ वो दो घंटों तक घूमे लेकिन उन्हें कुछ नहीं मिला, ऐसा लग रहा था जैसे उस खजाने का कोई अंत ही ना हो। वो तीनों थक हार कर एक जगह पर बैठ गए।

"तो अब हम क्या करेगें, यहाँ से बाहर कैसे जायेगें? - ललित सिक्का उछालते हुए बोला फिर सिक्के का इंतज़ार करने लगा, सिक्का नीचे नहीं आया, ललित को लगा कहीं दूसरी तरफ चला गया होगा। ललित ने एक और सिक्का उछाला लेकिन वो भी वापिस नहीं आया, ललित हैरानी से बोला।

"यार, मैं सिक्का उछाल रहा हूँ लेकिन वो वापिस ही नहीं आ रहा, ये देख मैं दुबारा करता हूँ" - उसने सोने का एक और सिक्का हवा में उछाला।

जयंत और गोपाल बैठे हुए , ललित के सिक्के वाले करतब को देखने लगे। ललित ने सिक्के को जैसे ही उछला, वो सीधे गुबंद के पास गया जहाँ पर पानी जैसा कुछ नजर आ रहा था, उस पानी जैसे दिखने वाले गुबंद ने उस सिक्के को अपनी तरफ खींच लिया और वो सिक्का एक दम से गायब हो गया। ये देखकर तीनों चौंक गए।

"अरे हाँ! तू सही बोल रहा है" - जयंत बोला और उसने भी सिक्का हवा में उछाला।

गोपाल ने भी एक सिक्का उठाया और हवा में उछाला, दोनों सिक्के ठीक वैसे ही गायब हो गए जैसे ललित के हुए थे।

"हाँ यार, शायद गुरुतुआकर्षण बल लग रहा है ऊपर, वो धरती है और जहाँ हम है ये ताल का तल है, सही है" - गोपाल बड़बड़ाया।

ललित उछलने लगा !

"क्या कर रहा है? - जयंत ने कहा।

"कोशिश कर रहा हूँ, क्या पता ग्रेविटी मुझे भी खींच ले" - ललित ने उछलते हुए कहा।

"अबे, पानी तक तुझे पहले पहुँचना पड़ेगा तभी वो हमें ऊपर खींचेगा, समझा" - जयंत बोला।

फिर वो तीनों उस पानी एक पहुँचने का रास्ते खोजने लगे। ढूँढ़ते-ढूँढ़ते करीब 10-12 घंटे हो गए थे, वो तीनों बुरी तरह से थक चुके थे।

"यार हम कैसे पहुँचेंगे वहाँ तक, वो बहुत ऊपर है और अब भूख भी लग गई है मुझे" - ललित ने एक बड़ी सी मूर्ति का सहारा लेते हुए कहा।

गोपाल भी थक चुका था। मानसिक तौर पर भी और शारीरिक तौर से भी, वो भी रुक गया, उसका चेहरा पूरी तरह उतर गया था। उसके आँसू कभी भी आँखों से छलक सकते थे।

जयंत गोपाल के पास आया, उसने उसके कन्धे पर हाथ रखते हुए पूछा, "इतनी गंभीरता से क्या सोच रहा है तू"

"पापा यहाँ 21 साल पहले आए थे तो गए कहाँ? यहाँ से बाहर जाने का कोई रास्ता ही नहीं है, हमें अभी तक उनका एक भी सुराग नहीं मिला, अब मैं क्या करूँ, उन्हें कहाँ ढूँढ़ू और मेरे साथ तुम दोनों भी यहाँ फंस गए " – गोपाल बोला और उसकी आँखों से आँसू बहने लगे।

"अरे तू रो क्यों रहा है, तुने अपने पापा को ढूँढने की पूरी कोशिश कर रहा है और उनके लिए तू अपनी जान पर भी खेल गया और रही बात यहाँ से निकलने की, तो कोई ना कोई रास्ता निकाल लेंगे, तू रो मत बस" - जयंत ने अपने आँसू रोकते हुए उसे दिलासा दिया।

जयंत का दिल भी भर आया, ललित भी मायूस हो गया और वो मुहँ लटका कर खड़ा हो गया। तभी उसकी नजर गोपाल के आँसू पर पड़ी जो अभी अभी जमीन पर गिरा, उस आँसू का दायरा धीरे-धीरे बढ़ने लगा। वो एक आँसू की बूँद गोलाई में फैलने लगी।

"देखो-देखो....ये क्या हो रहा है!! - ललित चिल्लाते हुए अपने दाहिने हाथ की ऊँगली से जमीन की तरफ इशारा करने लगा।

गोपाल ने अपने पैर के सामने देखा जहाँ पर उसका आँसू गिरा था वहीं पर एक छोटा सा ताल बन गया। वह आसूं का ताल लगभग एक मीटर गोलाई जितना फैल गया। वो तीनो उस ताल से एक-एक मीटर दूर खड़े हो गए।

"ऊपर पानी, नीचे पानी, बीच में मेरी जवानी" - ललित ने घबराते हुए बोला।

"ये कैसे हुआ यार? - जयंत चौंकते हुए पुछा।

गोपाल और जयंत, ललित के बगल में आकर खड़े हो गए। गोपाल अपने आँसू पोछते हुए बोला "ये कैसे हुआ मुझे भी नहीं पता ?"

"कुछ दिख रहा है पानी में....देखो" - ललित ने पानी की तरफ इशारा करते हुए कहा।

पानी का छोटा-सा ताल गुलाबी रंग का होने लगा, फिर अगले ही पल उसका रंग बदल गया और वो काला हो गया।

"कहाँ....कहाँ" - गोपल ताल में ढूँढने लगा।

"मेरी तरफ आ" - ललित ने गोपाल को अपनी तरफ खींचते हुए कहा।

जयंत और गोपाल, ललित के पास जाकर खड़े हो गए।

"वो देख उस तरफ" - ललित ने ऊँगली से इशारा करते हुए कहा।

गोपाल और जयंत बड़े गौर से ताल की तरफ देखने लगे।

"यार वो कोई बुजुर्ग है और वह जगह जेल की तरह लग रही है" - जयंत गंभीरता से ताल की तरफ देखते हुए बोला।

"हाँ, वो जेल में है"

"पानी से आवाज आई, किसी ने कुछ सुना क्या" - ललित ने डर के साथ कहा।

"भाई पानी में से नहीं हमारे सामने से आवाज आई है" - जयंत सामने की तरफ देखते हुए बोला।

गोपाल और ललित ने झट से सामने की तरफ देखा। सामने एक लड़की खड़ी थी जिसकी लम्बाई लगभग साढ़े पाचँ फुट और उम्र में वो उन तीनों के हमउम्र ही लग रही थी। उसका रंग सफेद था, माथे पर चौकोर लाल रंग का टीका लगा हुआ था उसके चेहरे पर गजब का तेज था।, उसके बाल उसकी कमर तक थे, उसने सुनहरी रंग की पोषक पहनी हुए थी और उसके बाएँ तरफ तलवार लटकी हुई थी। वह कोई राजकुमारी लग रही थी।

"उन्हे कैदी बनाया हुआ है" - उस लड़की ने कहा।

"किसको.....? - गोपाल ने झिझकते हुए पूछा।

ललित उस लड़की को घूरे जा रहा था और जयंत की नजर उसकी तलवार पर थी, तलवार की मियान पर हीरे-मोती जड़े हुए थे जिससे वो चमक रही थी।

"आपके पिताजी, वो पिछले 21 साल से वहीं पर है" – उस लड़की ने बताया।

यह बात सुन कर गोपाल बैठ गया और उसकी आँखों से आँसू बहने गए। पिछले 21 सालों से जिस असमंजस में वो था, जिस सवाल का जवाब वह ढूँढ रहा था, आज उसे वो मिल गया। उसके पिता जिन्दा थे। जयंत ने गोपाल को उठाया और उसे गले से लगा लिया।

ललित अभी भी उस लड़की को घूरे जा रहा था, उसने मुस्कुराकर पूछा "आप कौन है?"

"मेरा नाम आध्या है, मैं नैनीताल की राजकुमारी थी, नैनीताल राज्य में आपका स्वागत है" - राजकुमारी आध्या ने कहा।

"राजकुमारी थी मतलब, अब आप राजकुमारी नहीं है? - ललित ने अपनी मुस्कान को गंभीरता में बदलते हुए पूछा।

गोपाल को तस्सली हो गई कि उसके पिताजी जिन्दा है और यहीं पर है। जयंत को ये बात सुनकर काफी अच्छा लगा। जयंत और गोपाल राजकुमारी आध्या की तरफ देखने लगे और गौर से उनकी बातें सुनने लगे।

"नहीं, हमारे राज्य पर कब्ज़ा कर लिया, नैनीताल के दुश्मन 'रोगमल' ने उसने हमारा सारा राज्य छीन लिया, मेरे पिताजी को धोखे से अपने जाल में फंसा कर कैदी बना लिया" - राजकुमारी आध्या ने भारी मन से पुरानी बातें याद करते हुए बताया।

"धोखे से मतलब" - गोपाल ने पूछा।

"ये एक लंबी कहानी है, फिर कभी बताऊंगी, अभी चलते हैं यहाँ से" – राजकुमारी इधर-उधर देखते हुए बोली।

"मैं छुड़ाऊंगा आपके पिताजी को, आप टेंशन मत लीजिए, अब मैं आ गया हूँ ना" - ललित ने जोश में कहा।

गोपाल कुछ सोचने के बाद बोला, "आप तो राजकुमारी थी तो उसने आपको बंधक नहीं बनाया"

"हमारे कुछ वफादार सिपाहियों की सहायता से मैं बड़ी मुश्किल से भागने में सफल रही पर उन दोनों ने महल में जितने भी हमारे वफादार थे उनको एक-एक कर के कारागार में डाल दिया, अभी भी कुछ है जो हमारी मदद कर सकते हैं, लेकिन मुझे आप की मदद भी चाहिए होगी। मुझे मेरे पिताजी और माँ को उनका खोया हुआ राज्य वापिस दिलाना है।" - राजकुमारी आध्या ने कहा।

"हम आपकी पूरी मदद करेंगे" ललित आगे बढ़ते हुए बोला

"जहाँ पर हम अभी है, ये माता नैना देवी का गर्भ ग्रह है यहाँ कोई नहीं आ सकता सिर्फ माता के सेवक ही यहाँ आ सकते है। गोपाल आप के पूर्वज माँ नैना देवी के पुजारी थे इसलिए आप अपने दोस्तों के साथ यहाँ आ सके, नैना देवी हमारी ईष्ट देवी है, हम सब उन्हीं की सेवा करते हैं" - राजकुमारी आध्या ने बताया।

"रात हो गई है हमें यहाँ से निकलना होगा और हाँ एक बात का ध्यान रखना होगा आप तीनों को, किसी भी वस्तु को छूना नहीं और लालच नहीं करना है। मेरे पीछे आइए" - इतना कहकर राजकुमारी आध्या अपने दाहिने हाथ की पहली ऊँगली जमीन की तरफ करती है जिससे जमीन पर एक गुलाबी रंग की रौशनी हुई और फिर वहाँ पर गुलाबी रंग के पानी से भरा एक ताल बन गया, जिसका आकार एक मीटर के आस-पास था, राजकुमारी आध्या उस ताल कि तरफ अपना दाहिना पैर बढ़ाती है और जैसे ही उनका पैर गुलाबी रंग के पानी को छूटा है वो अचानक गायब हो जाती है।

ये देख कर गोपाल और जयंत के होश उड़ गए उन्हें कुछ समझ में ही नहीं आ रहा होता। गोपाल बोला, "जो हमने देखा वो सच था या सपना....."

ललित, गोपाल को जोर से चुटकी भरता है, गोपाल दर्द से चिल्लाता हुआ बोला, "क्या कर रहा है......साले"

"अबे तुने तो कहा सपना है या सच, तो मैं चैक कर रहा था" - ललित ने जयंत की तरफ आँख मारते हुए कहा।

"तो ठीक है....." - जयंत ने सोचने के बाद कहा, "ललित तू जा पहले"

"नहीं भाई, मैं नहीं जाऊँगा...क्या पता ये चुड़ैल हो! फिल्मों में इतनी खूबसूरत लड़की चुड़ैल होती है," -ललित बोले ही जा रहा था।

"ठीक है, तू अपना ज्ञान मत दे...मैं जा रहा हूँ" - गोपाल ने चिड़ते हुए बोला।

गोपाल अंदर से डरा हुआ था, इतना की उसका गला सूख गया। लेकिन जैसे-तैसे करके उसने हिम्मत जुटाकर अपना दाहिना पैर ताल तक ले जाने लगा, जयंत और ललित की नजर ताल और गोपाल के पैर पर ही थी, जैसे ही गोपाल के पैर ने ताल के पानी को छुआ वो पलक झपकते ही गायब हो गया।

"अब मैं जाता हूँ...." - जयंत ने अपना दाहिना पैर उठाते हुए कहा।

"नहीं, मैं जाता हूँ पहले" - ललित ने जयंत के हाथ को पकड़ते हुए कहा।

"ठीक है जल्दी जा...." - जयंत ने अपना पैर वापिस जमीन पर रखा।

ललित ने अपना दाहिना पैर हवा में उठाया और आँखें बंद कर ली, "जयंत बता ताल कहाँ पर है?"

"सामने ही है तू पैर रख दे, इतना डरता क्यों है तू" - जयंत परेशान होते हुए बोला।

"बता ना भाई...." - ललित ने काँपती आवाज में कहा।

"जयंत ने ललित को धक्का दे दिया, जिससे ललित का पैर ताल को छू गया और वो भी गायब हो गया। और अंत में जयंत ने अपना पैर ताल में रखा, वो भी गायब हो गया, तीनों दोस्त उस ताल में गायब हो गए।

*****

अध्याय 12

धड़ाम !!!
धड़ाम !!!
धड़ाम !!!

तीनों दोस्त पत्थर जैसे फर्श पर गिरे। जयंत और गोपाल उठ कर खड़े हो गए, लेकिन ललित अभी भी फर्श पर लेटा अपनी आँखें बंद करके चिल्ला रहा था।

जयंत ने ललित के कंधे पर जोर से हाथ मारा, "शांत हो जा सामने राजकुमारी जी है..। "

ललित झट से शांत हो गया, उसने अपनी आंखे खोली और जल्दी से गोपाल और जयंत के बगल में खड़ा हो गया। जैसे राजकुमारी का नाम सुनते ही उसका डर कहीं भाग गया हो।

"ये हमारा युद्ध अभ्यास का कमरा है" - राजकुमारी आध्या ने कहा।

जयंत और गोपाल चारों तरफ देखने लगे, उस कमरे चारों तरफ बड़ी-बड़ी मशाले जल रही थी, सामने की तरफ तलवारों और भालों से भरे बहुत से बक्से रखे थे और उन बक्सों में अनगिनत छोटे और बड़े हथियार थे। दीवारों और फर्श पर एक ही रंग किया हुआ था सलेटी रंग।

ललित तलवारों को उठाकर उनकी बनावट को ध्यान से देखने लगा।

"ये तो कमाल है" - ललित ने तलवार को हाथ में लेकर कहा।

"हमें....लड़ना होगा? - जयंत ने पूछा।

"हाँ, अगर जरुरत पड़ी तो, आपको अपने बचाव के लिए थोड़ा बहुत आना ही चाहिए" - राजकुमारी ने कहा।

"सेल्फ डिफेन्स तो आना ही चाहिए" - ललित राजकुमारी की बात दोहराते हुए बोला और फिर उसने राजकुमारी को देखकर गर्व से कहा "मैं कराटे में ग्रीन बेल्ट हूँ" –

ये बात सुनते ही जयंत को हसी आ गई गए, उसने अपनी हसी पर जैसे तैसे काबू किया।

गोपाल आगे बड़ा और तलवारों को गोर से डेकने लगा

"क्या हम एक घंटे में तलवार चलाना सीख जायेंगे? - गोपाल ने एक तलवार को उठाते हुए पुछा।

"नहीं.....आपको सात दिन मेरे साथ अभ्यास करना होगा" - राजकुमारी आध्या ने कहा।

"सात दिन!! – उन तीनों ने एक साथ चौंकते हुए कहा।

"मतलब हम सात दिन सिर्फ तलवार बाजी सीखेंगे?" - जयंत ने परेशान होते हुए कहा।

"मजा आ जायेगा, सात दिन और मिल जायेंगे हमें घुलने मिलने के लिए" - ललित धीरे से शर्माते हुए बोला।

"आप हमें यहाँ क्यों लाई हैं राजकुमारी जी" - गोपाल ने पूछा।

"आपको आपके पिताजी तक ले जाने का यही एक रास्ता है, हमें, आपको युद्ध के लिए तैयार करना होगा। रोगमल ने आपके पिताजी को जहाँ रखा है वह एक अति सुरक्षित जगह है" - राजकुमारी आध्या ने कहा।

"यार मेरे तो स्टूडेंट्स मेरी जान खा जाएँगे, मुझे कल तक कैसे भी करके पहुँचना है अपने घर" – ललित थोड़ा सोचते हुए बोला।

"हाँ तो जा फिर यहाँ क्या कर रहा है, जल्दी जा..... - जयंत तमतमाते हुए बोलने लगा, "तुझे पता भी है हम कहाँ है, बकवास किये जा रहा है, यहाँ कौन रहना चाहता है जैसे ही गोपाल के पापा का पता चलेगा उन्हें लेकर हम यहाँ से निकल जायेंगे"।

जयंत भी अंदर ही अन्दर घबराने लगा था, उसको भी अब वापिस अपने घर जाना था। गोपाल ने दोनों दोस्तों को सुना और थोड़ा सोचने के बाद वह बोला।

कहाँ लेकर आ गया मैं तुम दोनों को.. गोपाल परेशान होते हुए बोला, उसे भी कुछ समज नहीं आ रहा था वो क्या बोले क्या निर्णय ले।

मैं तो तेरे साथ हूँ, तू ज्यादा सोच मत जयंत बोल ही रहा था ललित गोपाल के सामने आकार बोलने लगा

"मैं भी तेरे साथ हूँ, दोस्ती नाम की भी कोई चीज होती है, दोस्त है हम, अगर कठिन वक़्त में एक दूसरे का साथ नहीं देंगे तो कब देंगे" - ललित अपने चेहरे पर मायूसी लाने लगा और अपनी आँखों में आँसू लाने की कोशिश करने लगा, लेकिन आँसू आ नहीं रहे थे। उसने आगे बढ़कर गोपाल के दूसरे कंधे पर हाथ रखा।

"तू कुछ भी कर ले, कितना भी ड्रामा कर ले ये लड़की तेरे से इम्प्रेस नहीं होगी" - जयंत ने धीरे से ललित की तरफ देखते हुए कहा।

"भाई मेरी ऐेज ग्रुप की है, तेरी और गोपाल की तो बंदी है, अब मेरा भी घर बसा दो" - ललित ने जयंत की तरफ हाथ जोड़ते हुए बोला।

"कभी नहीं...साले" - जयंत ने मुस्कुराते हुए कहा और दो कदम पीछे हो गया।

उन दोनों कि बातें सुनकर गोपाल के चेहरे पर मुस्कान थी और आँखों में आँसू, वो अपने दोस्तों की दोस्ती देखकर खुद को खुशकिस्मत मान रहा था।

"हम तीनों वापिस तभी जाएंगे जब गोपाल के पिताजी हमारे साथ होंगे" - ललित ने जोश में कहा।

"ये हुई ना बात", जयंत ललित की पीठ पर अपने दाहिने हाथ से थपकी मारते हुए गोपाल और ललित के बीच में आ गया।

राजकुमारी ने अपने दाहिने हाथ की पहली ऊँगली से फर्श की तरफ इशारा किया, वहाँ एक गहरे हरे रंग का ताल बन गया उसमें से एक चूहा कूदते हुए बाहर आया और अपने दो पैरों पर खड़ा हो गया। देखते ही देखते एक मगरमच्छ भी बाहर आया जिसका आकार बड़ा था, लम्बाई लगभग 5 फुट और चौड़ाई 2 फुट से ज्यादा थी, उसके दाँत बाहर निकले हुए थे। दिखने में वो बहुत खूँखार लग रहा था। और अंत में एक मेंढक जिसका आकार आम मेंढक से चार गुणा बड़ा था, उसके सिर पर नीले रंग का उभार था वह ऐसा लग रहा था मानो उसके सिर पर मुकुट रखा हो, उसका पूरा शरीर गहरे हरे रंग का था, बड़े-बड़े नाखून और बड़ी गर्दन उसको भयंकर बना रही थी। उसने पानी के ताल से राजकुमारी आध्या तक की दूरी एक ही छलांग में पूरी कर ली। उन तीनों ने राजकुमारी को एक साथ प्रणाम किया।

उनको देखकर गोपाल, जयंत और ललित तीनों डर गए और एक कौने में चिपक गए।

“देखा मैं बोल रहा था ना ये एक चुड़ैल है, ये तीनों इसके साथी हैं और ये अब अपना रूप बदलेगी, हे भगवान मैं इतनी खूबसूरत लड़की को चुड़ैल बनते नहीं देखना चाहता”, ललित ने अपनी आखें बंद करते हुए कहा।

"डरिये मत, ये हमारी सेना के बहादुर योद्धा है" - राजकुमारी ने कहा।

जयंत के मुहँ से हँसी निकल गई।

"हम पर हँस रहे हो तुम" - चूहे ने अपनी तलवार हवा में लहराते हुए जोर से कहा।

"ये चूहा तो बोलता भी है" - गोपाल बुदबुदाया।

"चूहा किसने कहा? हमारा नाम महावीर बिणु है..."- चूहे ने गुस्से से कहा।

"मैं आपको इन सब का परिचय करवा देती हूँ" - राजकुमारी ने बिणु को शांत होने का इशारा करते हुए कहा।

"ये हैं महावीर बिणु, हमारी सेना के परम योद्धाओं में से एक" - राजकुमारी ने बिणु के बारे में बताया, उसने अपनी सोने से बनी तलवार राजकुमारी के पैरों के पास रखी और अपना सिर झुका लिया।

"ये हैं हमारे महायोद्धा खौर, जो की अपनी अद्‌भुत युद्ध कलाओं के लिए मशहूर है" - खौर मेढंक ने अपना सिर झुका लिया।

"और बिना खाए कोई भी सेना युद्ध नहीं जीत सकती, हमारे खाने-पीने का ध्यान रखने वाले हमारे मुख्य खानसामा और योद्धा मगरमच्छ प्यार से हम इन्हें मगर बुलातें हैं " - राजकुमारी ने

मगरमच्छ की तरफ हाथ करते हुए कहा। मगर मच्छ ने भी अपना सिर झुका लिया।

"ये खैर और बिणु आज से आपके गुरु है, आप सभी अपनी अपनी तलवारें ले आइए" - राजकुमारी आध्या ने सामने की तरफ हाथ से इशारा करते हुआ कहा, गोपाल, जयंत और ललित ने अपनी-अपनी तलवारें चुन ली।

"अब हम आप सभी से ठीक सात दिन बाद मिलेंगे", इतना बोलकर राजकुमारी आध्या पानी के ताल में गायब हो गई और उनके पीछे-पीछे मगरमच्छ भी ताल में कूद गया।

खौर और बिणु ने बिना देरी किए उन तीनों दोस्तों को तलवार पकड़नी सिखाई।

"ये तो आसान है" - ललित तलवार चलाते हुए बोला।

"चलिए मेरे साथ युद्ध अभ्यास कीजिये" - खौर ने ललित को तलवार दिखाते हुए कहा।

"ठीक है",ललित ने अपनी तलवार उठा ली।

"वो कवच और ढाल भी ले लीजिये" - खौर बोला।

"नहीं-नहीं उन सब चीजों की मुझे कोई जरूरत नहीं" - ललित तलवार हवा में घुमाते हुए पूरे जोश के साथ बोला।

"चलिए फिर" - खौर ने अपनी तलवार मियान से निकालते हुए कहा।

और दोनों के बीच तलवार बाजी शुरू हुई, ललित ने खैर से पहले प्रहार करने को कहा।

खौर ने पलक झपकते ही ललित की तलवार के दो टुकड़े कर दिए। ललित हक्का-बक्का रह गया और पीछे हट गया। उसे देख जयंत और गोपाल दोनों हँसने लगे।

"खौर जी ये तो गलत बात है, आपने मुझे कमजोर तलवार दी है, ये तो एक ही बार में टूट गई" - ललित ने काँपती हुई आवाज में कहा।

"मेरी वाली ले लीजिए आप" – खौर ने अपनी तलवार आगे बढ़ाते हुए कहा।

"नहीं-नहीं, आज के लिए काफी हो गया है, मैं अब कल अभ्यास करूँगा" - ललित ने जमीन पर बैठते हुए कहा।

"समय नहीं है हमारे पास और ना ही आपके पास, जितना समय है उसका सदुपयोग कर लेते हैं" - खौर बोला।

"हाँ सही बात है, चलो अभ्यास करते हैं" - गोपाल बोला और तलवार को घुमाने लगा।

"ठीक है" - रूखी आवाज में ललित ने उठते हुए कहा।

तीनों दोस्तों ने अपनी तलवारें और ढाल ली और युद्ध अभ्यास में जुट गए। बारी-बारी से तीनों दोस्त खौर और बिणु के साथ अभ्यास करने लगे।

करीब 5 घंटे के अभ्यास के बाद खौर बोला, "आज के अभ्यास का ये अंतिम दाव है", तीनों दोस्त पसीने में नाह चुके थे। उनके पूरे शरीर में दर्द होने लगा था।

"आप तीनों ने आज बहुत मेहनत की। आपका खाना और रहने का इंतजाम हम यहीं करवा देते हैं और एक बात का ध्यान रखना, कोई भी पानी जैसी चीज, पानी की परछाई या पानी को ना हाथ लगाना है और ना ही पैर। अब हम चलते हैं" - इतना बोलकर खौर मगर और बिणु वहाँ से चले गए।

"मेरी तो हालत खराब है, पूरा शरीर दर्द कर रहा है" - जयंत अपनी तलवार और ढ़ाल को जमीन पर रखते हुए बोला।

"हाँ यार, मेरी तो तुझसे भी ज्यादा हालत खराब है, मुझे लगता है सात दिन में मेरा 10 किलो वजन कम हो जाएगा" - ललित बोला और अपने कवच उतारकर जमीन पर दोनों हाथ-पैर फैला कर लेट गया।

जयंत और गोपाल दोनों ललित को देखकर हँसने लगे।

"हालत तो मेरी भी खराब है और भूख भी बहुत तेज लग रही है, खाने का कुछ पता नहीं है" - गोपाल बोला और जमीन पर ललित के बगल में लेट गया। उसको देखकर जयंत भी जमीन पर पसर गया।

जयंत को नींद आ रही थी। ललित भी सोने लगा था, अचानक से एक छोटा पानी का ताल बना और उसके अंदर से तीन थालियाँ बाहर आई।

"शायद खाना आ गया, ललित को उठा" – गोपाल, जयंत को उठाते हुए बोला।

"ललित मोटे उठ, खाना आ गया" - जयंत बोला।

ललित उठा; "खाना.....कहाँ है खाना" - ललित बोला और इधर-उधर देखने लगा।

पहली थाली गोपाल ने जयंत को दी, ललित ने खुद ही अपने लिए थाली ले ली थी और आखिरी थाली गोपाल ने ली।

"भूरी रोटी, अबे क्या है ये!! - जयंत चौंकते हुए बोला और उसको अपने हाथ से उठा कर गौर से देखने लगा फिर सूंघने लगा।

"शायद मड़ुआ है" - गोपाल ने अनुमान लगाते हुए कहा।

"भूख लगी है जो भी मिल जाए मड़ुआ, गैँहू, बाजरा" - ललित ने मड़ुआ की रोटी खाते हुए कहा।

"मड़ुआ एक प्रकार का अनाज है जैसे गैंहू और बाजरा होता है। पहाड़ों में लोग इसे बहुत पसंद करते है और ये शरीर के लिए भी अच्छा होता है" - गोपाल ने मड़ुआ के बारे में बताया।

"अबे खाले इससे मरेगा नहीं तू, समझा" - ललित ने खाते-खाते जयंत को बोला।

"और ये क्या है? - जयंत ने थाली में रखी सब्जी की तरफ इशारा करते हुए पूछा।

"ये शायद अरवी की सब्जी होगी" - गोपाल बोला।

"अबे खाले ना..... - ललित ने चिड़ते हुए दोबारा कहा।

जयंत ने खाना शुरू किया।

थोड़ी देर बाद, तीनों दोस्तों ने सारा खाना खत्म कर दिया और उन्हें कब नींद आ गई पता ही नहीं चला।

अगले दिन फिर से तीनों का परिक्षण शुरू हुआ। ऐसा रोजाना चलता रहा। छः दिन कब बीते उन्हें पता ही नहीं चला, अब वे बिणु और खौर से भलि-भाँती परिचित हो गए।

"आज आप तीनों का आखिरी दिन है परिक्षण का, आप तीनों ने इतने कम समय में बहुत अच्छा प्रयास किया है" - बिणु ने कहा।

खौर और बिणु ने राजकुमारी को हर दिन के प्रशिक्षण के बारे में बताया था, राजकुमारी ने आखिरी दिन का अभ्यास देखने की इच्छा जताई ।

"ये आपकी तलवारें हैं, ढाल है और ये अंग वस्त्र व कवच, ये सब आपको कल सुबह पहनना है और हमारे साथ युद्ध अभ्याश करना है, राजकुमारी आध्या स्वयं आपका युद्ध कौशल देखने आएंगी।" – खौर ने तीनों को तलवार देते हुए कहा।

युद्ध अभ्यास का सांतवा दिन, राजकुमारी आध्या आई, गोपाल, जयंत और ललित तीनों ने युद्ध के अंग वस्त्र पहने हुए थे। सफेद रंग की कमीज और पैजामा उस पर लाल रंग का कवच, जो की पूरे गले से लेकर कमर तक था।

युद्ध अभ्यास शुरू हुआ, करीब 45 मिनट तक चले युद्ध अभ्यास को देखकर राजकुमारी आध्या बेहद खुश थी, उन्हें यकीन नहीं हो रहा कि सात दिन के अभ्यास में वो तीनों बहुत कुछ सीख गए।

तीनों दोस्त पसीने से भीग चुके थे।

राजकुमारी अपने आसन से उठी और तीनों के सामने आकर बोली, "आप तीनों ने सात दिनों में काफी कुछ सीख लिया है। खौर और बिणु आपने हमे निराश नहीं किया, बहुत बढ़िया !!", इतना बोलकर राजकुमारी आध्या वहाँ से चली गई। खौर और बिणु सिर झुकाए खड़े थे।

"आप तीनों ने आज बहुत अच्छा प्रदर्शन किया है, हम अब चलते हैं, आप भी आराम कीजिए", इतना बोलकर खौर और बिणु भी वहाँ से चले गए।

"थकान हो गई है आज" - जयंत बोला।

"बहुत तेज भूख भी लग गई है यार" - ललित अपना कवच उतारते हुए बोला।

"भूख का नाम लिया और खाना हाजिर" - गोपाल ने जमीन की तरफ इशारा करते हुए कहा।

छोटे पानी के ताल से तीन थालियां रोज की तरह बाहर आई।

उन तीनों ने भर पेट खाना खाया और सोने की तैयारी करने लगे।

जयंत और गोपाल सोने लगे, ललित भी बस सोने ही वाला था अचानक उसके सामने पानी का एक छोटा सा ताल बनने लगा जिसका आकार त्रिकोण और रंग काला था, इससे पहले कभी भी काले रंग का ताल नहीं बना था और अमूमन ताल का आकार गोल होता था।

"ये क्या है? - ललित ने कहा और उसे छूने के लिए अपना दाहिना हाथ आगे बढ़ाने लगा।

"हाथ हटा वहाँ से" - गोपाल ने जोर से कहा।

"क्या हुआ? - ललित ने अपना हाथ झट से पीछे खींचते हुए पुछा।

"राजकुमारी ने कहा था ना...." - जयंत बोला और चुप हो गया।

"क्या कहा था.....राजकुमारी ने?" - ललित बोला। "अबे बोल ना, क्या कहा था", ललित फिर से बोला।

"तो तुम तीन हो उस राजकुमारी के साथ" - पीछे से पतली सी आवाज आई।

ललित ने मुड़कर देखा।

छोटे नीले रंग के बौने खड़े थे, हाथों में छोटी-छोटी तलवारें लिए, पाँच बौने और एक मुख्य बौना, जो उन चारों से आगे खड़ा था।

"चलो इन्हें महाराज के पास ले चलते हैं आज तो इनाम मिलेगा" - नीले बौने ने कहा जो कि मुख्य बोने के पीछे खड़ा था।

"इनाम तो मुझे ही मिलेगा" - मुख्य बौने ने कुटिल मुस्कान के साथ कहा।

गोपाल, ललित और जयंत तीनों चोंक कर खड़े हो गए।

ललित ने तलवार उठा ली, "आओ पहले मुझसे युद्ध करो", ललित बोला।

मुख्य नीले बौने ने चुटकी बजाई, तभी अचानक ललित के पैरों के नीचे की जमीन त्रिकोण आकार के छोटे से काले पानी के ताल में बदल गई और ललित एक दम से उस ताल में गायब हो गया।

"ललित....ललित" - जयंत और गोपाल जोर से चिल्लाए।

"कहाँ गया मेरा दोस्त? - गोपाल ने गुस्से से पूछा और नीले बौनों की तरफ बढ़ने लगा।

"तुम्हें भी उसके पास जाना है, ये लो" - बौने ने दुबारा चुटकी बजाई, और उन दोनों के पैरों के नीचे भी वैसा ही काले रंग का ताल बना और वो भी गायब हो गए।

*****

अध्याय 13

धड़ाम !
धड़ाम !
धड़ाम !

चारों तरफ धूल का एक बादल बन गया, तीनों एक काल कोठरी में जाकर गिरे जिसका सलेटी रंग का फर्श था। जयंत सबसे पहले उठा और चारों तरफ देखने लगा, सामने लोहे का दरवाजा था जिसपर मोटा ताला लटका हुआ था और उस दरवाजा के कोनों पर दो बौने पेहरेदार खड़े थे हाथ में भाला लिए। गोपाल और ललित उठकर खड़े हो गए और ललित अपने कपड़े झाड़ने लगा।

"तुझे मना किया था ना किसी भी पानी की परछाई को हाथ मत लगाना, अब देख कहाँ पहुँच गए है हम" - जयंत ने तमतमाते हुए कहा।

गोपाल ने इधर उधर देखा, फिर चारों तरफ नजर घुमाई उसे सिर्फ अँधेरा ही नजर आ रहा था।

ललित की नजर एक स्वर्ण के छोटे से गिलास पर पड़ी जो कि बहुत छोटा था। उसका आकार हाथ के अँगूठे जितना था। उसके सामने की तरफ सिंघासन की मुहर थी और पीछे की तरफ जलमेव जीवनम लिखा हुआ था, ललित ने उस छोटे स्वर्ण के गिलास को उठाया और साफ किया, दिखने में वह बेहद ही सुन्दर लग रहा था और कीमती भी।

"ये देखो मुझे क्या मिला" - ललित ने गोपाल और जयंत दोनों को दिखाया।

"अबे नीचे रख दे.....तुझे बोला तो है कितनी बार, किसी भी चीज को मत छुआ कर....." - जयंत गुस्से से बोला।

"ठीक है", ललित ने वो स्वर्ण का गिलास वहीं पर नीचे रख दिया, लेकिन उसकी नजर उसी गिलास पर थी।

"इस चार दीवारी से बाहर कैसे निकलेंगे हम? - जयंत ने गोपाल की तरफ देखते हुए पुछा।

"बहुत आसान है या बहुत ही मुश्किल", अचानक एक पीछे से आवाज आई।

तीनों दोस्त एक दम से पीछे मुड़े, लेकिन उन्हें कुछ नजर नहीं आ रहा था।

"इस बार पक्का कोई भूत है" - ललित बोला और लोहे की सलाखों से चिपक गया।

ललित की भूत वाली बात सुनकर वो आदमी जोर से हँसने लगा।

"भूत", हाहाहा हंसी की आवाज गूँजने लगी उस काल कोठरी में।

जयंत और गोपाल को भी कुछ समझ नहीं आ रहा था।

"भाई सच में ये भूत ही है" - ललित ने अपनी काँपती हुई आवाज में कहा। गोपाल और जयंत कुछ समझ पाते इससे पहले ही सामने से वह आवाज फिर आई।

"भूत नहीं हूँ मैं" - अँधेरे में पैरों की आहट होने लगी।

"मेरा नाम गिरीश दत्त पंत है, मैं पिछले 21 साल से इस जगह पर कैद हूँ" – गिरीश ने कहा।

वो धीरे-धीरे रौशनी में आने लगे। उनकी सफेद लम्बी दाढ़ी थी, जो उनके पेट तक आ रही थी। कपड़े फटे हुए थे, चहरे पर झुर्रियां थी और वो बेहद ही पतले थे।

"मुझे हैरानी नहीं हैं कि आप तीनों यहाँ तक कैसे पहुँचे होंगे, मगर ये बताइये कि यहाँ इस काल कोठरी में कैसे पहुँचे" - गिरीश बोले और अपनी बड़ी-बड़ी आँखों से तीनों को घूरने लगे।

"वो मैंने त्रिकोण काले पानी के ताल को छू लिया था, तो हम तीनों उस ताल की वजह से यहाँ पहुँच गए" - ललित घबराते हुए बोला।

गोपाल, गिरीश को बड़े ही गौर से देखे जा रहा था।

जयंत ने अपना गला साफ किया और हिम्मत करते हुए बोला, "अपने अपना नाम क्या बताया?

"मेरा नाम गिरीश दत्त पंत है" - गिरीश ने अपना नाम दोबारा बताया।

गोपाल बड़े गौर से गिरीश की तरफ देख रहा था, उसे समझ नहीं आ रहा था कि वो क्या करे।

ये गोपाल दत्त पंत है, आपका बेटा" - जयंत ने झट से गोपाल को धक्का देते हुए आगे किया।

तभी गोपाल के मुहँ से निकला "पापा" और उसकी आँखों से आँसुओ की धार बहने लगी, वो धीरे-धीर गिरीश की तरफ बढ़ने लगा।

"क्या! गिरीश ने अपनी आँखे मलते हुई गोपाल को देखा, गोपाल.....! बेटे क्या ये सच में तुम ही हो। पर.... तुम यहाँ ......? तुम कितने बड़े हो गए" – गिरीश की जुबान भावुकता में लड़खड़ाने लगी। उनकी बूढ़ी सूखी आँखों में जैसे आसुओं की बाढ़ आ गई हो।

गिरीश दौड़ते हुए गोपाल के पास आये और उसे गले लगा कर रोने लगे। उनके साथ गोपाल भी रोने लेगा। जयंत और ललित भी इस राम-दशरथ के मिलाप को देखकर रोने लगे।

तभी वहाँ अचानक जयंत के पैरों के पास गुलाबी रंग का ताल बना और उसमें से राजकुमारी आध्या बाहर आई।

"गोपाल यही आपके पिताजी हैं, हमारे पास समय बेहद ही कम है, हमें यहाँ से निकलना होगा" - राजकुमारी आध्या ने काल कोठरी से बाहर झाँकते हुए कहा।

गिरीश घुटनों के बल बैठ गये और सिर झुका लिया।

"मेरा प्रणाम स्वीकार करें राजकुमारी जी" - गिरीश बोले।

"उठिए गिरीश जी, अब यहाँ से जाने का समय आ गया है" - राजकुमारी आध्या ने कहा। "हमारे पास ज्यादा समय नहीं है", राजकुमारी आध्या ने अपने हाथ से इशारा किया, गुलाबी रंग का पानी का ताल गिरीश के आगे बन गया।

ताल की रौशनी इतनी थी कि कालकोठरी में गुलाबी रंग का उजाला हो गया, वहाँ खड़े दरबानों को उजाला साफ नजर आ रहा था।

"बका ले......? - सिपाही जोर से चिल्लाया और बाकी छोटे बौने कालकोठरी की तरफ दौड़ने लगे, उनके छोटे-छोटे कदम ज्यादा दूरी नहीं नाप पा रहे थे।

सैनिक कालकोठरी के दरवाजे पर पहुँच गए लेकिन उन्हें उस ताले की चाबी नहीं मिल रही थी। उनके चाबी के गुच्छे में सौ से भी ज्यादा चाबियाँ थी। बौने सैनिक हड़बड़ाहट में चाबियाँ लगाने लगे।

ललित की नजर उस स्वर्ण के गिलास पर थी 'ये गिलास लाखों का बिकेगा इसे मैं लेकर ही जाऊंगा', ललित ने गिलास लेने के लिए हाथ आगे बढ़ाया इतने में राजकुमारी ने ललित से कहा।

"ललित जी आप पहले जाइए"

"जी" - ना चाहते हुए भी ललित ने अपना हाथ पीछे खींचा और उस छोटे से पानी के ताल में कूद गया।

उसके पीछे गिरीश, जयंत, फिर गोपाल और अंत में राजकुमारी। उस ताल में गायब हो गए।

ललित दूसरी तरफ पहुँच गया वो वही जगह थी जहाँ उसने युद्ध अभ्यास किया था।

ललित के दिमाग में अभी भी वही गिलास घूम रहा था। उसने पानी के छोटे ताल को देखा और वो उसमें दुबारा कूदने की सोचने लगा तभी उसमें से गिरीश बाहर आये। वो एक तरफ हो गए। ललित की तरफ देखा वो कुछ बोलने ही वाले थे कि इतने में ललित वापिस से ताल में कूद गया।

जयंत, गोपाल और राजकुमारी एक के बाद एक करके पहुँच गए।

गोपाल ने चारो तरफ देखा और फिर गिरीश की तरफ देखकर पूछा: "ललित कहाँ है वो तो सबसे पहले आ गया था?

"वो वापिस चला गया, मैं कुछ बोल पाता उससे पहले ही वो ताल में कूद गया" - गिरीश ने परेशान होते हुए कहा।

"क्या.... - गोपाल चौंकते हुए बोला और फिर माथे पर हाथ रख लिया।

"तो आपने उसे रोका क्यों नहीं? - गोपाल चिड़ते हुए बोला।

"ललित को कौन रोक सकता है" - जयंत ने पीछे से कहा।

"हमें उसे वापिस लाना होगा" - गोपाल बोला।

"लेकिन वो वापिस गए क्यों? - राजकुमारी ने परेशान होते हुए कहा।

"ये तो वो ही बताएगा" - जयंत गुस्से से बोला।

राजकुमारी ने अपने हाथ से इशारा किया और पानी का ताल बन गया।

जयंत और गोपाल दोनों राजकुमारी के साथ चलने को तैयार हो गए।

"नहीं, आप दोनों यहीं पर रुकिए, मैं जाती हूँ" - इतना बोलकर राजकुमारी आध्या ताल में कूद गई।

*****

अध्याय 14

"इसको साथ में लाना ही नहीं था, इसकी हरकतें शुरू से ऐसी ही है, अब पता नहीं कहाँ चला गया" - जयंत ने अपने दोनों हाथ पीछे किये और गर्दन को झुका कर कमरे में चक्कर लगाते हुए बड़बड़ाने लगा।

"तुम चिंता मत करो बेटा, राजकुमारी जी गई है वो उसे अपने साथ लेकर ही लौटेगी"- गिरीश ने पूरे भरोसे के साथ कहा।

गोपाल चुप चाप खड़ा था उसके दिमाग में तरह-तरह के ख्याल आ रहे थे। उसको पिता के मिलने की खुशी थी लेकिन ललित की चिंता उसे खाए जा रही थी।

राजकुमारी आध्या उस कालकोठरी में दुबारा पहुँची लेकिन वहाँ कोई भी नहीं था, ना ललित और ना ही सिपाही। राजकुमारी आध्या ने चारों तरफ देखा और फिर वो वापिस चली आई।

इस तरफ कमरे में सभी लोग, राजकुमारी आध्या और ललित का इंतजार कर रहे थे। तभी एक छोटा सा गुलाबी रंग का ताल बना और राजकुमारी उस ताल से बाहर आई, उनका चेहरा उतरा हुआ था।

"क्या हुआ राजकुमारी जी, ललित कहाँ है? - गोपाल ने पूछा।

"वो उस कालकोठरी में नहीं मिले" - राजकुमारी ने गंभीरता से कहा।

"क्या! - जयंत चौंकते हुए बोला।

जयंत और गोपाल दोनों परेशान हो गए।

"तो कहाँ चला गया होगा वो" - गोपाल ने राजकुमारी आध्या की तरफ देखते हुए पूछा।

"अगर मैं सही सोच रहा हूँ तो वो उसकी बलि चढ़ाने के लिए ले गए होंगे" - गिरीश ने गंभीरता से कहा।

"क्या....! - जयंत और गोपाल एक साथ चौंकते हुए जोर से कहा।

"हाँ, गिरीश जी आप सही कह रहे हैं, कल रात्रि को वो लोग बलि देगें, हमारे पास कल सुबह तक का ही समय है ललित को बचाने के लिए" - राजकुमारी चिंतित होते हुए बोली।

गोपाल और जयंत के होश उड़ गए, अभी तक उन दोनों को ये लग रहा था कि ललित खो गया है वो उसे ढूँढ लेगें लेकिन बलि की बात सुनकर दोनों सन्न खड़े थे। गोपाल अपने आप को कोसने लगा, "मुझे तुम दोनों को यहाँ लाना ही नहीं चाहिए था, अगर ललित को कुछ हो गया तो", गोपाल बोल ही रहा था कि जयंत बीच में बोल पड़ा, "कुछ नहीं होगा उसे"

"करना क्या है अब, आप दोनों ये बताइये? - जयंत ने गिरीश और राजकुमारी आध्या की तरफ देखते हुए पूछा।

"हमें सबसे पहले ललित को ढूँढना होगा" - गिरीश बोले।

"मुझे पता है उन्होंने ललित को बलि से पहले कहाँ रखा होगा" - राजकुमारी आध्या ने झट से उत्तर दिया।

"चलो फिर चलते हैं, उसे लेकर आ जाते हैं" - जयंत ने कहा।

"हाँ हमें जल्दी चलना चाहिए राजकुमारी जी" - गोपाल भी पूरे जोश में बोला।

"नहीं, हम ऐसे वहाँ नहीं जा सकते, उन्होंने उसे दोष रक्षक के मंदिर में रखा होगा। वहाँ जाने का मतलब है युद्ध में कूदना, हमे एक रणनीति बनानी हगी इसलिए मुझे अपने खास और वफादार लोगों को बुलाना होगा, हम मिलकर उन्हें वहाँ से लाने का कोई ना कोई रास्ता जरूर निकाल लेंगे, आप थोड़ा इन्तजार करिए मैं अभी आती हूँ " – गोपाल और जयंत कुछ बोल पाते उससे पहले ही राजकुमारी आध्या ताल में गायब हो गई।

उस कमरे में उन तीनों का एक-एक पल काटना मुश्किल हो रहा था। गोपाल कमरे में गोल-गोल चक्कर काटने लगा, गिरीश एक कौने में जाकर बैठ गए और जयंत खड़े-खड़े सोचने लगा। तीनों को कुछ भी समझ में नहीं आ रहा था। कमरे में अजीब सी शांति थी। ज्यादा सोचने से अब जयंत के सिर में दर्द होने लगा था।

करीब 15 मिनट बाद, कमरे के बीचो-बीच एक गुलाबी रंग का पानी का ताल बना जिससे राजकुमारी आध्या बाहर आई।

"समय बहुत ही कम है हमारे पास हमें अभी चलना होगा" - राजकुमारी आध्या ने ताल से बाहर आकर कहा।

"मैं भी आपके साथ चलूँगा" - गिरीश ने कहा।

"नहीं पापा, आप यहीं रुकिए, आगे खतरा हो सकता है" - गोपाल ने चिंता जताते हुए कहा।

"नहीं बेटा, तुम सब अपनी जान पर खेलकर मेरी जान बचाने के लिए यहाँ तक आए और वैसे भी मैंने अपनी जिंदगी जी ली है, आप बच्चों को तो आगे दुनिया देखनी है, अगर मेरी जान आप सबको बचाने में चली भी जाए तो मुझे कोई अफसोस नहीं होगा" - गिरीश ने गहरी सांस लेते हुए कहा।

गोपाल चुप हो गया, उसके पास कोई शब्द नहीं थे।

देखते ही देखते राजकुमारी आध्या के पीछे गोपाल, जयंत और फिर गिरीश ताल में कूद गए। सभी उसी कमरे में पहुँच गए, जहाँ उन्होंने सात दिन तक युद्ध अभ्यास किया था। लेकिन इस बार वो कमरा कुछ अलग ही नजर आ रहा था वहाँ पैर रखने की भी जगह नहीं थी। एक तरफ भाले-ही-भाले, एक कतार में थे। वहीं दूसरी तरफ तलवारें और ढाले रखी हुई थी। सामने की तरफ नुकीली छड़े थी जिसपर कीले लगी हुई थी और पीछे की तरफ छोटे-छोटे चाकू, कवचों और धार-धार हथियारों का ढ़ेर लगा हुआ था।

गोपाल और जयंत ने अपने जीवन में घर में इस्तमाल होने वाले चाकुओं के अलावा कभी कुछ नहीं देखा था, चारों तरफ फैले हथियारों को देखते ही वह सभी दंग रह गए, उनकी आँखें खुली की खुली रह गई।

"आप सभी अपनी सहूलियत के हिसाब से हथियार चुन लीजिए, चुनने के बाद आप दाहिने बने कक्ष में आ जाइए"- राजकुमारी इतना बोलकर दाहिने बने कक्ष में चली गई, वो जल्दी में लग रही थी।

जयंत भालो की तरफ मुड़ा वो दो चार भाले उठाकर देखने लगा और अंत में उसने अपनी ऊँचाई जितना भाला चुन लिया और एक तरफ खड़ा हो गया। गोपाल ने एक तलवार और ढ़ाल उठा ली, ढ़ाल पर राजचिन्ह बना हुआ था, वह वैसा ही था जैसा गोपाल ने युद्ध अभ्यास में पहना था। उस चिन्ह के ऊपर नैना देवी के मंदिर की प्रतिमा बनी हुई थी और ढ़ाल के निचले भाग में 'जल मेव जीवनम' लिखा हुआ था।

गिरीश को कुछ समझ नहीं आ रहा था। इतने साल कारागार में रहने से उनके शरीर में पहले जैसी ताकत नहीं थी, भाला

और तलवार उनके लिए भारी हो रहे थे। बहुत ढूँढने पर अंत में उन्हें एक छोटा खंजर मिला जो 15 इंच लम्बा और 3 इंच चौड़ा था। उसके हत्थे पर हाथी के दाँत की पकड़न लगी हुई थी। बिणु, खौर, गिरीश और दोनों मित्रों के लिए विशेष कपड़े लाए जो कि युद्ध में पहने जाते थे।

"ये लिजिये, आपके अंग वस्त्र" - बिणु ने दोनों मित्रों को उनके अंग वस्त्र और खौर ने गिरीश जी को देते हुए कहा।

छाती को ढकने के लिए चमड़े का कवच जो भूरे रंग का था, उस पर नैनीताल का राजचिन्ह उकेरा हुआ था। उन तीनों ने अपने-अपने अंग वस्त्र पहन लिए। गोपाल को कवच पहनने के बाद ढ़ाल संभालने में परेशानी हो रही थी इसलिए उसने वो ढाल वहीं रख दी। तीनों युद्ध के लिए तैयार हो गए।

तैयार होकर तीनों दाहिने कक्ष की ओर जाने लगे। वहाँ राजकुमारी आध्या युद्ध के लिए अपना भाले और तलवार की धार को जांच रही थी। उन्होंने सफेद रंग के वस्त्र पहने हुए थे उसके ऊपर से सुनहरे रंग का कवच पहना था जिसपर शाही नैनी राज्य का राज चिन्ह बना हुआ था।

"आप सभी तैयार हैं? - राजकुमारी आध्या ने तलवार उठाते हुए पूछा।

"जी राजकुमारी जी", सभी ने साथ में अपने हथियार हवा में उठाते हुए कहा।

"नैना देवी के नाम पर.........नैनीताल के नाम पर........." - राजकुमारी जोश के साथ चिल्लाई।

सभी ने एक सुर में दोहराया, "नैना देवी के नाम पर, नैनीताल के नाम पर", पूरा माहौल जोश से गरमा गया। कमरे का तापमान बढ़ गया।

"राजकुमारी जी की जय हो" - बिणु जोर से चिल्लाया।

खौर और बिणु युद्ध के लिए पूरी तरह से तैयार थे। उन दोनों की छाती पर भी स्वर्ण से बना राज चिन्ह चमक रहा था। खौर के पास अपना भाला और छोटी-छोटी लोहे की छड़ी के दो गुच्छे थे, जिसमें 25 से ज्यादा छड़ें थी, जो उसने अपनी कमर में एक बेल्ट पर लटकाए हुई थी। वहीं दूसरी तरफ बिणु के पास स्वर्ण की तलवार थी और एक छोटा खंजर जो उसकी कमर पर मियान के साथ चिपका हुआ था।

बिणु और खौर 'राजकुमारी जी की जय हो' के नारे लगाने लगे।

"अभी सुबह के 10 बज रहे हैं, सभी पहरेदार सो रहे होंगे। मैं आपको कुछ बातें बताना चाहती हूँ"

"पहली, आपको उनके सिर पर वार करना होगा, उन जीवों की खाल मोटी होती है, उनको भाले और तलवार से मारने के लिए आपको अधिक ऊर्जा से वार करना होगा, लेकिन यदि आप उनके सिर को निशाना बनाये तो उनकी मौत जल्दी हो जाएगी और दूसरी बात, ये नैना देवी के चरणों का पवित्र जल की एक बूँद है, इसको सिर्फ मुश्किल समय में ही इस्तमाल करना" - राजकुमारी आध्या ने एक छोटी सी जल की शीशी गोपाल, जयंत और गिरीश की तरफ बढ़ाई।

उस सफेद रंग की शीशी को सभी ने अपनी-अपनी जेबों में संभाल कर रख लिया।

सुबह के 10 बजकर 20 मिनट हो गए। राजकुमारी आध्या ने अपने हाथों से पानी का ताल बनाया।

"जीत हमारी होगी" - राजकुमारी आध्या इतना बोलकर सबसे पहले उस ताल में कूद गई।

उनके पीछे खौर, बिणु फिर गोपाल, जयंत और अंत में गिरीश भी कूद गए।

"चारों तरफ ऊँचे-ऊँचे खंबे थे, जमीन पर धूल इतनी थी कि सांस लो तो हवा नहीं बल्कि धूल अंदर जा रही थी। जमीन भी उबड़-खाबड़ थी, जैसे-तैसे करके वो सभी राजकुमारी आध्या के समीप रहने का प्रयास कर रहे थे। खौर और बिणु भी राजकुमारी के पैरों के ठीक सामने खड़े थे। राजकुमारी आध्या एक बड़े से खंबे की आड़ में छिपकर सामने की तरफ देखने लगी। वहाँ सामने एक भीमकाय काला लोहे का दरवाजा था जिसपर एक बौने सिपाही की प्रतिमा उकेरी हुई थी, जिसके एक हाथ में फरसा और दूसरे हाथ में मनुष्य का कटा हुआ सिर था। दरवाजे के दोनों कौनो में दो मोटे बौने हाथ में भाला लिए खड़े थे और उनके साथ-साथ दो काले रंग के भीमकाय साँप भी थे, जिनकी आँखे लाल और जीभ सुनहरे रंग की थी जो हर दो सेकंड में बाहर आ रही थी। उन दोनों साँपों के सिर पर सुनहरे रंग की त्रिकोण आकार की छाप दूर से ही चमक रही थी। दोनों हूबहू एक जैसे दिख रहे थे।

राजकुमारी आध्या ने सभी को खंबे के पीछे रहने को कहा, " जो दरवाजा आप सामने देख रहे हैं वो दोष दरवाजा है, ललित को इसी दरवाजे के अंदर बने दोष मंदिर में ले गए होंगे। ठीक दिन के 12 बजे सिपाहियों की बदली होती है और नए सिपाहियों के आने में

5 मिनट का समय लगता है, हमारे पास एक यही मौका है अंदर जाने का, लेकिन एक समस्या है" - राजकुमारी आध्या बोली।

"क्या समस्या है राजकुमारी जी आप मुझे बताइए? – बिणु आगे आकर राजकुमारी की तरफ देखते हुए बोला।

"वो दो भीमकाय साँप वहीं दरवाजे पर रहेंगे, वो कहीं नहीं जाएंगे" - राजकुमारी आध्या ने समस्या बताई।

"नैनी के लिए मैं अपनी जान भी दे दूँगा, आप फिक्र मत कीजिए, साँपों को चूहे बहुत पसंद होते हैं, मैं उन्हें अपने पीछे ले जाऊँगा", तभी खौर भी बीच में बोल पड़ा, " साँपों को मेंढ़क भी बहुत पसंद आते है.....राजकुमारी जी हम दोनों उन्हें अपने पीछे ले जायेंगे और आपको अंदर जाने का समय मिल जाएगा"

खौर और बिणु को पता था कि इस कार्य में उनकी जान भी जा सकती है। राजकुमारी नीचे बैठी और उन्होंने उन्हें धन्यवाद देते हुए कहा 'मैं आशा करती हूँ कि आज आप सबसे तेज रहे और मैं आपको पुनः युद्ध में अपने समीप देख सकूँ, माँ नैना देवी आपकी रक्षा करें। तो ये तय रहा, जैसे ही 12 बजेगे खौर और बिणु साँपों का ध्यान अपनी और खींचेंगे, तभी आप सभी मेरे पीछे-पीछे आना" - राजकुमारी आध्या ने पीछे मुड़कर सभी को देखते हुए धीरे से कहा।

सभी 12 बजने का इंतजार करने लगे। समय बीत ही नहीं रहा था। जयंत और गोपाल ने जो अंग वस्त्र पहना हुआ था वह पूरी तरह पसीने से अंदर ही अंदर भीग चुका था।

समय अपनी गति से चल रहा था सिपाहियों को नींद आने लगी, वो बड़ी मुश्किलों से अपने आप को खड़े किये हुए थे, तभी 12 बजने की घंटी बजी, जो बदली का संकेत था, दोनों पहरेदार वहाँ से चले गए।

बिणु और खौर ने राजकुमारी आध्या को अपना अंतिम प्रणाम किया और बिना कुछ कहे वो दोनों साँपों के करीब जाने लगे।

गोपाल, जयंत और गिरीश उनकी ये बहादुरी देख कर निःशब्द थे। वे बस इसे महसूस कर सकते थे। पहली बार उन दोनों ने देश प्रेम को महसूस किया और ऐसी बहादुरी को देखा जिससे उनके रोंगटे खड़े हो गए।

बिणु और खौर दोनों दरवाजे के समीप जाने लगे। वो दोनों डरे हुए थे परन्तु अपने राज्य के लिए उनका प्रेम डर से अधिक था। सामने दोनों साँप दरवाजे के कोनो पर बैठे थे। नींद के कारण बाएं तरफ वाले साँप की आँखें आधी खुली और आधी बंद थी, वो अपनी आँखों को खुली रखने के लिए पूरे प्रयास कर रहा था। वहीं दूसरी तरफ दाएं तरफ वाला साँप सो गया था।

बिणु की गंध बाएं तरफ बैठे साँप की नाक में जैसे ही पहुंची, वह नींद से जाग गया और अपनी जीभ को बाहर निकाल कर इधर-उधर सूँघने लगा।

"तुझे किसी चूहे की गंध आ रही है क्या? - बाएँ तरफ वाले साँप ने अपने साथी से पूछा।

लेकिन उसकी तरफ से कोई जवाब नहीं आया, वह सो रहा था।

बिणु दोनों साँपों के सामने कूद जाता है और ऐसा नाटक करने लगता है जैस वह गलती से वहाँ आ गया हो।

"औ.....SSSS.....तू है, अपनी जिंदगी प्यारी नहीं है क्या तुझे" - साँप अपंनी जीभ बाहर निकालते हुए बोला।

इतने में दाएं तरफ सोया हुआ साँप भी जाग गया। बिणु के ठीक पीछे से खौर कूदता हुआ आगे की तरफ आ गया और जैसे ही

दाएं तरफ बैठे साँप की नजर खैर पर पड़ी, वो जीभ बाहर निकालते हुए बोला, "आज तो दावत है"

"औ.....मुझे माफ कर देना मैं गलती से यहाँ आ गया, मैं अपना रास्ता भटक गया हूँ, मुझे माफ करना" - बिणु मासूम चेहरा बनाते हुए बोला।

"अब यहाँ तक आ ही गए हो तो मेरे पेट में भी आ जाओ" - बिणु की तरफ जीभ निकालते हुए बाएं तरफ वाले साँप ने कहा।

दूसरी तरफ खौर ने दाएं ओर खड़े साँप को देखा और उसे ललकारते हुए बोला "मुझे तो ये साँप डरपोक लगते हैं"

"क्या कहा तुने, डरपोक और हम, शायद तू अपनी मौत को देखकर अपना मानसिक संतुलन खो बैठा है" –तभी उस साँप ने गुस्से से अपनी जीभ बाहर निकाली और वो खौर की तरफ लहराता हुआ आगे बढ़ा। खौर ने अपनी जिंदगी की सबसे ऊँची छलाँग लगाई और पल भर में वहाँ से ओझल हो गया।

बिणु उलटे पाँव जाने का नाटक करने लगा।

"भूख तो मुझे भी लगी है, पहले इसे खा लेता हूँ, कितना भागेगा ये" - इतना सोच कर बाएं तरफ वाला साँप तेजी से बिणु की तरफ बढ़ा। बिणु ने भी अपनी रफ़्तार पकड़ ली।

बिणु और खौर ने बहुत साहस के साथ दरवाजे की अंतिम रूकावट को हटा दिया, अब राजकुमारी आध्या के लिए रास्ता साफ हो चुका था।

राजकुमारी आध्या, गोपाल, जयंत और गिरीश दौड़ते हुए दरवाजे की तरफ गए। राजकुमारी दरवाजे के सामने रुकी, उनके ठीक पीछे सभी खड़े हो गए और इधर-उधर देखने लगे।

"आप सभी तीन कदम पीछे हो जाइए" - राजकुमारी आध्या ने धीरे से कहा।

उनके कहते ही सभी तीन कदम पीछे हो गए।

दरवाजे के बीचों बीच राजकुमारी आध्या ने दाहिने हाथ के अंगूठे से एक स्वस्तिक का निशान बनाया और फिर वह भी दो कदम पीछे हट गई। कुछ पल बाद वो भीमकाय दरवाजा अपने आप खुलने लगा। राजकुमारी आध्या ने तेजी से उस दरवाजे में प्रवेश किया। पीछे-पीछे वो तीनों भी दरवाजे के अंदर चले गए। जयंत सबसे पीछे चल रहा था। वह भाग कर दरवाजे के अंदर घुसा। जैसे ही वह अंदर आया दरवाजा धम से बंद हो गया। जयंत का दिल इतनी तेज धड़कने लगा मानो जैसे वो अभी बहार आ जाएगा। उसे ऐसा लगा मानो वह दरवाजा पार ही नहीं कर पाएगा और दरवाजे में फंस के मर जाएगा। जयंत को इतना डर पहले कभी नहीं लगा।

सभी दरवाजे से अंदर आ चुके थे, वहाँ दोनों तरफ ऊँची-ऊँची दीवारें थी जो अँधेरे में गायब हो रखी थी, उन दीवारों पर दोनों तरफ मशाले लगी थी जिनकी लपटें तीन फुट से भी ज्यादा थी। राजकुमारी आध्या धीरे-धीरे सावधानी से आगे बढ़ रही थी और उनके पीछे-पीछे गोपाल, जयंत और गिरीश भी उनके कदमों के निशान पर अपने कदम रखते हुए आगे बढ़ रहे थे ।

गलियारे में एक अजीब सी शांति थी, वहाँ दूर तक कोई दिखाई नहीं दे रहा था सिर्फ उन मशालों से चिंगारियों की आवाजें गूँज रही थी।

"हम कब से इस गलियारे में चले जा रहे हैं, दूर-दूर तक कोई नजर नहीं आ रहा, कहाँ होगा ललित? - गोपाल ने पूछा।

"शऽऽऽऽ" - राजकुमारी आध्या ने अपने मुहँ पर ऊँगली रखते हुए इशारा किया।

अचानक वहाँ गोपाल की आवाज गूंजने लगी, ऐसा लग रहा था मानो गोपाल का सवाल दीवारें उसी से पूछ रही हो।

'कहाँ होगा ललित....कहाँ होगा ललित..... कहाँ होगा ललित....'

आवाज गूँजने के बाद वहाँ पहले जैसी ही शान्ति हो गई।

राजकुमारी आध्या पीछे मुड़ी और उन्होंने धीरे से फुसफुसाते हुए कहा, "यहाँ पर आप जो भी बोलोंगे उसके आखिरी तीन शब्द इस गलियारे में गूँजने लगेंगे, इसलिए आप शांत रहे और ध्यान रहे आपके पैरों से चलने की आवाज भी ना आये, अगर किसी ने सुन लिआ तो तुरंत हमारे पास सिपाही आ जाएंगे"

"जी राजकुमारी जी" - गिरीश ने अपने दोनों हाथ जोड़कर धीरे से कहा।

गोपाल ने अपनी गलती का एहसास करते हुए सिर हिलाया।

वे सभी उस गलियारे में आगे बढ़ने लगे धीरे-धीरे मशालों की सँख्या बढ़ने लगी, अब कतार में दो-दो मशालें एक साथ जल रही थी। सामने की और एक बड़ा सा त्रिकोण आकर का पत्थर रखा था, जिसकी ऊँचाई लगभग 10 फुट थी। उस पत्थर के चारों तरफ गोलाई में काले, भूरे और सफेद रंग के बाल पड़े हुए थे, उन बालों से एक गोल चक्र बनाया हुआ हो। उस त्रिकोण की चारों तरफ एक चौड़ी-मोटी मिट्टी से बनी मुंडेर थी। त्रिकोण के सबसे ऊपरी भाग में एक बकरे की कटी हुई गर्दन लटकी हुई थी। उस गर्दन से जो खून निकल था, उस खून से लाल रंग की रेखाएँ पूरे पत्थर पर फैली हुई थी। जयंत बड़े गौर से उस बकरे की गर्दन को देख रहा था उसके

मुहं में मँडुए की रोटी का टुकड़ा, जो उसके दाँतों के बीच फंसा था, आधा मुहँ के अंदर और आधा मुहँ के बाहर। जयंत डर के मारे उससे नजर नहीं हटा पा रहा था।

"राजकुमारी जी ये क्या है? - जयंत ने कपकपाती आवाज में धीरे से पूछा।

राजकुमारी आध्या जयंत की बात सुन कर वहीं रुक गई और उन्होंने बकरे को देखते हुए कहा, "आज से दो दिन बाद अमावस्या है ये बलि कल दी होगी। जब भी बड़ी पूजा होती है दोष मंदिर में अमावस्या के दिन से तीन दिन पहले बकरे की बलि दी जाती है। हमारे पास समय कम है, हमे आगे बढ़ना चाहिए", राजकुमारी आध्या इतना कहते ही धीरे-धीरे आगे बढ़ने लगी, उसके पीछे-पीछे तीनों आगे बढ़ने लगे, तभी किसी के कदमों की आहट हुई, राजकुमारी आध्या ने सभी को रुकने का इशारा किया और उन्होंने अपनी तलवार को कसकर पकड़ लिया। गोपाल, जयंत और गिरीश घबरा कर राजकुमारी आध्या के हाथ की तरफ देखने लगे। कदमों की आवाज तेज होने लगी, ऐसा लग रहा था जैसे वो आवाज तेजी से उन्हीं की तरफ आ रही हो। आवाज गूँजने लगी, पहले चार कदमों की आवाज फिर बारह और ऐसे ही अनगिनत पैरों की आवाजे दीवारों से टकराकर उस गलियारे में गूँजने लगी।

"जल्दी मेरे पीछे आइए" - राजकुमारी आध्या धीरे से बोलकर उस त्रिकोण पत्थर के पीछे चली गई।

गोपाल जल्दी से पत्थर के पीछे चला जाता है, गिरीश जैसे ही मुड़े अँधेरे के कारण उनका पैर मुंडेर से टकराया और वो नीचे गिर गए। जयंत उनके ठीक पीछे था, उसने उन्हें जल्दी से उठाया और पत्थर के पीछे ले गया। राजकुमारी आध्या और गोपाल की सांस

में सांस आई। जैसे ही वे पत्थर के पीछे आए दो सिपाही दोष के मंदिर की तरफ बढ़ने लगते है। गोपाल का हाथ एक चिप-चिपि चीज पर पड़ा, जब उसने देखा तो वहाँ कटे हुए बाल, खून और बकरे के कटे हुए पैर पड़े थे। गोपाल ने घिन के कारण अपनी नाक बंद कर ली पर बदबू इतनी तेज थी कि नाक बंद करने से भी नहीं जा रही थी। बदबू के कारण उसे छींक आने ही वाली थी कि जयंत ने उसे देख लिया और उसने अपने हाथों से उसे मुहँ को बंद कर दिया।

वहीं वो सिपाही दोष की मूर्ति के ठीक सामने आ गए, वो आपस में बात करने में व्यस्त थे। तभी गोपाल और जयंत छींक को रोकने में नाकामयाब रहे और एक छींक की आवाज धीरे से दोष की मूर्ति के पीछे से आई। सिपाही रुके और इधर-उधर देखने लगे। यह देखकर गोपाल और जयंत की साँस रुक गई। धीरे-धीरे वो अपने कदम बढ़ा कर दोष की मूर्ति के पास आए और दोष की मूर्ति को एक टक देखने लगे। कुछ देर बाद उसमें से एक सिपाही दोष की मूर्ति की तरफ हाथ जोड़कर झुका, उसके देखा देख दूसरा सिपाही भी उसी की तरफ हाथ जोड़कर झुका और फिर वो दोनों वहाँ से आगे की तरफ चले गए।

जब सिपाही वहाँ से चले गए तो गोपाल ने मुहँ ऊपर करके सांस लेने की कोशिश की परन्तु बदबू के कारण उसने फिर से सांस रोक ली। जयंत और गिरीश के माथे से पसीना टपक रहा था। राजकुमारी आध्या ने भी अपनी तलवार की पकड़ हल्की की और चैन की साँस ली।

राजकुमारी आध्या दोष की मूर्ति के पीछे से बाहर आई और चारों तरफ नजर दौड़ाने के बाद उन्होंने तीनों को उनके साथ चलने का इशारा किया।

एक-एक कदम को फूंक-फूंक कर रखते हुए वे सभी आगे बढ़ने लगे। थोड़ी आगे जाने के बाद उन्हें एक गोलाकार की छोटी-सी मिट्टी और लकड़ी से बनी कुटिया दिखाई दी। उस कुटिया के चारों तरफ गोलाई में मशालें जल रही थी और उसके दरवाजे के बगल में ढेर सारी फलों की टोकरियाँ रखी हुई थी। हैरानी की बात थी कि वहाँ कोई भी सिपाही नहीं था।

धीरे-धीरे राजकुमारी आध्या, गोपाल, जयंत और गिरीश कुटिया के समीप गए। जैसे ही वे सभी कुटिया के दरवाजे के पास पहुंचे उन्होंने देखा दरवाजा खुला हुआ था।

राजकुमारी आध्या ने धीमी आवाज में कहा, "पहले मैं जाती हूँ अगर कोई खतरा नहीं हुआ तो मैं आप सभी को इशारा करूँगी, आप सभी अंदर आ जाना", इतना कहकर वो अंदर चली गई।

जयंत ने गोपाल की ओर देखते हुए कहा, "उन्होंने कहा अगर खतरा नहीं हुआ तो वे इशारा करेंगी, पर अगर अंदर खतरा हुआ तो?"

"हमें जल्दी अंदर चलना चाहिए, शायद राजकुमारी खतरे में हो" - गोपाल बोला और वो तीनों भी अंदर चले गए।

गोपाल और जयंत ने जब अंदर जाकर देखा तो उनके होश उड़ गए। राजकुमारी एक कौने में खड़ी थी! उन दोनों को समझ नहीं आ रहा था कि ये क्या हो रहा था!

*****

अध्याय 15

उस कुटिया के अंदर, बीचों-बीच ललित आलती-पालती मारकर जमीन पर बैठा हुआ था और उसके चारों तरफ फल, तरह-तरह की मिठाईयाँ और पकवानों से भरी टोकरियाँ रक्खी थी। ललित वहाँ बीचों-बीच बैठकर मिठाईयों के साथ खेल रहा था। वह आँखें बंद करके किसी भी मिठाई को छूकर उसे अपने मुहँ में डालकर उसके स्वाद का आनंद ले रहा था।

"ललित.....चलिए हमारे साथ" - राजकुमारी आध्या कौने में खड़े होकर उसे चलने के लिए आग्रह कर रही थी, पर ललित तो अपना खेल-खेलने में व्यस्त था।

जब गोपाल और जयंत ने ललित को देखा तो उनका गुस्सा साँतवे आसमान पर था। जयंत एक कदम आगे बढ़ा और गुस्से में बोला, "ललित", ललित ने एकदम से अपनी आंखें खोली और चौंकते हुए खड़ा हो गया। उसका पूरा मुहँ मिठाईयों से भरा हुआ था।

"अरे....कहाँ चले गए थे तुम सब, चलो छोड़ो देखो कितनी सारी मिठाईयाँ और पकवान है, मैंने इससे पहले कभी इतनी स्वादिष्ट मिठाईयाँ नहीं खाई। आओ तुम सब भी खा कर देखो" - ललित के बोलते समय उसके मुहँ से मिठाईयाँ बाहर गिर रही थी और उसने एक और मिठाई अपने मुहँ में रखी।

जैसे ही उसकी नजर राजकुमारी पर पड़ी उसने मिठाई को जल्दी-जल्दी चबाते हुए कहा, "राजकुमारी जी.... आप भी आइए यहाँ बहुत सारे पकवान है"

"हम अपनी जान पर खेलकर तुझे यहाँ बचाने आएं है और तू यहाँ छप्पन भोग खा रहा है" जयंत गुस्से से बोला।

"शSSSS" - राजकुमारी आध्या ने अपने मुहँ पर ऊँगली रखते हुए चुप रहने का इशारा किया।

"बचाने मतलब" - ललित ने जयंत की तरफ देखते हुए कहा और केले को छिलने लगा।

"अबे तेरी बलि देने वाले हैं ये बौने आज रात को" - गोपाल अपने गुस्से पर काबू रखते हुए धीमी आवाज में बोला।

"क्या बोल रहा है भाई" - ललित ने आधे छिले हुए केले को टोकरी में फेंकते हुए कहा।

ललित का चेहरा उतर गया। लेकिन उसे गोपाल और जयंत पर भरोसा नहीं हो रहा था उसे लगा ये दोनों उसके साथ मजाक कर रहे हैं। ललित अपने उतरे हुए चेहरे पर मुस्कान लाते हुए राजकुमारी आध्या की तरफ देखकर बोला "ये दोनों मजाक कर रहे हैं....... हैं ना राजकुमारी जी, आप सच-सच बताइए मुझे"।

"हाँ ये सच है, बौने आज रात को आपकी बलि चढ़ाने वाले हैं इसलिए देर मत कीजिए और जल्दी चलिए यहाँ से" - राजकुमारी आध्या ने इधर-उधर अपने कानों से सुनने की कोशिश करते हुए धीरे से कहा।

"क्या बोल रहे हो तुम सब यार" - ललित के चेहरे पर अब चिंता की लकीरें साफ दिख रही थी और उसकी आँखों से आँसू कभी भी टपक सकते थे।

"हम सब आ गए हैं बेटे, कुछ नहीं होगा तुम्हें" - गिरीश ने हौसला बढ़ाते हुए कहा।

अचानक किसी के पैरों की चलने की आहाट होने लगी थी;

"देरी मत कीजिए, अब चलिए"- राजकुमारी आध्या को आभास होने लगा कोई उनकी तरफ आ रहा था।

ललित उन फलों की टोकरी से बाहर आते हुए बोला, "चलो-चलो", उसके कपड़ों से मिठाइयों के बचे हुए टुकड़े और काजू बादाम गिर रहे थे।

राजकुमारी आध्या ने कुटिया के दरवाजे से बाहर झाँकते हुए इधर-उधर देखा और उन सबको बाहर आने का इशारा किया। गोपाल, जयंत, ललित और अंत में गिरीश, राजकुमारी आध्या के पीछे-पीछे बाहर निकल गए। जैसे ही वो सभी कुटिया से बाहर निकले, चारों तरफ कदमों की आवाजे गूँजने लगी।

राजकुमारी आध्या सोचने लगी कि कैसे भी करके वो सभी दोष की मूर्ति तक पहुँचे। राजकुमारी आध्या ने भागने का इशारा किया और सभी राजकुमारी आध्या के पीछे दौड़े। थोड़ी दूर जाकर गिरीश की सांसे फूलने लगी वो उन सब की तरह नहीं दौड़ पा रहे थे। गोपाल उनका हाथ पकड़ कर उनके साथ दौड़ रहा था। जैसे-तैसे करके वो सभी दोष की मूर्ति के पीछे पहुँच गए। सभी की सांसे फूली होती है, गिरीश नीचे जमीन पर बैठ गए, उनकी हालत खराब थी। जयंत ने भी दोनों हाथ अपने घुटनों पर रखे और जोर से सांस ली। दूसरी तरफ गोपाल बदबू के कारण अपने मुहँ पर हाथ रखा हुआ था। राजकुमारी आध्या चौकन्नी खड़ी थी वो हर आहट सुनने की कोशिश कर रही थी। ललित का ध्यान सिर्फ राजकुमारी आध्या पर था।

"राजकुमारी जी आप थक गई होगी, लाइए आप अपनी तलवार मुझे दे दीजिए" - ललित ने अपना दाहिना हाथ आगे करते हुए कहा।

राजकुमारी आध्या का ध्यान कहीं ओर था उन्होंने साफ मना कर दिया।

जयंत ललित के पास आया;

"तुझे चैन नहीं है बिल्कुल भी" - जयंत ने फुसफुसाते हुए कहा।

"वो देख ऊपर कुछ नजर आ रहा है तुझे" - जयंत कटी हुई बकरे की गर्दन की तरफ उँगली करते हुए बोला।

"वो क्या है......बकरे की गर्दन है शायद" - ललित सोचते हुए बोला।

"कल तेरा सिर भी ऐसा ही लटका होता, अगर हम तुझे बचाने नहीं आते, समझा" - जयंत ने अपना पसीना पोछते हुए कहा।

ललित ने उस कटे हुए बकरे के सिर को फिर से देखा और फिर जयंत की तरफ देखा।

"तुझे क्या लगा वो तुझे इतना खिला-पिला क्यों रहे थे बलि का बकरा सुना है! जब तेरी बलि दी जाएगी तब तू उन्हें बिल्कुल हरा भरा ताजा चाहिए, इसलिए वो तुझे एक दिन पहले भरपेट खिला रहे हैं समझा ! बात कर रहा है और ये ले मेरा भाला पकड़, तलवार पकड़ेगा तू" - जयंत तमतमाते हुए बोला।

ललित शांत हो गया और बस उस बकरे की गर्दन की तरफ देखे जा रहा था। बलि वाली बात पर अब उसे यकीन होने लगा था।

सिपाहियों के कदमों की आवाजे बढ़ने लगी, ऐसा लग रहा था जैसे बहुत से सिपाही उनके पास आ रहे हो, सभी के दिलों की धड़कन तेज हो गई, उन्होंने अपने-अपने हथियारों को कस कर पकड़ लिया।

"तैयार हो जाओ" - जयंत बोला।

राजकुमारी आध्या ने 'शऽऽऽऽ ' कहा और सभी शांत हो गए। दो सिपाही दौड़ते हुए दोष की मूर्ति के पास आए उन्होंने चारों तरफ देखा, और एक दूसरे से अपनी भाषा में कुछ कहा फिर दोष की मूर्ति की तरफ देखा और कुछ पल रुकने के बाद वो आगे बढ़ गए और कुटिया की तरफ चले गए।

राजकुमारी आध्या ने दौड़ने का इशारा किया और मुख्य द्वार की तरफ सभी दौड़ने लगे। गलियारों में चारों तरफ सिर्फ पैरों का ही शोर सुनाई दे रहा था।

अचानक एक दिशा से शंख की आवाज आई और फिर अगले ही पल चारों दिशाओं में शंख गूँजने लगी।

जयंत, ललित तेजी से आगे बढ़ रहे थे, गोपाल, गिरीश के साथ दौड़ रहा था। वो दोनों सबसे पीछे थे।

"मारे गए!! जल्दी-जल्दी दौड़िए, हम उनकी नजर में आ गए हैं"- राजकुमारी आध्या अपनी रफ़्तार बढ़ाते हुए बोली।

अचानक एक तीर राजकुमारी आध्या के ठीक पैर के पास आकर गिरा, "हमारे पास ज्यादा समय नहीं है" - राजकुमारी आध्या ने तीर को देखते हुए कहा और फिर दौड़ने लगी।

गलियारे में जैसे तीरों की बारिश होने लगी हर तरफ से तीर आ रहे थे। एक तीर गोपाल की छाती पर आकार लगा वह वही जमीन पर गिर गया लेकिन सुरक्षा कवच के कारण तीर अंदर नहीं गया। गिरीश ने उसका हाथ पकड़कर उसे उठाया और वे फिर दौड़ने लगे।

"ये क्या हो रहा है? - ललित चिल्लाया, "ना तो मेरे पास कवच है और ना ही तलवार, मैं तो बिना लड़े ही मारा जाऊँगा"

"अबे अपनी जान बचानी है तो भाग, वरना ये बौने तेरी बलि आज ही चढ़ा देंगे" - जयंत दौड़ते हुए बोला।

राजकुमारी आध्या सबसे आगे दौड़ रही थी, उनके पीछे-पीछे ललित, जयंत और कुछ ही कदमों के फासले पर गिरीश और गोपाल भी दौड़ रहे थे। तभी अचानक बिजली की रफ़्तार से एक तीर हवा में उड़ता हुआ राजकुमारी आध्या के बाएँ पैर के घुटने से ऊपर आकर धस गया राजकुमारी आध्या जोर से चिल्लाई और वहीं जमीन पर गिर गई, खून उनके पैर से बहने लगा। उनकी चीख में उनके दर्द का अनुमान लगाया जा सकता था। जयंत और ललित तेजी से उनके पास आए और उन्हें सहारा दिया, वो धीरे-धीरे अपने पैरों पर खड़ी होने लगी......'आप दोनों जाइये यहाँ से .....वरना मेरे वजह से पकडे जायेंगे....जाइए', राजकुमारी आध्या ने लड़खड़ाते हुए कहा।

तब तक गोपाल और गिरीश भी वहाँ पहुँच गए। राजकुमारी आध्या ने अपनी तलवार निकाली और वह उसके सहारे चलने की कोशिश करने लगी।

"अगर आप सब यहीं एक जगह खड़े रहे तो हम सभी मारे जाएँगे, झुंड को आसानी से शिकार बनाया जाता है इसलिए दौड़िये...." - राजकुमारी आध्या पूरी जान से चिल्लाई।

राजकुमारी की बात सुनकर सभी दरवाजे की तरफ दौड़े....तीरों की बारिश से बचते हुए वे सभी जैसे-तैसे करके दरवाजे तक पहुँचे और राजकुमारी आध्या को देखने लगे।

राजकुमारी आध्या की पूरी कोशिश थी कि वो दरवाजे के करीब पहुच जाए लेकिन चारों तरफ से तीरों की बारिश के कारण उनका चलना मुस्किल हो रहा था, जयंत से ये सब देखा नहीं गया वो राजकुमारी वो बचाने के लिया दौड़ पड़ा उसको देख गोपाल भी

अपनी तलवार लिए उसके पीछे दौड़ा, जयंत और गोपाल दौड़कर उनके पास पहुचे उन्हें सहारा देकर तीरों से बचाते हुए दरवाजे तक ले आए राजकुमारी के पैर से खून लगातार बहे जा रहा था।

वहीं गिरीश और ललित दरवाजा खोलने का हर उपाय कर रहे थे लेकिन उन्हे कोई रास्ता नहीं मिल रहा था।

अचानक कदमों की आवाजें आनी बंद हो गई। जैसी ही सभी ने पीछे मुड़कर देखा 200 से भी ज्यादा नीले रंग के बौने हाथों में हथियार लिए, चंद कदमों की दूरी पर खड़े थे और उनकी तरफ देख रहे थे।

*****

अध्याय 16

राजकुमारी आध्या के पैर से काफी खून बह चुका था। गोपाल, जयंत और गिरीश अपनी तलवार और भाले हाथ में लिए खड़े थे। बौनों की सेना हाथो में तलवार, भाले और तीर कमान लिए एक-एक कदम करके आगे बढ़ने लगी। उन्हें पास आता देख राजकुमारी आध्या और सभी एक-एक कदम दरवाजे के और पास जाने लगे। अचानक गिरीश को कुछ याद आया वे राजकुमारी आध्या के पास आये और बोले;

"राजकुमारी जी आज ललित की बलि है तो ये आज के दिन दोष का अंश माना जाएगा और इन बौनों में से कोई भी इसकी बात नहीं टालेगा, हम इन बौनों को थोड़ी देर ललित की बातों में उलझा सकते हैं ताकि हमें निकलने का अधिक समय मिल जाये"

"हाँ ये तरकीब सही तो है लेकिन वो बौने इनको छोड़ नहीं सकते" - राजकुमारी आध्या ने कहा।

"ललित आप इन सैनिकों को वहीं रुकने का आदेश दीजिए" - राजकुमारी आध्या ने ललित को फुसफुसाते हुए कहा।

ललित उनकी बात समझ गया और सैनिकों की तरफ देखने लगा, सैनिक बढ़ते चलें आ रहे थे।

"रुको जरा.....सब्र करो" - ललित एक कदम आगे बढ़कर हाथ का इशारा करते हुए जोर से बोला।

जयंत, गोपाल की तरफ देख कर बोला, "यहाँ हमारी जान पर बनी है और इसको एक्टिंग सूज रही है, ये कभी नहीं सुधरेगा"।

सभी बोने सैनिक अपनी-अपनी जगह पर रुक गए और अगले आदेश का इन्तजार करने लगे। मौका देखकर राजकुमारी आध्या दरवाजे के पास आई और चुपके से स्वास्तिक का निशान बनाने की कोशिस करने लगी, लेकिन दर्द के कारण वो मंत्र ढंग से नहीं बोल पा रही थी, उनका स्वास्तिक पूरा नहीं बन पा रहा था। तभी मुख्य सैनिक की नजर आध्या पर पड़ी और उसने सैनिकों को आगे बढ़ने का आदेश दिया।

ललित ने फिर से सैनिकों को रुकने का आदेश दिया पर इस बार कोई नहीं रुका वे सभी उनके करीब आने लगे। राजकुमारी आध्या ने पूरी ताकत से अपनी आखिरी कोशिश की, लेकिन दरवाजा नहीं खुला। सैनिक अब उनके बहुत करीब आ चुके थे। राजकुमारी ने अपनी तलवार उठा ली। गोपाल, जयंत और गिरीश ने भी अपने-अपने हथियार उठा लिए, तभी अचानक जोर से आवाज हुई, सभी ने पीछे मुड़कर देखा तो वह काला लोहे का दरवाजा धीरे-धीरे खुलने लगा।

वहाँ सामने खौर, बिणु और मगरमच्छ युद्ध लड़ने कि मुद्रा में खड़े थे।

वो तीनों एक ही स्वर में जोर से बोले, 'राजकुमारी जी की जय हो', उन तीनों की आवाजों से एक जोश की लहर दौड़ गई। उन्हें देख कर, राजकुमारी आध्या चोंक गई और उनके चेहरे पर मुस्कान आ गई। बौनों की सेना उनकी तरफ दौड़ पड़ी। जयंत, गोपाल, ललित और गिरीश, राजकुमारी आध्या के साथ दरवाजे से बाहर आ गए। जयंत और गोपाल जल्दी से दरवाजे को बंद करने की कोशिश करने लगे, उन्हें देख एक बौना दरवाजे से बाहर निकलने के लिए दौड़ पड़ा लेकिन जयंत और गोपाल ने पूरी ताकत से दरवाजा बंद

कर दिया। उस बौने का आधा शरीर दरवाजे के अंदर और आधा शरीर दरवाजे के बाहर रह गया। जैसे ही दरवाजा बंद हुआ उस बौने के खून के छींटे ललित के चेहरे पर पड़े और वो चिल्लाने लगा। उसे चिल्लाता देख गोपाल उसके पास आया और उसे वहाँ से दूर ले गया।

"सैनिक दरवाजे को खोलकर कभी भी बाहर आ सकते हैं, हमें यहाँ से जल्द से जल्द निकलना होगा", राजकुमारी आध्या इतना बोलकर ताल बनाने की कोशिश करने लगी, लेकिन दर्द के कारण वे ध्यान नहीं लगा पा रही थी। उन्होंने चार बार कोशिश की, लेकिन ताल का रास्ता नहीं बना, तभी अचानक उनको कुछ याद आया और वो जोर से बोली 'पवित्र जल'

"हमने जो आपको पवित्र जल की शीशियां दी थी, वो आप हमें एक-एक कर के दीजिए" - राजकुमारी आध्या ने तलवार की सहायता से जमीन पर बैठते हुए कहा।

सभी से शीशी लेने के बाद राजकुमारी आध्या ने पवित्र जल की बूंदे एक साथ जमीन पर गिराई तभी वहाँ पानी का ताल बन गया।

वहीं दूसरी तरफ अचानक जोर से दरवाजा खुलने की आवाज हुई, बौनों की सेना दरवाजा खोल कर ताल की तरफ दौड़ी, उन्हें आता देख सभी बारी-बारी से ताल में कूदने लगे, "चलिए कूदिये", जयंत, ललित, गिरीश और गोपल एक-एक करके कूदे, फिर राजकुमारी आध्या और अंत में खौर मगर और बिणु ताल में कूद गए।

मुख्य बौना दौड़कर उस ताल के पास पहुँचा, जैसे ही उसने ताल में कूदने कि कोशिश की अचानक वह ताल गायब हो गया और वह वहीं जमीन पर मुहँ के बल गिरा। ये देखकर पीछे खड़े सभी बौने सिपाही हँसने लगे।

उस ताल की सहायता से सभी हथियारों से भरे कमरे में पहुँच गए। राजकुमारी आध्या के पैर पर गहरी चोट और खून का बहाव अधिक होने से कमजोरी महसूस हो रही थी। वह अपने दाहिने हाथ के सहारे से वहीं जमीन पर बैठ गई।

"राजकुमारी जी आप ठीक तो हैं ना" - बिणु ने चिंतित होते हुए पूछा।

"आपको राजवैद्य के पास जाना चाहिए" - गिरीश ने सलाह दी।

"राजवैद्य के पास हम नहीं जा सकते वो उस पाखंडी की कैद में है" - बिणु ने गुस्से से कहा।

"ये मगर किस दिन काम आएगा" – खौर, मगरमच्छ की तरफ हाथ करते हुए बोला।

मगरमच्छ, राजकुमारी आध्या के सामने आया और झुक कर प्रणाम करने लगा।

"मगर......?" - राजकुमारी आध्या ने चौंकते हुए कहा।

"हाँ राजकुमारी जी, इसके परिवार के राजवैद्यों के साथ अच्छे संबंध हैं। तो राजवैद्य ने अपने बेटे के साथ-साथ इसको भी मलहम-पट्टी करना सिखाया था" - खौर ने बताया।

बिणु जल्दी से मलहम-पट्टी का एक चौकोर बड़ा डिब्बा अपने सिर पर रख कर ले लाया। गिरीश ने हाथ लगाकर उस डिब्बे को नीचे उतारा।

गोपाल, जयंत और ललित खड़े सब देख और सुन रहे थे। वो पसीने में पूरे भीगे हुए थे और वह सब अभी मौत को काफी करीब से महसूस करके वापिस लौटे थे।

मगर ने राजवैद्य से सीखा जरूर था पर कभी उसका प्रयोग नहीं किया था। मगरमच्छ मन ही मन गर्व महसूस कर रहा था कि उसका यह ज्ञान राजकुमारी की जान बचाने में सहायक होगा मगरमच्छ याही बात सोचते हुए बस मुस्कुराकर मलम पट्टी करने लगा।

"शुक्रिया मगर जी, अगर आप नहीं होते तो शायद वो तीर मेरी जान ले लेता" - राजकुमारी ने कहा।

राजकुमारी आध्या फिर खौर और बिणु की तरफ देखकर आश्चर्य से बोली; " आप दोनों हमें ये बताइये कि मुख्य द्वार तक आप सभी कैसे पहुँचे और उन दो भयंकर साँपों का क्या हुआ, हम बहुत खुश है आपको जिन्दा देखकर और उत्सुक भी कि आपने उन दोनों साँपों को कैसे मजा चखाया....."

"राजकुमारी जी बड़ी ही रोचक कहानी है, पहले मैं दौड़ा", बिणु बोल ही रहा था कि खौर उसके साथ-साथ बीच में बोलने लगा, दोनों में से किसी की भी बात साफ समझ नहीं आ रही थी। वो दोनों इतने उत्साहित और रोमांचित होकर बता रहे थे मानों किस्सा यह सुनाने के लिए वे कब से इन्तजार कर रहे हो।

"अच्छा.....रुको.... "- राजकुमारी आध्या ने हाथ से इशारा करते हुए कहा।

लेकिन वो दोनों लगातार बोले ही जा रहे थे। राजकुमारी आध्या थोड़ा जोर से बोली 'शां......त' कहा, तब जाकर वो दोनों चुप हुए और एक दूसरे को देखकर मुस्कुराने लगे।

"आप दोनों अगर एक साथ बोलोगे तो हमें कुछ भी समझ में नहीं आएगा, आप एक-एक करके अपना किस्सा सुनाइए" - राजकुमारी आध्या ने कहा।

"राजकुमारी जी, ये सब मगर ने किया, इसने आज अपनी जान पर खेलकर हमें बचाया" - बिणु बोला।

दोनों सांप हमारे पीछे पड़े हुए थे, उनकी रफ़्तार हमसे ज्यादा थी लेकिन वो हमारी तरह जल्दी-जल्दी मुड़ नहीं सकते थे, हम उन्हें चकमा देते हुए आगे बढ़ रहे थे, लेकिन ज्यादा देर तक हम ऐसा नहीं कर पाए। मैं पश्चिम दिशा की तरफ भागा, सांप मेरे बिलकुल पीछे था। मैं भागे जा रहा था कि अचानक मैंने देखा सामने मगर भागता हुआ मेरी तरफ आ रहा था, मैंने पहली बार मगर को इतने गुस्से में देखा, उसने सांप के ऊपर खुद कर उसकी गर्दन को दबोच लिया और उसे अपने पंजों से मसलने लगा। इसने उस साँप को अधमरा कर दिया, मगर तो उसे वही पर मार देता लेकिन हमें खौर को बचाने के लिए दूसरी दिशा में जाना था। हम उस सांप को वही अधमरा छोड़ कर पूर्व दिशा की तरफ दौड़ने लगे" - बिणु ने बताया और जोर से सांस लेकर वो खौर की तरफ देखने लगे।

खौर बोला, "मैं अपने पीछे दूसरे सांप को पूर्व दिशा की तरफ ले गया और फिर खौर सोच में डूब गया। पूर्व दिशा में दौड़ते-दौड़ते मैं महल के अंतिम छोर तक आ गया। मैं वहाँ फंस गया था, मेरे सामने एक दीवार थी और पीछे काला भयंकर सांप, मैंने दीवार को छुआ और तलवार निकाल कर साँप के सामने खड़ा हो गया।

उस पल मैं सबको याद करने लगा, जैसे ही मैंने बिणु और मगर के बारे में सोचा, ये दोनों अचानक साँप के पीछे से मेरी तरफ दौड़ते हुए आ रहे थे। ये सब मुझे एक सपने की तरफ लग रहा था, मेरे चेहरे पर उस समय मुस्कान और मौत का डर दोनों एक साथ आ रहे थे, मगर ने आते ही अपने मुहँ में उस काले सांप की पूँछ दबा ली और पूँछ के दो हिस्से कर दीए।

सांप को समझ में नहीं आया कि ये क्या हो गया, वो दर्द से चिल्लाता हुआ वहाँ से भाग गया और फिर हम सब दोष द्वार की तरफ बढ़ने लगे। इसके बाद का किस्सा तो आपको पता ही है राजकुमारी जी" – खौर ने कहा।

"क्या बात है मगर आज तो हम आपकी बहादुरी के किस्से सुन कर अचम्भित है" - राजकुमारी आध्या मगर की तरफ देखने लगी, तब तक मगर मलहम पट्टी लगा चुका था।

"लेकिन वो मुख्य दरवाजा कैसे खुला ये मुझे अभी तक समझ नहीं आया" - राजकुमारी आध्या ने सोचते हुए कहा।

"वो बिणु ने खोला राजकुमारी जी" – मगरमच्छ बोला।

"हम तीनों आप सभी का दोष दरवाजे के पास इन्तजार कर रहे थे, जब आप ने स्वास्तिक का चिन्ह दरवाजे पर उकेरा तो वह दरवाजे की दूसरी तरफ भी बनने लगा और हम समझ गए थे कि आप दरवाजे के उस पार हो, लेकिन वो स्वास्तिक हर बार अधूरा बन रहा था, फिर बिणु ने मंत्र के साथ वो स्वास्तिक का निशान बाहर से बनाया और दरवाजा अपने आप खुल गया", राजकुमारी आध्या के घाव पर पट्टी करते समय मगर किस्सा सुना रहा था।

"बातों में मुझे पता ही नहीं चला कि कब आपने मेरी मलहम पट्टी कर दी...आज रात का भोज मगर के नाम पर होगा" - राजकुमारी आध्या ने तलवार के सहारे खड़े होते हुए कहा।

“आज इनकी खातिर दारी में कोई कमी ना रह जाए, मैं ये जिम्मेदारी बिणु और खौर आपको देती हूँ, मगर की बहादुरी और हमारे मित्रों का विदाई समारोह है आज" - राजकुमारी आध्या बोली।

खौर और बिणु ने झुक कर कहा, "आपके आदेश का पालन होगा।

"अब हम चलते हैं" - सभी राजकुमारी आध्या के सामने हाथ जोड़े और सिर झुकाए खड़े थे। उन्होंने अपने हाथ से ताल बनाया और वो उस ताल में समा गई।

राजकुमारी आध्या के जाते ही कमरे में शान्ति हो गई। कुछ देर बाद खौर बोला, "हमारी राजकुमारी कितनी बहादुर है, वो अपनी जान पर खेल गई आज और क्या रणनीति बनाती है वो"।

"हाँ मित्र ये बात तो है, वो इकलौती इस राज्य को संभाल सकती है, महाराज को उन्हें ही ये राज्य सोपना चाहिए। इतनी छोटी सी उम्र में इतना बड़ा बहादुरी का कारनामा" - बिणु बोला।

"लेकिन आज जो भी हो 'मगर' तूने सबको चौंका दिया, ये सब कैसे किया" - खौर बोला।

"बताऊँगा, अभी चलते हैं, रात के भोज की तैयारी भी करनी है" - मगर बोला।

"सही बोल रहे हो, हमें यहाँ से अभी चलना चाहिए" - बिणु बोला।

"हम चलते हैं, आपसे रात को मिलेंगे" - खौर ने गिरीश, गोपाल, जयंत और ललित की तरफ देखते हुए कहा।

बिणु ने पानी का ताल बनाया और तीनों उसमें कूद गए।

अब वहाँ सिर्फ चार लोग थे। गोपाल ने अपना कवच उतारा उसकी देखा-देख सभी अपने कवच व हथियार उतारने लगे।

गोपाल ने अपनी तलवार निकाली, गिरीश ने अपना छोटा खंजर अपनी जेब से निकाला और जयंत ने अपना भाला जमीन पर रखा और फिर सभी एक जगह पर बैठ कर आराम करने लगे।

"राजकुमारी जी ने हमारे लिए इतना कुछ किया, वो घायल भी हो गई, और उन्होंने अपनी जान पर खेलकर ललित को बचाया

और अब जब वो मुसीबत में है तो हम उन्हें छोड़कर कैसे जा सकते हैं" - गोपाल ने मायूस होते हुए कहा।

"हमें राजकुमारी जी की मदद करनी चाहिए, तू सही कह रहा है गोपाल उन्होंने बिना हमें जाने ललित को बचाने में हमारी सहायता की, वो चाहती तो हमें यहाँ छोड़कर जा सकती थी" - जयंत बोला।

"लेकिन हम कर भी क्या सकते हैं, देखो यारों ये खजाना वजाना बहुत हो गया, अब यहाँ से चलते हैं अगर जान रहेगी तो पैसें भी कमा लेंगे" - ललित बड़ी देर से चुप था उसने अपनी चुप्पी तोड़ते हुए कहा।

"तू तो चुप ही रह, तेरी वजह से ये सब कुछ हुआ है और अब यहाँ पर भाषण बाजी कर रहा है" - जयंत तमतमाते हुए अपनी जगह पर खड़ा होकर बोला।

"मुझे वापिस जाना है, हम सभी चलते हैं ना यार, हमारा मकसद तो पूरा हो गया ना, गोपाल के पिताजी हमारे साथ है और वैसे भी राजकुमारी जी ने ही खुद कहा है यहाँ से चले जाने के लिए, अगर उन्हें हमारी जरूरत होती तो वो हमें जाने के लिए क्यों कहती" - ललित बोला।

"कैसा एहसान फरामोश है तू" - जयंत बोला।

जयंत का गुस्सा सातवें आसमान पर था लेकिन गोपाल इन सब के विपरीत शांत था और वो गंभीरता से कुछ सोच रहा था।

"मैं कुछ बोलूँ" - गोपाल ने शांत आवाज में कहा।

"हाँ बोल...." - ललित बोला।

"कौन-कौन रुकना चाहता है, वोट करो, जो जाना चाहता है हाथ उठाओ और बाकी मत उठाना; चलो....बताओ कौन-कौन कल घर जाना चाहता है" - गोपाल बोला।

सिर्फ ललित ने ही हाथ उठाया और बाकी सभी के हाथ नीचे थे।

"तो तय रहा, यहाँ से कल सिर्फ ललित वापिस जायेगा" - गोपाल बोला।

"क्या..... मैं अकेला...नहीं", ललित बुदबुदाया।

"जब आप सभी यहाँ पर रुकना चाहते हो तो मैं अकेला जाकर क्या करूँगा, मैं भी यहाँ सभी के साथ ही रहूँगा" - ललित ने आह भरते हुए कहा।

गिरीश, ललित की बात सुनकर हँसने लगे, उनके साथ सभी हँसने लगे।

खौर, बिणु और मगर तीनों छिपकर ये सारी बातें सुन रहे थे। वो बहुत पहले ही कमरे में आ गए थे, लेकिन बातों की गंभीरता को देखते हुए वे तीनों पीछे खड़े थे और उनकी बातें खत्म होता देख बिणु आगे बढ़ते हुए बोला।

"आज की रात आप हमारे विशिष्ट अतिथि है....क्या खाएंगे आप" - बिणु ने पूछा, बिणु के पीछे-पीछे खौर और मगर भी सामने आये।

"खाना तो आप हमें खिला ही देगें, लेकिन हमें आपसे कुछ जानकारी चाहिए" - गोपाल ने गंभीरता से कहा।

"हाँ-हाँ पूछिए, क्या जानकारी चाहिए आपको हमसे" - खौर ने खुश होते हुए पूछा।

"राजकुमारी की सेना में सिर्फ आप ही हैं या....." - गोपाल अपना वाक्य पूरा नहीं कर पाया बिणु बीच में बोल पड़ा।

"सेना तो बहुत बड़ी है हमारी, जिसमें से आधी सेना बंधक है और आधी सेना को हमने एक गुप्त जगह पर रखा हुआ है" - बिणु ने गोपाल के कान के पास आकार धीरे से कहा।

"और जिसने आपके राज्य पर कब्जे किया उसके पास कितनी सेना है?" - गोपाल ने दूसरा सवाल पूछा।

"उसके पास हमारी सेना से दोगुनी सेना है, लेकिन उसकी सेना की एक बड़ी कमजोरी है, अगर आप उनकी तारीफ करो तो वो अपनी तारीफ में इतना खो जायेंगे कि वो अपनी जान भी दे देंगे" - बिणु ने हँसते हुए कहा।

"और हाँ, वो ज्यादा तेज और दूर तक नहीं दौड़ सकते" - खौर बोला।

गोपाल, जयंत, गिरीश और ललित गंभीरता से खौर और बिणु की बातें सुन रहे थे।

"राजा और रानी को कहाँ है? - गिरीश ने धीमी आवाज में पूछा।

"ये बात तो हमें भी नहीं पता, अगर पता होती तो उन्हें हम अपनी जान देकर भी छुड़ा लाते, हमने बहुत ढूँढा, लेकिन हमें उनका कोई सुराग नहीं मिला" - खौर ने मायूस होकर कहा।

"अच्छा..." - गोपाल बोल ही रहा था तभी मगर ने बीच में बोला "चलिए आप पहले खाना खा लीजिए, बातें तो होती रहेगी"।

"हाँ-हाँ अभी आप खाना खा लीजिये" - बिणु बोला।

"भूख तो मुझे बड़ी जोरों से लगी हुई है" - ललित ने खाने का नाम सुनते ही कहा।

"ये हुई ना बात.....चलिए आप सभी भोजन का आनंद लिजिए और हमे आज्ञा दिजिए" - बिणु बोला और फिर उसने अपने हाथ से इशारा कर पानी का ताल जमीन पर बनाया जिसमें वे तीनों कूद गए।

*****

अध्याय 17

उधर दूसरी तरफ रोगमल के महल में अफरा-तफरी का माहौल था। वह मोटा नीला बौना राजा रोगमल, उसके चेहरे पर बड़ी दाढ़ी और सिर पर मुकुट रखा हुआ था जो उसके छोटे से सिर के लिए बहुत बड़ा था, लेकिन उसने उस मुकुट को जैसे-तैसे अपने सिर पर पहना हुआ था। उसके हाथ-पैर औसत से काफी मोटे थे, पैरों की उँगलियाँ भी नहीं थी,। वो अपनी दाढ़ी और तोंद पर बारी-बारी से हाथ फेर रहा था।

उस महल के बीचों बीच पानी का फव्वारा लगा हुआ था। जिसके ठीक ऊपर एक बड़ा सा झालर लटका हुआ था जिसका रंग पानी की बूंदों के साथ बदल रहा था। उस फुव्वारे के ठीक सामने राज सिंघासन लगा हुआ था, जिसके अगल-बगल में दो बौने खड़े होकर रोगमल को उसके बहादुरी के किस्से बारी-बारी से सुना कर उसे खुश कर रहे थे।

सिंघासन के सामने दोनों तरफ लगे आसनों पर पाँच-पाँच मंत्री बैठे हुए थे जिसमें से पुराने राजा को धोके देने वाले चार मंत्री भी थे।

दोष मंदिर में पहरा दे रहे दोनों द्वारपालों की रोगमल ने बलि चढ़वा दी और उनकी गर्दन दोष मंदिर में बकरे की जगह पर लटवा दी। उन दो द्वारपालों के बाद आने वाले द्वारपालों को अगले दिन की बलि के लिए कारावास में रखने के आदेश दे दिए थे।

"ये क्या हो रहा है....." - रोगमल जोर से चिल्लाया और अपने सिंघासन से उठ खड़ा हुआ, सारे मंत्री भी उसे देखकर खड़े हो गए।

पूरा महल एकदम शांत हो गया सिर्फ फुव्वारे से पानी निकलने की आवाज आ रही थी।

"कोई बाहरी लोग हमारे राज्य में आए, फिर यहाँ छिपकर रहे और बंधी गृह में हमने उनकी खातिर दारी भी करी, फिर अंत में वो हमे चकमा देकर चले गए.....ये कैसे हो गया कोई बताएगा मुझे?", रोगमल गुस्से से आग-बबूला होकर सिंघासन पर अपने दोनों हाथों को पटकने लगा।

"महाराज की जय हो, आप वीरों के वीर शूरवीर है और हमारे देवता है"।

"कहो क्या सन्देश लाए हो? - रोगमल ने चिड़ते हुए पूछा।

"महाराज, हमारे गुप्त सूत्रों के हवाले से खबर आई है कि वहाँ हमले की तैयारी चल रही है, हथियार और सैनिक जुटाए जा रहे हैं और जो तीन परदेसी आये है वो उनकी मदद कर रहे हैं" - सिपाही बता ही रहा था कि रोगमल चिल्लाते हुए बोला, "क्या....उनकी इतनी हिम्मत"।

"आने दो....सबकी बलि चढ़ाएंगे हम अपने दोष आराध्य पर" - रोगमल जोर से चिल्लाया।

"अपनी तैयारी बढ़ा दो, सैनिकों को युद्ध के लिए तैयार करो, हथियारों को इक्खट्ठा करो" - रोगमल बोलकर अपनी शैतानी हंसी में हंसने लगा।

उसे हसता देख सारे मंत्री और सैनिक एक स्वर में चिल्लाने लगे....; "महाराज की जय हो, महाराज विजय हो, महाराज की जय हो, महाराज विजय हो"

उनके स्वरों से पूरा राजभवन गूंजने लगा।

*

अगली सुबह 7 बजे, गिरीश, गोपाल के साथ, जयंत, ललित के साथ और खौर, बिणु के साथ युद्ध अभ्यास कर रहे थे। वे पिछले 2 घंटे से कड़ा परिश्रम कर रहे थे और एक-एक कर युद्ध के सभी दाव-पेच सीख रहे थे।

कमरे में एक गुलाबी पानी का छोटा सा ताल बना जिसमें से राजकुमारी आध्या बाहर आई, उन्हें देखकर सभी ने अपना युद्ध अभ्यास रोका और उन्हें प्रणाम किया। राजकुमारी आध्या ये सब देखकर चौंक गई, "ये आप क्या कर रहे हैं?"

"हम सभी युद्ध की तैयारी कर रहे हैं राजकुमारी जी" - ललित ने अपनी तलवार हवा में लहराते हुए कहा।

"हमने तो आपको जाने के लिए कहा था" - राजकुमारी आध्या ने मुस्कुराते हुए कहा।

"राजकुमारी जी आपने अपनी जान पर खेलकर हमारे दोस्त को बचाया है और आप चाहती हैं कि हम डर के मारे यहाँ से चले जाएँ" - गोपाल ने पसीना पोछते हुए कहा।

"हम आपके एहसानमंद है, हम सभी आपके अधूरे काम को पूरा करने में आपकी मदद करेगें" - गिरीश ने कहा।

"हम आपकी सेना के साथ कदम से कदम मिलाकर चलेगें और आपका खोया हुआ राज्य आपको वापिस दिलाएंगे। हम आपके राज्य के लिए अपनी जान भी दे देंगे। एक फौजी का खून मेरी रगो में दौड़ रहा है" - जयंत ने जोश में कहा।

राजकुमारी आध्या सभी की बातें सुनकर अचंभित थी, "जैसी आप सभी की इच्छा, हम कल ठीक दस बजे यहाँ से प्रस्थान

करेगें, सेना के सभी सेनानायकों को बुलवाओ। सभी को युद्ध की खबर दो, हथियारों की धार तेज करो और जितने ज्यादा बोलने वाले सिपाही है हमारे राज्य में, उन सब को अलग करो" - राजकुमारी आध्या ने बिणु और खौर की तरफ देखते हुए आदेश दिया।

"आपके आदेश का पालन होगा राजकुमारी जी" - खौर और बिणु ने झुकते हुए कहा।

"और हाँ मगर जी, आप सभी खानसामों को बुलाकर युद्ध के लिए खाना तैयार करवाइए, जिसमे सूखे खाने की मात्रा ज्यादा हो"

"मैं आप सभी से कल सुबह ठीक 10 बजे यहीं पर मिलूँगी, समय हमारे पास बहुत ही कम है, कभी भी युद्ध छिड़ सकता है" - इतना कहकर राजकुमारी आध्या पानी के ताल में गायब हो गई।

वहीं दूसरी तरफ रोगमल पूरे दिन भर नहीं सोया। उसकी नींद गायब हो गई थी, वो अपने राज सिंघासन के आगे चक्कर काट रहा था, उसे यह समझ नहीं आ रहा था कि कोई कैसे उसके दोष आराध्य तक पहुँचकर उनकी बलि को कुटिया से ले जा सकता है। रोगमल को यह यकीन था यह कार्य किसी अंदर के व्यक्ति का है। रोगमल चलते-चलते रुक गया और जोर से चिल्लाया, "अरे कोई है ?", दो सिपाही भागते हुए रोगमल के सामने आए। रोगमल ने उनकी तरफ देखा और बोला, "सभी मंत्रियों को ये आदेश दिया जाए कि वो अगले आधे घंटे में हमें राजमहल में मिले", इतना सुनकर सिपाही वहाँ से चले गए। रोगमल ने आपात बैठक बुलाई थी, जिसमें सभी मंत्री और सेना के बड़े अधिकारी को जल्द से जल्द राजभवन में उपस्तिथ होने का आदेश भेजा।

रोगमल आदेश देने के बाद अपने सिंहासन के चक्कर लगाने लगा।

कुछ देर बाद, रोगमल के पास सिपाही आए और बोले, "महाराज की जय हो, महाराज सभी मंत्रीगण राजमहल में आ गए हैं सिवाए मंत्री काऊ के"।

"मंत्री काऊ, कहाँ है वो?" - रोगमल ने अपने सिंहासन पर बैठते हुए पूछा।

सिपाही कुछ बोल पाता, इतने में पीछे से आवाज आई,

"महाराज की जय हो, देरी के लिए क्षमा प्रार्थी हूँ", मंत्री काऊ राजसिंघासन के दाहिने तरफ बने गुप्त रास्ते से आते हुए बोले, जो दोष की कुटिया की तरफ जाने का एक मात्र रास्ता था, और अपने आसान पर जाकर बैठ गए।

मंत्री काऊ दुबले पतले कद-काठी के व्यक्ति थे। उनकी लम्बाई वहाँ बैठे सभी से लम्बी थी। उनकी वेश भूषा दूसरों से अलग थी वो हमेशा पीले रंग के वस्त्र पहने और माथे पर एक लाल रंग का चंद्र के आकार का तिलक लगाये रहते थे। उन्होंने रुद्राक्ष की तीन मालाएँ गले में पहनी हुई थी, वेशभूषा से वो साधू जैसे दिखते थे।

रोगमल ने मंत्री काऊ की तरफ देखा और फिर सामने बने फव्वारे को देखने लगा। उसे देखते-देखते वो अपनी जगह से उठकर सामने की तरफ कुछ कदम बढ़ा और जोर से बोला "हम युद्ध में जाने वाले है और जीत हमारी ही होगी, लेकिन जाने से पहले कोई सुझाव देना चाहता है तो दे", इतना बोलकर वो वापस अपने सिंघासन की तरफ तेजी से चलने लगा।

सभी मंत्री एक दूसरे की तरफ देखने लगे। तभी मंत्री काऊ अपनी जगह से उठे और दोनों हाथ जोड़कर बोले, "महाराज, आपकी जय हो, आपका यश चारों दिशाओं में फैले, आपकी आयु

धरती की आयु जितनी हो, आप इस ब्रह्माण्ड के सर्वश्रेष्ठ राजा बने रहें"

मंत्री काऊ की बात सुनकर रोगमल को अच्छा लगा, उसके चेहरे पर हल्की सी मुस्कान आई और बोला," कहिए मंत्री काऊ, क्या सुझाव है आपका?"

"महाराज अभी युद्ध प्रांरभ नहीं हुआ है और नीति शास्त्र के अनुसार हमें अपने दुश्मनों के पास अपना शान्ति दूत भेजना चाहिए और उनसे बातचीत करनी चाहिए। हमारी सेना उनसे बड़ी है और आप इस धरती के महान योद्धा है, आप बड़े हैं, बातचीत का एक मौका हमें उन्हें देना चाहिए"

मंत्री काऊ नम्रता से बोल ही रहे थे तभी अचानक रोगमल अपने सिंघासन से गुस्से में तमतमाता हुआ उठा और बोला, "तुम चाहते हो मैं उनके सामने हाथ जोड़कर गिड़गिड़ाऊँ उनसे युद्ध ना करने की प्रार्थना करूँ, जबकि मेरी सेना उन सभी को पल भर में चींटी की तरह मसल कर रख देगी, वो छोटी सी राजकुमारी क्या बिगाड़ लेगी मेरा। जब मैंने उसके माता-पिता को नहीं छोड़ा तो उसे कैसे छोड़ दूँ, तुम क्या चाहते हो मैं उसे छोड़ दूँ, यहाँ नीति शास्त्र सिखाने आए हो मुझे" - रोगमल बिलबिलाते हुए बोला। गुस्से से उसकी आँखे बड़ी और लाल हो गई थी।

सभा में सभी शांत और सन्न थे।

मंत्री काऊ सिर झुकाये सब कुछ सुन रहे थे। रोगमल कुछ पलों के लिए चुप हो गया।

अगले ही पल रोगमल मूढ़कर बोला, "कहीं तुमने हमारे दुश्मनों के साथ संधि तो नहीं कर ली, मुझे पहले से ही ऐसा लग रहा था। किसी घर के भेदी ने ही दुश्मनों को हमारे बारे में बताया है, नहीं

तो कोई कैसे हमारे आराध्य की बलि को ले जा सकता है" - रोगमल सोचते हुए बोला, उसका शक यकीन में बदल गया था कि उसी के किसी मंत्री ने ऐसा किया है और वो हो ना हो, कोई और नहीं बल्कि मंत्री काऊ है।

"नहीं महाराज मैं आपके साथ हूँ और हमेशा ही आपके साथ ही रहूँगा, आपको सलाह देना मेरा कर्म है, राज्य को बचाना मेरा धर्म है, इसलिए मैंने आपको सलाह दी" - मंत्री काऊ ने शांतिपूर्वक अपने पक्ष में कहा।

"नहीं, अब हमें तुम्हारी कोई सलाह नहीं चाहिए। सिपाहियों इस ढोंगी सन्यासी को बंदी बना लो, हमें पहले से पता था कोई ना कोई घर का भेदी होगा लेकिन हमने कभी सोचा नहीं था कि वो तू है, तुने हमारे साथ विश्वासघात किया है, ले जाओ इसे हमारी नजरों के सामने से" - रोगमल गुस्से से बोला।

इतनी देर में चार सिपाही मंत्री काऊ के पीछे आ गए।

"कारावास में डाल दिया जाए इस देशद्रोही को" - रोगमल ने मंत्री काऊ की तरफ उँगली से इशारा करते हुए आदेश दिया।

"विनाश काले विपरीत बुद्धि, अनर्थ होगा तेरा! रोगमल.....अनर्थ", मंत्री काऊ को किसी ने पहले इतने गुस्से में नहीं देखा था। उनकी आवाज पूरे राज भवन में गूँजने लगी। गुस्से से उनका चेहरा लाल हो गया, सिपाही उनके पास आने से डरने लगे। वो अपने आप ही सिपाहीयों के साथ राज भवन से जाने लगे। सिपाही पीछे-पीछे और वो आगे चल रहे थे।

रोगमल ने दाईं और बाईं तरफ देखते हुए एक लम्बी सांस भरी और फिर चिल्लाते हुए बोला, "और कोई डरता है युद्ध से, तो

वो अपने घर में छुप सकता है, हमें वीर चाहिए, कायर नहीं", और फिर वो तमतमाता हुआ वहाँ से उठकर चला गया।

*****

अध्याय 18

अगले दिन राजकुमारी युद्ध की तैयारीयाँ देख रही थी। सैनिकों की टुकड़ियों की आवा-जाही चल रही थी, हाथियारों से भरे हुए बड़े-बड़े बक्से लाए जा रहे थे। बारूद और तरह-तरह के छोटे-बड़े हथियारों से कमरे भरे जा रहे थे। गुप्त और विशेष दलों की बैठके चल रही थी। राजकुमारी खुद एक-एक चीज को बड़ी बारिकी से परख रही थी और हर दल के लिए योजनाएँ बना रही थी।

"राजकुमारी जी की जय हो"- खौर उनके पास आकर बोला।

"क्या बात है खौर बड़े उत्साहित लग रहे हो" - राजकुमारी ने पूछा।

"राजकुमारी जी बात ही कुछ ऐसी है, रोगमल ने 9 मंत्रियों में से दूसरे स्थान पर रहने वाले मंत्री को कल भरी सभा में बेइज्जत कर कारावास में डालने का आदेश सुना दिया" - खौर ने उत्साहित होकर बताया।

"तो इसमें इतना उत्साहित होने वाली कौन सी बात है" - राजकुमारी ने पूछा।

"राजकुमारी जी, हमारे गुप्त सूत्र के मुताबिक वो अपनी बेइज्जती का बदला लेना चाहते हैं और आप से मिलने की इच्छा जता रहें है" - खौर बोला।

"ये बात है.... यह तो अच्छी बात है लेकिन खबर पक्की है ना, कहीं ये रोगमल की कोई नई चाल तो नहीं" - राजकुमारी ने आशंका से खौर की तरफ देखते हुए पूछा।

"राजकुमारी जी खबर पक्की है अगर ऐसी कोई बात होती तो वो हमें रोगमल की खुफिया बातें नहीं बताते" - खौर बोला।

"क्या बताया उन्होंने? - राजकुमारी ने गंभीरता से पूछा।

"महाराज और महारानी को कहाँ छुपाया गया और", खौर अपनी बात पूरी कर ही रहा था कि राजकुमारी बीच में बोल पड़ी;

"क्या बताया उसने माँ और पिताजी के बारे में"

"राजकुमारी जी, उसने यह बात सिर्फ आपको बताने के लिए कहा है" - खौर बोला।

"अभी कहाँ है वो मंत्री?

"वो हमारी काल कोठरी में है, बिणु उन्ही के पास है और खुफिया जानकारी निकाल रहा है"

"मैं उनसे अभी मिलना चाहती हूँ, चलो उनके पास" - राजकुमारी इतना बोलकर अपनी उंगलियों से पानी का छोटा सा ताल बनाया और वो दोनों काल कोठरी के लिए निकल गए।

काल कोठरी में बिणु और मंत्री काऊ आमने सामने बैठे हुए थे। वहाँ चारों तरफ अँधेरा था सिर्फ उन दोनों के ऊपर रोशनी पड़ रही थी।

"कितने सैनिक हैं जो युद्ध में हिस्सा ले रहे है? - बिणु उनसे पूछताछ कर रहा था।

"करीब 70 हजार है और 10 हजार सेवा निवृत सैनिक भी इस युद्ध में हिस्सा ले रहे हैं" - मंत्री काऊ ने बताया।

"हथियार कैसे हैं और क्या रणनीति है उनकी?"

"तलवार, भाले और ढ़ाले, करीब 50 हजार से अधिक होगी और छोटे हथियार करीब 80 हजार तक होंगे। बारूद के गोले और बारूद से बनी छड़े है। उनकी रणनीति सरल है, वो धावा बोलेगें जो भी सामने आयेगा वो उनकी गर्दन धड़ से अलग कर देंगे। लेकिन एक बात है, वो युद्ध दो दिन बाद ही करेगें" - मंत्री काऊ ने कहा।

"वो क्यों? - बिणु ने आश्चर्य से पूछा।

"वो इसलिए, क्योंकि अपने आराध्य दोष को बलि चढ़ाने के बाद पाँच दिनों तक वो युद्ध पर नहीं जाते, पाँचवें दिन वो दोष का आशीर्वाद लेकर युद्ध आरम्भ करेंगे" - मंत्री काऊ बोले।

"अच्छा...." अगला सवाल बिणु पूछने ही वाला था कि राजकुमारी और खौर काल कोठरी में पहुँच गए।

बिणु ने राजकुमारी आध्या की तरफ देखा और उनको प्रणाम करने के लिए खड़ा हो गया, "राजकुमारी जी ये हैं मंत्री काऊ"।

"राजकुमारी आध्या की जय हो, मैं काऊ हूँ, रोगमल के दरबार का मुख्य सलाहकार" - मंत्री काऊ ने दोनों हाथों को जोड़ते हुए अपनी कुर्सी से खड़े होकर कहा।

"बताइए मंत्री काऊ आप हमारी और हम आपकी किस तरफ से इस युद्ध में सहायता करें? - राजकुमारी आध्या ने गंभीरता से पूछा।

"राजकुमारी जी, मैं नैनीताल के सिंघासन का हमेशा से वफादार रहा हूँ, रोगमल ने मेरे उपर झूठे आरोप लगाकर मुझे मारने का हुक्म सुना दिया, मैं अपने वफादारों की सहायता से वहाँ से भाग आया हूँ। मुझे आपको कुछ बताना है" - मंत्री काऊ ने धीरे से इधर-उधर देखते हुए कहा।

"आप इत्मिनान से कहिए, यहाँ आपको किसी प्रकार का डर-भय नहीं है" - राजकुमारी ने उन्हें भरोसा दिलाते हुए कहा।

"राजकुमारी जी आपके माता-पिता को रोगमल ने राजमहल के पीछे एक गुप्त अँधेरी गुफा में बंदी बना कर रखा है" - मंत्री काऊ ने फुसफुसाते हुए कहा।

"क्या...अँधेरी गुफा में" - खौर और राजकुमारी के मुहँ से निकला।

"जी राजकुमारी जी" - मंत्री काऊ ने कहा।

"लेकिन अँधेरी गुफा तो शापित है और वो कई सौ सालों से बंद है उसे खोलना तो हमारे राज्य में किसी को भी नहीं आता उसने ये कब और किसकी सहायता से किया? - राजकुमारी आध्या ने गंभीरता से पूछा।

"राजपुरोहित" - मंत्री काऊ ने धीरे से कहा।

"राजपुरोहित...!" - राजकुमारी आध्या चौंकती हुई बोली।

"जी हाँ राजकुमारी जी....राजपुरोहितों ने ये सब करवाया गया, जब रोगमल ने राजपुरोहितों के सभी बच्चों की बलि चढ़ाने के आदेश दे दिया था और राजपुरोहितों के सामने ये शर्त रखी कि या तो वो अँधेरी गुफा खोलें नहीं तो वो अपने आराध्य को उनके बच्चों की बलि चढ़ाएगा। राजपुरोहितों ने अपने बच्चों की जान को बचाने के लिए उस शापित अँधेरी गुफा के पत्थरों को मंत्रोउच्चारण से हटाया, जो की 1200 साल से बंद थे और रोगमल के सिपाहियों ने उसी गुफा में आपके माता-पिता को बंधी बना कर डाल दिया" - मंत्री काऊ ने इतने सालों से उलझी हुई पहेली का जवाब दिया।

बिणु पीछे खड़ा चुप-चाप मंत्री की बातों का विश्लेषण कर रहा था। वो उनकी आँखों और जुबान का तालमेल देख रहे था, कही

ये झूठ तो नहीं बोल रहे, उसे उनकी किसी भी बात में कोई संदेह नहीं मिला। बिणु ने राजकुमारी की तरफ देखकर हाँ में सिर हिलाया, इस इशारे का ये मतलब था कि जो भी काऊ बोल रहे थे वह सच था। राजकुमारी बिणु का इशारा समझ गई।

"आप हमारी मदद क्यों करना चाहते हो? - राजकुमारी आध्या ने मंत्री काऊ से पूछा।

"मुझे अपने अपमान का बदला लेना है। मैंने 15 साल राज्य की सेवा सच्चे मन की, अपने मुख्य सलाहकार के धर्म को निभाया और अंत में रोगमल ने मेरी 15 साल की तपस्या का मुझे ये फल दिया, भरी सभा में मुझे बेइज्जत करके निकलवा दिया, वो मेरी बलि चढ़ाना चाहता था लेकिन अब मैं उसकी बलि चढ़ाऊँगा" - मंत्री काऊ ने कहा और उनकी आँखें गुस्से से लाल हो गई थी।

"आप मुझे रोगमल दो, मैं आपके माता-पिता को ढूँढने में और उनका खोया हुआ राज सिंघासन उन्हें लौटाने में आपकी सहायता करूँगा" - मंत्री काऊ ने बोले।

"आप उसकी सेना को हारने में हमारी सहायता कैसे करोगे? - राजकुमारी आध्या, मंत्री काऊ के सामने रखी कुर्सी पर बैठते हुए बोली।

"हम अकेले रोगमल को नहीं हरा सकते, लेकिन मेरे कुछ वफादार अभी भी राजमहल में है। हम उनकी सहायता से उसे मौत के घाट उतार सकते हैं" - मंत्री काऊ ने पूर्ण विश्वास के साथ जवाब दिया।

"ठीक है, आज से इस युद्ध में आप हमारे साथ हैं, हमें और भी कुछ बातें आप से जाननी है। आप दस्तावेज पूरे करके संध्या 7

बजे मुझे सभा कक्ष में मिलिए" - इतना बोलकर राजकुमारी आध्या वहाँ से चली गई।

*

शाम के 7 बजे, राजकुमारी आध्या सभा कक्ष में अपने सिंघासन पर बैठी हुई थी। खौर उनके बगल में खड़ा था, सामने दरी बिछी हुई थी, जिसपर सबसे आगे गोपाल, जयंत, ललित और गिरीश बैठे हुए थे। चारों तरफ मशालें जल रही थी। तभी बिणु, काऊ के साथ सभा में पहुँचे। राजकुमारी ने काऊ को सामने की पंक्ति में जाकर बैठने को कहा। काऊ, गोपाल के बगल में जाकर बैठ गये।

बिणु ने एक लाल लिफाफा राजकुमारी को दिया और सिर झुका कर उनके दूसरी तरफ खड़ा हो गया। उस लाल रंग के लिफाफे में सारी गुप्त जानकारी थी जो मंत्री काऊ ने बिणु को बताई थी।

"सभी उपस्तिथ हैं? - राजकुमारी ने खौर की तरफ देखते हुए पूछा।

"जी राजकुमारी जी, सभी यहाँ उपस्तिथ हैं" - खौर सिर झुका कर बोला।

राजकुमारी खौर की बात सुनते ही अपने सिंघासन से उठ खड़ी हुई, उन्हें देख सभी खड़े हो गए।

"आप सभी बैठ जाइए" - राजकुमारी आध्या ने हाथों से इशारा करते हुए बोली।

सभी धीरे-धीरे बैठने लगे।

"सभी दिशाओं के सेना नायकों, दूसरे राज्यों से आए मंत्री और धरती के ऊपरी भाग से आए मित्रों, आज की सभा में आप सभी

का स्वागत है। मैं कुछ बातें अपने वीर सैनिकों के सामने रखना चाहती हूँ। आप सभी की तैयारियाँ पूरी हो चुकी है?" - राजकुमारी आध्या ने पूछा।

"जी राजकुमारी जी", सभी ने एक स्वर में जवाब दिया।

"हम किसी भी छण युद्ध में जा सकते हैं। किसी को कुछ कहना हो तो वह कह सकता है" - राजकुमारी आध्या बोली।

एक सेना नायक अपनी जगह से उठा और सिर झुका के बोला, "राजकुमारी जी की जय हो....नैनीताल की जय हो"

"कहिए सेना नायक 'यतन' क्या कहना है आपको? - राजकुमारी आध्या ने पूछा।

"हम सभी युद्ध के लिए तैयार हैं और हर छण हम अपनी जान अपने देश पर न्योछावर करने को भी तैयार है, आप बस आदेश दीजिए राजकुमारी जी" - सेना नायक 'यतन' जोश से बोला।

"हम आपके जज्बे की कद्र करते हैं.....समय आने पर आप सभी को बता दिया जाएगा" - राजकुमारी आध्या ने कहा।

"मैं आपके सामने एक बात रखने के लिए आई हूँ, ये काऊ है, रोगमल के मंत्री मंडल के मुख्य सलाहकार किसी कारण वश इन्होंने रोगमल को छोड़ दिया है और अब हमारी तरफ आ गए है, हम इनका स्वागत करते हैं और आप सभी से ये उम्मीद रखते है, हम इन्हें अपने परिवार के सदस्य के रूप में हमारी मंत्री मंडल में जगह देते हैं। आज से यह मंत्री काऊ, हमारे मंत्री मंडल में मुख्य सलाहकार के रूप में रहेंगे" - राजकुमारी आध्या ने मंत्री काऊ की तरफ देखते हुए कहा।

मंत्री काऊ अपनी जगह पर हाथ जोड़कर खड़े हो गए और बोले, "राजकुमारी आध्या जी, आज जो आपने मेरा सम्मान किया है, वो मैं अपनी जान देकर भी नहीं चुका सकता। मैं आपका सदैव ऋणी रहूँगा। और अगर मुझे नैनीताल के लिए अपनी जान भी देनी पड़ी तो भी मैं पीछे नहीं हटूँगा"

राजकुमारी आध्या ने उन्हें बैठने के लिए कहा।

"क्या ये रोगमल के वहाँ से आया है, वो तो हमारा दुश्मन है, वो तो मेरी बलि चढ़ाना चाहता था" - ललित, गिरीश की तरफ देखकर फुसफुसाने लगा।

"हाँ रोगमल वो ही है और एक बात उसकी प्रसिद्ध है, यदि उसने एक बार किसी की बलि का प्रण ले लिया तो वो उसकी बलि चढ़ा कर ही मानता है, ऐसा मैंने उसके सिपाहियों के मुँह से सुना था" - गिरीश ने फुसफुसाते हुए कहा।

ललित सोचने लगा; "ये सिर्फ मेरे लिए आया है, मुझे यहाँ से पकड़ कर रोगमल को दे देगा और रोगमल मेरी बलि चढ़ा देगा", ललित को अपनी कटी हुई गर्दन दोष के त्रिकोण शिला पर लटकी हुई नजर आ रही थी।

"ओ...भैस की टांग ....” वो जोर से चिल्लाते हुए अपनी जगह पर खड़ा हो गया।

सभी ललित की तरफ देखने लगे।

"अबे बैठ जा....बैठ जा" - गोपाल ने उसकी पैंट खींचते हुए धीरे से कहा।

"बैठ जा भाई खुली आँखों से सपने देख रहा है क्या" - जयंत बोला।

ललित अपनी जगह पर बैठ तो गया, परंतु उसके माथे पर पसीना आ रहा था और उसका दिल जोर-जोर से धड़कने लगा।

"खुली आँखों से सपने कभी-कभी सच भी हो जाते हैं, वैसे क्या देखा तुमने बेटा? - गिरीश ने पूछा।

ललित ने अपने माथे पर आये पसीने को पोछा, फिर उसने मंत्री काऊ की तरफ देखा, मंत्री काऊ उसे देखकर मुस्कुरा रहे थे, उनका एक काला दाँत चमक रहा था। ललित को यकीन हो गया कि इसको रोगमल ने भेजा है।

"मुझे लगता है ये हमें हराने के लिए यहाँ आया है" - ललित ने गिरीश के कान में फुसफुसाते हुए कहा।

"हो सकता है" - गिरीश ने जवाब दिया।

राजकुमारी आध्या ने सबको अपनी योजनाएँ बताई और अपना सभा समाप्त की।

ललित को ना भाषण और ना ही किसी भी प्रकार की योजना में कोई दिलचस्पी थी, वह बस अपनी जान के बारे में सोच रहा था और मंत्री काऊ को घूरे जा रहा था।

"हम लोग एक काम करते हैं, हम राजकुमारी जी से बात करते हैं और इस काऊ को यहाँ से हटवाते है" - ललित ने अपनी बात गिरीश को बताई।

सभी मंत्री, सेना नायक, एक-एक कर जाने लगे। खौर, बिणु, मंत्री काऊ, गोपाल, गिरीश, जयंत और ललित वहाँ थे।

"आप बात कीजिए ना, राजकुमारी जी से" - ललित ने गिरीश को आगे करते हुए कहा।

"क्या बात करनी है? - गोपाल ने पूछा।

"हाँ बता भाई अब क्या खिचड़ी पका रहा है तू? - जयंत कब से ललित और गिरीश की बातें सुन रहा था।

"बताता हूँ रुक जा" - ललित बोला।

आगे गिरीश उसके पीछे ललित फिर गोपाल और जयंत, राजकुमारी की तरफ बढ़ने लगे।

"राजकुमारी जी, आपसे एक बात कहनी थी" - गिरीश ने हाथ जोड़कर सिर झुकाते हुआ कहा।

"कहिए गिरीश जी" - राजकुमारी बोली।

"एकांत में" - गिरीश बोले।

"अच्छा, बिणु और खौर आप दोनों मंत्री काऊ को उनका कक्ष दिखा दीजिए" - राजकुमारी बोली।

"जी राजकुमारी जी", खौर, बिणु और मंत्री काऊ सिर झुका कर वहाँ से चले गए।

"अब कहिए क्या बात है? - राजकुमारी आध्या, गिरीश की तरफ देखते हुए बोली।

"छोटा मुहँ, बड़ी बात होगी राजकुमारी जी लेकिन मंत्री काऊ जी हमारे दुश्मन की तरफ से है और एक ही दिन में किसी की वफादारी कैसे बदल सकती है, हमें कुछ समझ नहीं आया" - गिरीश ने आशंका भरे शब्दों में कहा।

"आपकी बात सही है गिरीश जी, लेकिन खौर और बिणु ने उनका परिक्षण कर लिया है, उनके बारे में हमें संदेह जैसा कुछ नहीं मिला" - राजकुमारी ने स्पष्ट उत्तर दिया।

"लेकिन ये चाल भी तो हो सकती है मुझे मारने की, मुझे इस काऊ पर बिलकुल भी भरोसा नहीं है" - ललित गिरीश के पीछे से बोला।

"हमने सारी जाँचे कर ली है आप निश्चित रहिए" - राजकुमारी आध्या ने शालीनता से कहा।

"ये गलत बात है, आप उन्हें यहाँ मत रखिए, वो हमारे लिए बहुत बड़ा खतरा है" - ललित उत्तेजित होकर ऊँची आवाज में बोल पड़ा।

"क्या सही है क्या गलत, ये आप मुझ पर छोड़ दीजिए" - राजकुमारी आध्या अपने सिंघासन से खड़ी होकर बोली।

"अब हमे चलना चाहिए, युद्ध की तैयारियाँ भी करनी है" - राजकुमारी आध्या इतना बोलकर वहाँ से चली गई।

"तुने राजकुमारी जी को नाराज कर दिया, अपने आप को समझता क्या है तू" - जयंत बोला।

"हमें उनसे ऐसे नहीं पूछना चाहिए था" - गिरीश बोले।

"अब जो होना था हो गया" - गोपाल बोला।

"लेकिन वो मंत्री काऊ....? - ललित बोल ही रहा था कि जयंत बीच में बोल पड़ा।

"चुप हो जा तू..... तू क्या राजा है यहाँ का, जो तू बोलेगा वो ही सब करेंगे, अपने काम से काम रख, समझा...अगर तेरी इतनी ही फट रही है तो युद्ध में मत आ... यहीं किसी कमरे में पड़ा रह....बात कर रहा है" - जयंत आग बबूला हो गया।

कमरे में सभी शांत खड़े थे।

गिरीश ने बीच बचाव करते हुए कहा, "डरने की बात नहीं है बेटा, सब अच्छा ही होगा। अभी यहाँ से चलते हैं, थोड़ा आराम करते हैं। ना जाने कब युद्ध में जाना पड़ जाए"

गिरीश की ये बात सबको ठीक लगी और वो सभी वहाँ से अपने-अपने कमरों की तरफ चले गए।

*****

अध्याय 19

अलगे दिन प्रातः राजकुमारी हथियार गृह में पहुँची, जहाँ पहले से खौर, बिणु, काऊ और चारों दिशाओं के सेना नायक के साथ हथियारों को तैयार कर रहे थे। राजकुमारी ने सभी हथियारों का जायजा लिया, कोई तलवारों की धार को और तेज कर रहा था, कोई भाले पर नुकीले कीले लगा रहा था, कोई ढाल को जाँच रहा था। पूरे कमरे में करीब सौ से अधिक सैनिक थे जो युद्ध के लिए हथियार तैयार कर रहे थे।

वहीं दूसरी तरफ ललित को काऊ के आलावा कोई और विचार नहीं आ रहा था। वो बस उसी के बारे में सोच-सोच कर अलग-अलग ख्यालों को बुने जा रहा था।

"तुझे पता है तू राजकुमारी जी से कैसे बात कर रहा था...." - गोपाल ने अपनी चुप्पी तोड़ी।

"नहीं यार मेरा वो मतलब नहीं था, सच में वो काऊ मेरी बलि चढ़ाने के लिए आया है, नहीं तो युद्ध से ठीक पहले अपने राज्य को छोड़कर यहाँ क्यों आता? और तुने उसके कपड़े नहीं देखे, उसने साधु के कपड़े पहने थे, मंत्री कब से साधु के कपड़े पहनने लगे, मुझे तो पक्का ये दोष का पुजारी लग रहा है जो मेरी बलि चढ़ाने के लिए यहाँ आया है" - ललित की बातों में उसका डर साफ नजर आ रहा था।

"क्या बोले जा रहा है तू! ऐसा कुछ नहीं है, अगर ऐसा होता तो राजकुमारी जी उसे सेना में क्यों रखती, हमें इन सब बातों में नहीं पड़ना। अपने युद्ध अभ्यास पर ध्यान दे बस" - जयंत बोला।

"सही बात है, तू इतना मत सोच, अभी हमारे सामने ये युद्ध है, अगर इधर-उधर ध्यान रखेगा तो हम लोग कैसे युद्ध करेंगे, समझा" - गोपाल ने ललित के कंधे पर हाथ रखते हुए कहा।

"ठीक है, अगर तुम दोनों यही बोल रहे हो तो....मैं अब से इन सब बातों पर ध्यान नहीं दूंगा" - ललित ने नीचे देखते हुए कहा।

"हाँ बेटा, ज्यादा मत सोचो, युद्ध का बुलावा कभी भी आ सकता है, अब हमें हथियारों के कमरे में जाना चाहिए" - गिरीश ने ललित को समझाते हुए कहा।

"लेकिन हम जायेंगे कैसे, हमें तो पानी का ताल बनाना भी नहीं आता" - जयंत बोला।

"मैंने अपनी जिंदगी के 20 साल यहाँ गुजार दिए है मुझे कुछ रास्ते पता है, हम पैदल चलते हैं, चलो मेरे साथ" – गिरीश बोले और सभी उनके साथ चल पड़े।

जैसे ही वो सभी उस हथियारग्रह में पहुँचे। वहाँ बिणु ने सभी को एक जगह पर एकत्रित होने को कहता है, सभी एक जगह एकात्रित हो गए। वो राजकुमारी के बगल में खड़ा होकर एक सफेद रंग के पन्ने को खोलकर पढ़ने लगा।

"राजकुमारी के आदेश के अनुसार हम कल शाम को हमला करेगें। किसी को अपनी बात रखनी हो तो वो रख सकता है" - बिणु ने राजकुमारी का आदेश सुनाया।

तभी मंत्री काऊ ने आगे आकर कहा, "राजकुमारी जी, यही आपके दुश्मन की भी रणनीति है, वो भी यही सोच रहे है कि आपका हमला कल शाम को होगा"।

"तो आप ही बताइए, हमला कब करना है? - राजकुमारी आध्या ने पूछा।

"अगर हम रात्रि के दो बजे हमला करेगें जब सभी सुस्त होंगे और निश्चिंत होकर घूम रहे होंगे, ना ही उनके पास हथियार होंगे और ना हम उन्हें समय देंगे हथियारों तक पहुँचने का। रात्री के भोजन के बाद वो सभी कुछ घंटों के लिए सोने चले जाते हैं और जो पहरे पर होते हैं उन्हें भी उस समय नींद के हल्के-हल्के झोंके आते हैं" – मंत्री क्यू ने बताया।

राजकुमारी, मंत्री काऊ की रणनीति सुनकर कुछ सोचने लगी।

"देखा मैंने बोला था ना, इसने तो हमारी रणनीति ही बदल दी, पहले हम सात बजे हमला कर रहे थे लेकिन इसने तो रात को दो बजे बोल दिया, ये हम सबको मरवाएगा मुझे पता है" - ललित फुसफुसाते हुए बोल ही रहा था, तभी गोपाल बीच में बोल पड़ा, "चुप हो जा भाई...", गोपाल ने झड़क कर बोला।

राजकुमारी तक गोपाल की आवाज पहुँच गई, "किसी को कुछ कहना है तो अभी कहिए, हमारे पास ज्यादा समय नहीं है" - राजकुमारी आध्या ने गोपाल की तरफ देखते हुए कहा।

सभी चुप थे। ललित अपने चेहरे पर झूठी मुस्कराहट लाने की कोशिश करने लगा।

इस पल से युद्ध के आरंभ तक हमारे पास पूरे 24 घंटे है तैयारी के लिए, क्या हम तैयार है? - राजकुमारी आध्या जोर से बोली।

"जी राजकुमारी जी, हम पूरी तरह से तैयार है" - खौर, बिणु और चारों दिशाओं के सेना नायकों ने एक स्वर में कहा।

"हम तैयार है, हम युद्ध के लिए तैयार है, हम तैयार है"

"हम कल रात को ठीक 12 बजे यहीं एकत्रित होंगे और आप सभी मुझे अपनी-अपनी सेना के वीर जवानों से मिलवाइए" - राजकुमारी आध्या ने चारों दिशाओं के सेना नायकों को आदेश देते हुए कहा।

फिर उन्होंने अपने हाथ की ऊँगली से इशारा कर ताल बनाया और राजकुमारी के साथ चारों सेना नायक उस ताल में समा गए। उनके जाने के बाद पूरे कमरे में सन्नाटा छाया हुआ था। सभी युद्ध को लेकर गहरी सोच में डूबे हुए थे। ललित, गिरीश एक साथ और गोपाल, जयंत के साथ, खौर और बिणु, मगर के साथ बैठे थे पर मंत्री काऊ अकेले बैठे हुए थे।

अचानक बिणु अपनी जगह पर खड़ा हुआ और बोला, "मित्रों....हम कल का सोचकर आज को क्यों बरबाद करें, कल हमारी जिंदगी का अंत भी हो सकता है....या.... ये युद्ध हमारे जीवन का एक सुनहरा अध्याय भी आरम्भ कर सकता है, कल के बाद कुछ भी हो सकता है। तो क्यों ना इस मायूसी को छोड़कर हम सभी गाते-बजाते, खाते-पीते इस रात को यादगार बनाए", बिणु उत्साह से भरे हुए शब्दों के साथ बोला।

सभी बिणु की तरफ एकटक नजरों से देख रहे थे।

तभी ललित चिल्लाता हुआ खड़ा हुआ, "हाँ सही बात है, चलो इस रात को यादगार बनाते है"।

खौर और मगर भी खड़े हो गए और जोश से चिल्लाने लगे।

"ये.....ये.....!ये हुई ना बात" - मगर बोला।

जयंत और गोपाल भी खड़े हुए। जयंत, गोपाल के कंधे पर हाथ रखते हुए बोला, "चल आग जलाते हैं"

"आज की रात मित्रों के नाम" - मंत्री काऊ भी खड़े होकर बोले।

"मगर, मदिरा लाओ ... - खौर बोला।

"ये कौन है? - ललित फुसफुसाया।

"अबे मदिरा मतलब शराब" - जयंत मुस्कुराते हुए बोला।

"अच्छा शराब, चलो मेरी एक इच्छा तो आज पूरी हो ही जाएगी और क्या पता शराब के नशे में मंत्री सबको अपनी सच्चाई बता दे" - ललित मन में सोचने लगा।

इतनी देर में मगरमच्छ एक बड़ा सा लाल रंग का मटका सामने से उठा कर ला रहा था।

"सभी बैठिए.....मित्रों मदिरा तो आ गई अब मनोरंजन के लिए क्या किया जाए? - बिणु ने सभी की तरफ देखते हुए पुछा।

सभी सोचने लगे कि वो मनोरंजन के लिए क्या कर सकते हैं?

'Truth & Dare खेलते है", ललित बोला और वह मन में सोचने लगा कि 'मंत्री के पास आएगा तो Truth बोलकर उससे सारा सच निकलवा लूंगा, वैसे भी मैं तो Truth & Dare का चैंपियन हूँ'

"हाँ Truth & Dare खेलते हैं", ललित के सुझाव पर जयंत ने झट से हाँ भर दी।

"Toth & Care! ये क्या होता है?? - मंत्री ने आश्चर्य भरे शब्दों में पुछा।

"Toth & Care नहीं, Truth & Dare होता है मंत्री जी" - जयंत हँसते हुए बोला।

"मैं समझाता हूँ सभी को" - जयंत Truth & Dare के बारे में बताने लगा।

"Truth & Dare मतलब... सच्च और....Dare को हिंदी में क्या बोलते है? - जयंत ने गोपाल की तरफ देखते हुए पूछा।

"साहस" - गोपाल बोला।

"हाँ, सच और साहस का खेल है ये, हम आप से पूछेगे 'सच या साहस' तो आपको उन दोनों में से एक चुनना होगा", ललित, जयंत को बीच में टोकते हुए बोला, "पहले खेल शुरू करते हैं, आगे अपने आप सीख जाएंगे"

"एक खाली बोतल चाहिए" - ललित ने इधर-उधर देखते हुए कहा।

"मैं अभी लाता हूँ" - बिणु उठा और बोतल ढूँढने चला गया।

मगरमच्छ जो मदिरा से भरा हुआ घड़ा ला रहा था, उसने वो ललित के सामने जमीन पर रख दिया।

"क्या...इसको ऐसे ही पीना है? - ललित ने पूछा।

उसकी बात सुनते ही गिरीश, बिणु और खौर के साथ सभी हँसने लगे।

"अभी ओर भी समान ला रहा हूँ, मुझे साँस तो लेने दो" - मगर ने जोर से सांस छोड़ते हुए कहा।

इतना बोलकर मगर वहाँ से चला गया।

"ये लीजिए" - बिणु एक नीले रंग की बोतल ढूँढ कर लाया।

"अरे वाह! ये तो कहीं देखी-देखी सी लग रही है" - ललित बोतल को देखते हुए बोला।

"ये मैंने आपके ही समान से निकाली है" - बिणु ने एक दबी हंसी में कहा।

बिणु की ये बात सुनकर सभी बिणु के साथ हँसने लगे।

मगरमच्छ एक बड़ी सी थाली में 8 मिट्टी के गिलास ले आया। उस थाल और सभी गिलासों का रंग लाल था। फिर मगर ने उन गिलासों को मदिरा से भर दिया और उस थाल में से सभी ने एक-एक गिलाश अपने हाथ में उठा लिया।

सभी कमरे के बीचों-बीच घेरा बनाकर बैठ गए, खौर और बिणु एक साथ बैठ गए। उनके बगल में मंत्री काऊ बैठ गए, ललित मौका देखकर झट से उनके सामने जाकर बैठ गया ताकि वो उनसे सवाल पूछ सके। मंत्री काऊ के बगल में मगर और फिर गिरीश और गोपल बैठे थे। अंत में जयंत, खौर और ललित के बीच में जाकर बैठ गया।

"चलिए शुरू करते है Truth & Dare, सच या साहस का खेल" - ललित ने बोतल को जमीन पर रखते हुए कहा।

फिर उसने बोतल को जोर ये अपनी उँगलियों के सहारे गोल-गोल घुमाया। दो चक्कर लगाकर बोतल धीरे-धीरे जयंत के सामने आकर रुकी।

सभी जयंत को देखने लगे।

ललित ने जयंत की तरफ देखा और फिर पूछा;

"सच या साहस" सभी एक टकी लगाए जयंत की तरफ देख रहे थे।

जयंत कुछ पल सोचने के बाद बोला "साहस", सभी ने जयंत के लिए अपने-अपने मदिरा के गिलास ऊपर किए...

"जयंत के साहस के नाम, ये हमारा पहला जाम" - बिणु ने बोला और फिर पल भर में वो पूरा जाम एक सांस में पी गया।

बाकी सभी ने सिर्फ एक घूँट भरा, मंत्री काऊ भी अपना गिलास खत्म कर चुका था।

"साहस...क्या बात है वाह!! ये होती है सच्चे योद्धा की पहचान" - बिणु बोला और मगरमच्छ की तरफ अपना खाली जाम किया, मगरमच्छ ने बिना छण गवाए बिणु का जाम फिर से भर दिया।

"क्या साहसी काम दिया जाए इसे? - ललित बोला और गंभीरता से सोचने लगा।

"मगर के हाथ से जाम छीनकर दिखाओ तो मानू मैं" - बिणु ने दूसरे जाम को पीते हुए कहा।

सभी हँसने लगे।

"इसमें मुश्किल क्या है? ये कैसा साहसी काम हुआ" - ललित हँसते हुए बोला।

"मगर के हाथों से छीनना मुश्किल ही नहीं नामुमकिन है" - खौर अपना पहला जाम खत्म करते हुए बोला।

"जयंत मेरे भाई, तेरा Dare यही है तू मगरमच्छ के हाथ से जाम छीन कर ला" - ललित ने कहा।

गोपाल और ललित को ये बात थोड़ी अटपटी लगी। जयंत अपनी जगह से उठा और मगरमच्छ की तरफ बढ़ने लगा। मगरमच्छ ने अपने जाम से एक घूँट भर कर जयंत के सामने अपना हाथ आगे बढ़ा दिया, सभी जयंत और मगरमच्छ की तरफ देखने लगे, तभी बिणु ने अपना खाली जाम मगरमच्छ की तरफ किया "पहले इसे भर दे" - बिणु बोला।

मगरमच्छ ने अपना हाथ पीछे किया और बिणु का तीसरी बार गिलास भरा। अब बिणु को हल्का नशा होने लगा था वो धीरे से आकर अपनी जगह पर बैठ गया।

मगर ने फिर से जयंत की तरफ अपना गिलास बढ़ाया। ऐसा लग रहा था मानो मगर जयंत को गिलास दे रहा हो।

जयंत के चेहरे पर आत्मविश्वास की मुस्कान थी। उसने मगरमच्छ के गिलास को पकड़ा और हल्का जोर लगा कर उसने अपनी तरफ खींचा लेकिन वो जाम टस से मस नहीं हुआ। जयंत के चेहरे की मुस्कान धीरे-धीरे गंभीरता में बदलने लगी।

जयंत ने फिर से कोशिश की, इसबार उसने अपनी पूरी जान से खींचा लेकिन गिलास वैसे का वैसा ही रहा। जयंत को अब पसीना आने लगा। सभी जयंत और मगरमच्छ की खींचा-तानी को देख रहे थे पर सिर्फ खौर और बिणु के चेहरे पर मुस्कान थी। सभी के जाम भी खाली हो गए थे। सिवाए जयंत और गोपाल के।

"चल भाई आजा खेल को आगे बढ़ाते है, तेरे बस का नहीं है" - गोपाल हँसते हुए बोला।

जयंत पसीना पोछते हुए आया और फिर अपनी जगह पर आकर बैठ गया।

बिणु और मंत्री काऊ अपना तीसरा जाम भी खत्म कर चुके थे। मगर ने सभी को दूसरी बार मदिरा बाँटी पर बिणु और मंत्री काऊ का यह चौथा जाम था। ऐसा लग रहा था मानो मंत्रो काऊ और बिणु में कोई प्रतियोगिता चल रही हो, कौन और कितने पहले जाम पियेगा।

ललित ने एक बार फिर बोतल को घुमाया....सभी की नजरें बोतल पर फिर से टिक गई। बिणु और मंत्री काऊ अपने चौथे जाम को भी एक सांस में पी गए और फिर एक दूसरे को देखते हुए मुस्कुराने लगे।

अब की बार बोतल बिणु के सामने आकर रुकी...

सभी की नजरें अब बिणु पर थी, लेकिन बिणु की नजर उस मदिरा के मटके पर, उसे ये भी पता नहीं था कि अब उसकी बारी आ गई है।

"सच या साहस" – ललित ने बिणु से पूछा।

तभी बिणु की नजर मदिरा के मटके से हटी और उसने ललित की तरफ देखते हुए पूछा, "अब हमारी बारी है क्या?"

"हाँ..... सच या साहस" - ललित ने फिर से पूछा।

"बेशक साहस...." - बिणु अपने गिलास को मगर की तरफ पाँचवी बार बढ़ाते हुए बोला।

'बिणु के साहस के नाम', यह बोलते हुए मंत्री काऊ ने अपना पाँचवा जाम मगर के सामने बढ़ाया। गिरीश और खौर दोनों प्रतियोगिता का आनंद लेते हुए धीरे-धीरे अपना जाम पी रहे थे।

साहस सुनने के बाद ललित, गोपाल और जयंत की तरफ देखने लगे, उन्हें समझ नहीं आ रहा था कि वो क्या साहसी काम दें।

"इसको रोगमल के सिर का मुकुट लाने को बोलो या नहाने के लिए बोल दो, ये दोनों काम इसके लिए साहसी होंगे" - खौर ने मुस्कुराते हुए सुझाव दिया और अपने जाम से एक घूँट भरी और वो फिर मगर की तरफ देखकर हँसने लगा, मगर भी उसे देखकर हँसने लगा।

"नहाने में क्या मुश्किल है?" - जयंत ने पूछा।

"हाँ, इसमें साहस की क्या जरूरत है" – ललित बीच में बोला।

"यही बात है तो....ठीक है", बिणु ने अपना पाँचवा जाम गटक लिया और तेजी से अपनी तलवार म्यान से खींचकर हवा में

लहराई और खड़े होकर लड़खड़ाता हुआ बोला, "मैं जा रहा हूँ रोगमल का मुकुट लाने"

"नहीं.... अभी नहीं, उसमें वक़्त है, अभी के लिए आप नहा कर आ जाओ" - मंत्री काऊ ने बिणु को रोकते हुए कहा।

"जाओ....नहाकर आओ" - मगर हँसते हुए बोला।

सभी एक साथ हँसने लगे और बिणु को नहाकर आने का साहसी कार्य मिला। बिणु ना चाहते हुए भी नहाने चला गया। अबकी बार बोतल गोपाल ने घुमाई और बोतल के घूमने के साथ 'सच और साहस' का खेल आगे बढ़ा। सभी गौर से बोतल की तरफ देखने लगे। खेल में सभी को आनंद आ रहा था। बोतल धीमी होकर जैसे ही मंत्री काऊ के सामने आकर रुकी। ललित के चेहरे पर एक शरारती मुस्कान आ गई, जिसका ललित को बेसबरी से इन्तजार था वो पल आ गया था, ललित ये खेल सच या साहस इसीलिए तो खेल रहा था।

ललित ने मंत्री को घूरा और संदेहवाचक मुस्कान के साथ पूछा "सच या साहस"?

"सच" - मंत्री काऊ बोले। सभी ने काऊ की तरफ देखा क्यूँकि वह पहले थे जिन्होंने 'सच और साहस' में से 'सच' का चुनाव किया था। खेल अब और रोमांचित हो गया था। सवाल तो ललित मन में पहले से ही तैयार किए हुए थे। जैसे ही मंत्री ने 'सच' कहा ललित के चेहरे पर एक राहत भरी मुस्कान आई। पहले उसे डर था कहीं मंत्री 'साहस' ना बोल दे।

"क्या आप गुप्त जासूस है रोगमल के, जो मेरी बलि के लिए मुझे यहाँ से लेने आए है?"

ललित का सवाल सुनते ही कमरे में एक अजीब सी शांति फैल गई। सभी मंत्री काऊ की तरफ देखने लगे और जवाब का

इंतजार करने लगे। तभी मंत्री काऊ ने कहा, "अच्छा सवाल है, इसका जवाब देने से पहले कृपया मेरा ये जाम फिर से भर दिया जाए", मंत्री काऊ की इस बात को सुनते ही सभी हँसने लगे सिवाए ललित के। मगरमच्छ ने झट से उनका जाम भर दिया।

“मैं आपको अपने बारे में कुछ बताना चाहता हूँ" - मंत्री काऊ ने अपना मदिरा का गिलास नीचे रखते हुए कहा।

"मेरा नाम सारंग काऊ है, मैं देव का काऊ पुत्र हूँ। मैं इस देश का मुख्य सलाहकार था, पहले भी जब ये राज्य, महाराज और महारानी के अधीन था। मैंने महाराज को हर मुश्किल समय में सलाह दी लेकिन उन्होंने भी मेरी एक बात नहीं मानी और अपना राजपाठ सब खो दिया । मैंने राजकुमारी आध्या के बारे में सुना था लेकिन कभी उनसे मिला नहीं था। जब रोगमल ने मुझे भरी सभा में अपमानित किया। तब पानी सिर से ऊपर चला गया, उसने मेरी विद्या का, मेरे विचारों का मजाक उड़ाया। मैंने राजकुमारी आध्या के पास आने का विचार किया" - मंत्री काऊ ने अपनी कहानी बताई और नीचे रखे जाम को एक सांस में पी लिया।

बिणु पहले ही नहा कर आ चुका था लेकिन वो कमरे के दरवाजे पर खड़ा मंत्री काऊ की बातें सुन रहा था। देव काऊ का नाम सुनते ही बिणु का सारा नशा उतर गया और वो मंत्री काऊ को रोकना नहीं चाहता था। मंत्री काऊ ने जब अपना जाम नीचे रखा तब वह कमरे के अंदर आया और उसने चोंकते हुए पुछा।

"आप महान देव काऊ पुत्र है? वो ही देव काऊ जिन्होंने युद्ध में इस राज्य को दो बार बचाया था परन्तु अंत में महाराज को बचाते हुए वो वीरगति को प्राप्त हो गए थे" - बिणु ने अचंभित होते हुए पूछा।

"हाँ...मैं उन्हीं महायोद्धा देव काऊ का पुत्र हूँ" - मंत्री काऊ ने गर्व से कहा।

बिणु देव काऊ को अपना भगवान मानता था, उन्ही के बहादुरी के किस्से सुनते-सुनते वो बड़ा हुआ था। वो भी उन्ही की तरह बनने के सपने देखता था।

बिणु ये बात सुनते ही मंत्री काऊ के सामने जमीन पर लेट गया।

"मेरा प्रणाम स्वीकार कीजिए मंत्री काऊ, देव काऊ मेरे आराध्य है" - बिणु बोला।

"आप खड़े हो जाइये, वीरों के वीर बिणु, वो मेरे भी आराध्य है" - मंत्री काऊ ने बिणु को सहजता से उठाया।

मंत्री काऊ ने ललित की तरफ देखते हुए कहा, "अगर आपकी बलि देने से इस राज्य को फायदा होता, तो मैं अवश्य ये सुझाव देता। युद्ध को जीतने के लिए योद्धा चाहिए, बलि के बकरे नहीं, इसलिए आप निश्चित रहिये हम आपकी बलि नहीं चढ़ायेगे" - मंत्री काऊ ने ललित को आश्वासन देते हुए कहा।

उनकी बात सुनकर सभी हँसने लगे।

ललित को अब धीरे-धीरे काऊ पर भरोसा होने लगा था। उसकी चिंता पहले से कम हो गई।

"अगला प्रश्न पूछिए" - मंत्री काऊ ने नम्रता से कहा।

"एक बार में सिर्फ एक ही सवाल पूछ सकते हैं" - ललित बोला, उसे उसके मुख्य प्रश्न का उत्तर मिल चुका था।

"नहीं, हम पूछ रहे हैं कि यदि आपको और संदेह हो हम पर तो हम जवाब देने के लिए तैयार है" - मंत्री काऊ ने मुस्कुरा कर कहा।

"नहीं-नहीं ऐसी कोई बात नहीं है, यह तो इस खेल का भाग था, हमने सबसे कठिन प्रश्न समझते हुए आपसे ये सवाल किया" - ललित ने शर्मिंदगी भरे शब्दों में एक दिखावटी मुस्कान के साथ कहा।

"चलिए खेल को आगे बढ़ाते है" - गिरीश ने वातावरण को सामान्य करते हुए कहा।

इस प्रकार बारी-बारी से सब खेल का आनंद लेते हुए सवाल पूछते रहे और जवाब देते रहे। खेल को खेलते-खेलते उन्हें काफी समय हो गया था तभी जयंत ने कहा, "यह आखिरी बारी है खेल की", और वह गिरीश के सामने आकर रुकी। बिणु 10 जाम पीकर लगभग सो चुका था।

"सच या साहस" - गोपाल ने पूछा।

"सच" - गिरीश ने गोपाल की आँखों में देख कर कहा।

"पापा, आपको 20 साल यहाँ कालकोठरी में क्या मिला? क्यों आए आप यहाँ? - गोपाल ने भावुक शब्दों में अपना सवाल पूछा।

इस सवाल ने सबकी नींद उड़ा दी। आखिर कार हिम्मत करके गोपाल ने पूछ ही लिया, ये वो सवाल था जिसका जवाब 20 साल से गोपाल ढूंढ रहा था।

गिरीश ने अपना जाम खत्म करके उसे जमीन पर रखा और बोले, "बेटे, मैं एक खोजी था, जैसे तुम्हारे दादा थे, लेकिंन मुझमें अमीर बनने का एक भूत सवार था, मैं किसी भी कीमत पर जल्दी अमीर बनना चाहता था। तुम्हारे दादा जी जब अंतिम सांसे ले रहे थे, उन्होंने मुझे अपने पास बुलाया और मुझे एक पीला लिफाफा दिया वो मुझे खजाने के बारे में बताने का प्रयास किया, पर वे कुछ ही शब्द कह पाए 'नैनीताल, रात्रि के 12 बजे, अमावस्या, सात साल' और फिर

वो इस दुनिया को छोड़ कर चले गए। मैं उस दिन बहुत दुखी था, मैं समझ नहीं पाया कि वो क्या कहना चाहते थे।

उस शाम मैंने उस लिफाफे को खोला उसमे नैनीताल के खजाने की सारी जानकारी थी। जिस खजाने को ढूँढने के लिए सदियों से लोग प्रयास कर रहे थे, उस खजाने तक पहुँचने का पूरा रास्ता था उस लिफाफे में था।

उसे पढ़कर मुझे लगा जैसे मेरे अमीर बनने का सपना पूरा हो गया हो। मेरे दिमाग में सिर्फ खजाना था, ना पिताजी के मरने का गम, ना तुमसे दूर जाने का कोई मलाल, मैं सिर्फ खजाने को लेकर उत्साहित था। मैं सब कुछ भूल गया। मैंने उसी रात तुम्हारी माँ को बताया कि मैं खजाना ढूढ़ने के लिया जा रहा हूँ।

मैंने सारा सामान लिया और खजाने की खोज में सब कुछ छोड़कर वहाँ से निकल गया। उस लालच ने मेरी पूरी जिंदगी खत्म कर दी, मेरी जिंदगी के पूरे बीस साल मुझसे छीन लिए, वो बीस साल ना मैं कभी वापिस ला सकता हूँ और ना ही तुम्हें दे सकता हूँ", एक-एक शब्द में गिरीश का पश्च्याताप झलक रहा था जैसे उन्होंने बीस साल कालकोठरी में अपने लालच का पश्च्याताप किया हो।

"मुझे माफ कर देना बेटा" - गिरीश ने हाथ जोड़कर रोते हुए कहा।

गोपाल अपनी जगह से उठकर उनके सामने आया और उन्हे गले लगा लिया।

"बस-बस पिताजी, जो हुआ सो हुआ, अब हम एक नई जिंदगी की शुरुआत करेंगे, मम्मी आपको देखकर बहुत खुश होगी" - गोपाल की आँखों से भी आँसू छलक गए।

"लालच बुरी बला है बेटे, बहुत बुरी, जिंदगी में लालच कभी नहीं करना चाहिए, हमेशा मेहनत करनी चाहिए" - गिरीश रोते हुए बोले।

उस कमरे में सभी की आँखे नम थी। वो रात ऐसे ही बीत गई। अपनी-अपनी कहानियाँ सुनाकर सभी ने सभी से दूरियाँ मिटा ली। वे सब उस रात एक दूसरे के करीब आ गए। सबको सभी के बारे में थोड़ा बहुत अब पता था। एक महायुद्ध से पहले भरोसा की मजबूत नींव डल चुकी थी।

*****

अध्याय 20

अगले दिन युद्ध था। दोपहर के 1 बजे हथियार गृह में चारों तरफ अफरा-तफरी का माहौल था। गोपाल, जयंत और ललित अपने-अपने कवच पहन चुके थे। सुनहरे रंग का वह कवच जिसके बीचों-बीच नैनीताल राज्य का चिन्ह था और उसके नीचे 'जलमेव जीवनम' लिखा था। मंत्री काऊ और गिरीश अपने हथियारों की धार बना रहे थे। खौर, बिणु और चारों दिशाओं के सेना नायकों ने भी अपने कवच पहनकर एक पंक्ति में खड़े हो गए।

खौर ने अपनी तलवार म्यान से निकालते हुए कहा, 'नैनीताल के नाम' वहाँ खड़े सभी योद्धाओं ने अपनी-अपनी तलवार हवा में एक साथ उठाते हुए कहा,'नैनीताल के नाम' सभी ने जोश से कहा और फिर सभी योद्धाओं ने अपने दाहिने हाथ के अँगूठे से तलवार पर अपने रक्त से तिलक किया और बोले, "नैना देवी के नाम पर", तलवार पर रक्त चढ़ चुका था।

मंत्री काऊ ने गोपाल और उसके साथियों को बताया कि 'ये यहाँ की परंपरा है, जब भी कोई युद्ध में जाता है तो वह अपनी तलवार को अपना रक्त चखाता है ताकि उस तलवार की रक्त की प्यास और बढ़ जाए और जो भी दुश्मन उसके सामने आये वो उसका नाश कर दे'।

सभी अपनी तैयारी में लगे हुए थे। तभी अचानक गुलाबी रंग के ताल से राजकुमारी बाहर निकली। उन्होंने नीले रंग की पोशाक पहनी थी, उनका सुनहरा कवच गर्दन से कमर तक था, उनके सिर के बाल पूरे बंधे हुए थे। उनके पैरों में दो छुपे खंजर, कंधे पर तरकश,

जिसमें जहरीले तीर रखे हुए थे। उनके हाथ में धनुष और कमर पर तलवार लटक रही थी, उनके पूरे माथे पर लगा लाल रंग और आँखों में भरा काजल उन्हें और गंभीर और लक्ष्य के प्रति प्रतिबद्ध बना रहा था। वे आज एक महान योद्धा लग रही थी। वहाँ सभी उन्हें देखकर प्रेरित और उत्साहित हो गए।

खौर, बिणु और चारों दिशाओं के सेना नायकों ने उन्हें झुक कर प्रणाम किया।

चारों तरफ 'राजकुमारी आध्या की जय' के नारे गूँजने लगे।

राजकुमारी ने जैसे ही अपना हाथ हवा में उठाया, सभी धीरे-धीरे शांत हो गए।

"आज हमारी मातृभूमि ने हमें अपनी सेवा का मौका दिया है। ये दिन हर किसी को नसीब नहीं होता, सिर्फ बहादुरों को ही ऐसे मौके मिलते हैं"

"हमारी मातृभूमि आज किसी और के गंदे हाथों में है और हम उनसे माँगने नहीं, छीनने जा रहे हैं", ये बात सुनकर कमरे का माहौल और गरमा गया। सभी मातृभूमि के लिए अपनी जान देने को तैयार थे, पीछे खड़े सभी सैनिक उत्तेजित होकर मातृभूमि की जय के नारे लगाने लगे। सबका सिर्फ एक ही लक्ष्य था अपनी मातृभूमि को वापिस पाना।

राजकुमारी ने अपनी तलवार म्यान से निकाली और हवा में लहराई उनके एक हाथ में धनुष और एक हाथ में तलवार थी 'क्या हम अपनी मातृभूमि को उस कपटी से छीन कर फिर से उसको वो दर्जा देंगे जिसकी वो हकदार है', राजकुमारी का एक-एक शब्द गरज रहा था। सभी ने अपनी तलवारें हवा में लहराते हुए कहा, "हाँ हम तैयार है।"

गोपाल, जयंत और ललित ने पहले कभी ऐसा जोश नहीं देखा था और ना ही कभी ऐसा माहौल! देशभक्ति उन तीनों ने पहली बार महसूस की और वो भी सैनिकों के साथ मरने और मारने की कसमें खाने लगे।

काऊ और गिरीश भी सभी के साथ नारे लगाते हुए अपनी तलवारें हवा में लहराने लगे।

"नैना देवी के नाम पर.......नैनीताल के नाम पर" - राजकुमारी ने जोर से कहा।

सभी ने राजकुमारी के साथ नारे लगाए, 'नैना देवी के नाम पर, नैनीताल के नाम पर', तीन बार बोलने के बाद सभी शांत हो गए।

तभी मंत्री काऊ हाथ जोड़ते हुए राजकुमारी के पास आए, "राजकुमारी जी की जय हो, राजकुमारी जी हमारा जोश और मातृभूमि के लिए प्रेम सर्वोपरि है लेकिन हमें रोगमल को कम नहीं आकना चाहिए, वह नौ घेरों की कड़ी सुरक्षा में रहता है और पूरे राजमहल की तीन घेरों की सुरक्षा रहती है। उसके बाद तोप खाना है और फिर ऐसे तीरंदाज जो हमेशा तैयार रहते हैं। हमें चतुराई और बुद्धिमता से युद्ध की योजना बनानी होगी"। - मंत्री काऊ ने राजकुमारी को सतर्क करते हुए कहा।

ललित ने जयंत की तरफ देखा और मंत्री काऊ की तरफ हाथ से इशारा करते हुए बोला, "ये मंत्री फिर से कोई न कोई खिचड़ी पका रहा है, अपनी मीठी-मीठी बातों से राजकुमारी को बहला-फुसला रहा है"।

जयंत ने उसका हाथ नीचे करते हुए गुस्से से कहा,"चुप हो जा, तू फिर से शुरू हो गया। कल रात ही तो तू बोल रहा था कि तुझे इन पर भरोसा हो गया है और अब तू फिर से ऐसी बातें कर रहा है"।

"'हाँ', पर मुझे इसकी हरकतों पर बिलकुल भी भरोसा नहीं है" - ललित सोचता हुआ बड़बड़ाया।

"चुप हो जा भाई," - जयंत बोला।

ललित चुप तो हो गया लेकिन उसको मंत्री काऊ पर अभी भी संदेह था वो चाहकर भी उसपर भरोसा नहीं कर पा रहा था।

राजकुमारी आध्या, मंत्री काऊ को सभी से थोड़ा दूर ले गई और फिर उन्होंने उनसे पूछा, "आप क्या कहना क्या चाहते है अब बताइये"

"रोगमल की युद्ध रचना के अनुसार वो ये मान रहा होगा कि हम मुख्य द्वार से हमला करेंगे और उसकी रणनीति भी वैसी ही होगी, परन्तु हम सामने से हमला ना करके पीछे के रास्ते से होते हुए छुपकर हमला करें, तो हमारी सेना को कम नुक्सान होगा और हम राजमहल के छः घेरों को आसानी से पार कर जायेंगे। उसके बाद सुरक्षा के बस तीन ही घेरे बचेंगे" – मंत्री काऊ ने रणनीति समझाते हुए कहा।

"मुझे आपकी रणनीति समझ नहीं आई" - राजकुमारी गंभीरता से बोली।

मंत्री काऊ ने गहरी साँस भरी और फिर बोले, "राजकुमारी जी, रोगमल की सुरक्षा मे कुल मिलाकर 9 घेरे हैं जिसमें से 6 घेरे हम बिना नुकसान के पार कर सकते हैं। दोष के मंदिर के पीछे एक गुप्त कमरा है, अगर हम सभी वहाँ पहुँच जाए, फिर वहाँ से होते हुए हम राजमहल तक पहुँच जाएं। हमारी सेना की एक टुकड़ी मुख्य द्वार पर खड़ी रहेगी, जिससे हमारे दुश्मनों को लगेगा कि हम सामने से हमला करेंगे, लेकिन हम चतुराई से उसकी आधी सेना से बचते हुए अंदर से हमला करेंगे"।

राजकुमारी आध्या ने कुछ देर तक मंत्री काऊ की रणनीति पर गहन चिंतन किया।

"लेकिन हम वहाँ तक पहुँचेंगे कैसे? - राजकुमारी आध्या ने पूछा।

"ये है हमारे वहाँ तक पहुँचने का रास्ता", मंत्री काऊ ने एक छोटी शीशी अपनी जेब से निकाली, उसका रंग भूरा और आकार अँगूठे जितना था।

"ये क्या है? - राजकुमारी आध्या ने पूछा।

"दोष की बलि का रक्त जो सिर्फ नौ मंत्रियों को मिलता है इससे हम सीधे दोष के गुप्त कमरे तक पहुँच सकते हैं" - मंत्री काऊ उस शीशी को दिखाते हुए बोले।

कुछ देर सोचने के बाद, "चलिए ठीक है, हम ऐसा ही करेंगे", ऐसा बोलते ही वो अपनी सेना की तरफ बढ़ी और मंत्री काऊ भी, सभी राजकुमारी का बेसबरी से इन्तजार कर रहे थे। उनको देखते ही सिपाहियों ने फिर से अपनी तलवारें को हवा में लहरा कर जोश से चिल्लाने लगे।

राजकुमारी ने उनका संबोधन अपनी तलवार को हवा में लहराते हुए स्वीकार किया फिर उन्होंने जैसे ही तलवार को मियान में डाला, सभी शांत हो गए।

"हम चारों सेना नायकों से अकेले में कुछ बात करना चाहते हैं" - राजकुमारी की बात सुनते ही चारों सेना नायक राजकुमारी के सामने उपस्तिथ हो गए। राजकुमारी, मंत्री काऊ और चारों सेना नायक के साथ एकांत में चले गए।

"ये मंत्री पक्का कुछ खिचड़ी पका रहा है" - ललित फिर से फुसफुसाने लगा।

"ये पहले राजकुमारी को अपने साथ ले गया, पता नहीं इसने उन्हें क्या पट्टी पढ़ाई और अब ये चारों सेना नायकों को भी ले गया, मुझे लग रहा है कि ये हमारे साथ कोई खेल खेल रहा है" – ललित बोला वो गुस्से से आग बबूला था उसने अपने आप पर काबू रखा हुआ था ।

अब तो गोपाल और जयंत को भी अटपटा लग रहा था।

"या तो युद्ध होगा या नहीं, बस ये दो बातें है, इसमें इतना क्या सोचना" - जयंत चिड़ते हुए बोला।

"शायद कोई रणनीति बना रहे हो" - गोपाल ने गंभीरता से कहा।

"रणनीति ही बना रहे होंगे" - गिरीश बीच में बोले।

कुछ देर बाद राजकुमारी आध्या, चारों सेना नायक और मंत्री काऊ गंभीर चेहरों के साथ सामने आये। सेना नायक जल्दी से अपनी-अपनी सेना के सामने खड़े हुए और अपनी सेना के सिपाहियों को आदेश दिया।

"आप सभी हमारे पीछे आइए", और सभी सैनिक अपने-अपने सेना नायक के साथ वहाँ से चले गए। पूरा भवन खाली हो गया।

राजकुमारी ने गोपाल और उसके दोस्तों की तरफ इशारा करते हुए मंत्री काऊ से कहा कि "आप अपनी योजना इन्हें भी बताएँ"

"जी राजकुमारी जी"- हाथ जोड़कर मंत्री काऊ ने उत्तर दिया।

"हम सामने से हमला करने की बजाए अंदर से हमला करेंगे, हम महल में पीछे के रास्ते से अंदर जायेंगे, जो दोष मंदिर से

होता हुआ जाता है। जहाँ पर दोष की मूर्ति है, उस मूर्ति के पीछे एक कमरा है हम सभी उस कमरे से होते हुए सीधे राजमहल तक पहुँच जाएंगे और रोगमल की सेना को पता भी नहीं चलेगा" - मंत्री काऊ रणनीति समझा रहे थे लेकिन ललित अपने शक के कारण परेशान होने लगा, उसका गुस्सा बढ़ने लगा।

गिरीश मंत्री काऊ को रोकते हुए बीच में बोले, "लेकिन मंत्री जी हम वहाँ तक पहुँचेगे कैसे? वहाँ तो ना कोई मंत्र और ना कोई जल कार्य करता है"।

"सही कहा आपने गिरीश जी, मेरे पास उसका भी तोड़ है। ये है दोष की बलि का रक्त", मंत्री काऊ ने वो छोटी शीशी दिखाते हुए कहा जिसमें रक्त की एक या दो बूँद थी। "इसे हमें सिर्फ एक बार इस्तमाल कर सकते है और ये सीधे हम दोष की मूर्ति के पास पहुँचा देगी।" - मंत्री काऊ ने कहा।

ललित गुस्से में सुने जा रहा था वो एक ऐसा बम बन गया था जो किसी भी छण फट सकता था।

"राजकुमारी जी हमें एक विशेष बात का ध्यान रखना होगा, लोहे से बना कवच और तलवार या कोई भी हथियार जो लोहे से बना हो हम उसे अपने साथ नहीं ले जा सकते। हम सबको यहाँ से निहत्था जाना होगा"- मंत्री काऊ ने इतना बोला ही था कि तभी ललित जोर-जोर से ताली बजाकर दो कदम आगे बढ़ा और बोला, "वाह.....!क्या बात है? पहले तो रोगमल सिर्फ एक की ही बलि चढ़ा रहा था लेकिन अब मुझे ऐसा लग रहा है कि वो हम सभी की बलि चढ़ाना चाहते है। बिना लड़े ही वो युद्ध को आपके सहारे जीतना चाहता है, है ना! यही रणनीति है ना रोगमल कि" - ललित गुस्से से बोले जा रहा था।

"पहले आपने कहा कि हम दोपहर की बजाए रात्रि को हमला करते हैं, फिर कहा कि हम पीछे से हमला करेंगे क्यूँकि आपके पास बलि का रक्त है वहाँ तक पहुँचने का मार्ग है और अब आप बोल रहे है कि हम अपने हथियार भी त्याग दे, वाह!... वाह!... मंत्री जी एक बात बताइए, यहाँ से फल और मिठाइयों की टोकरी भी ले चले क्या? खाते-पीते मोठे तगड़े होकर बलि देंगे हम" - ललित तमतमाते हुए बोले ही जा रहा था।

मंत्री काऊ चेहरे पर एक हल्की सी मुस्कान लिए आराम से खड़े थे। गिरीश, ललित के पास आए और बोले, "शांत हो जाओ बेटा शांत"

गिरीश की बात सुन कर ललित और गुस्से से लाल हो गया। वो आगे कुछ बोल पाता उतने में काऊ बोलने लगे।

"आपकी सारी बातें सही है ललित जी, सिवाए एक बात के कि मैं आप सभी को वहाँ बलि के लिए ले जा रहा हूँ, आप मेरी पूरी बात तो सुनिए", काऊ ने शब्दों को बड़े ठहराव के साथ कहा।

परन्तु अब माहौल काफी गर्म हो गया था। जयंत और गोपाल को भी ललित की बातों में दम लग रहा था। राजकुमारी आध्या अब भी शांत खड़ी थी। गिरीश, ललित को शांत करने का प्रयास कर रहे थे।

"हम यहाँ से हथियार नहीं ले जा रहें, ये बात सही है लेकिन जहाँ से हम जायेंगे वही पर रोगमल का हथियार ग्रह है, हमें सिर्फ उस कमरे तक पहुँचना है, हम वहाँ से हथियार लेंगे" - मंत्री काऊ बोले।

"मंत्री जी, मेरी तलवार तो सोने की है, ये मुझे महाराज ने राजकुमारी की रक्षा करते वक्त अपनी जान की परवाह ना करते हुए

मुझे ये उपहार में दी थी, क्या ये मैं रख सकता हूँ?" - बिणु ने अपनी तलवार म्यान से निकालते हुए पूछा।

"हाँ स्वर्ण की वस्तु, आप ले जा सकते हैं" - मंत्री काऊ ने कहा।

अब ललित को मंत्री काऊ पर बिलकुल भी भरोसा नहीं था और अब जयंत और गोपाल का भरोसा भी डगमगा रहा था। उन्हें समझ नहीं आ रहा था कि वह कैसी रणनीति बना रहे हैं।

"आप सभी मुझ पर भरोसा रखिए, हम जरूर विजय होंगे" - मंत्री काऊ ने सभी को आश्वस्त करते हुए कहा।

"आप सभी अपने-अपने हथियार रख दीजिए", सभी के चेहरों पर आशंका का भाव देखकर राजकुमारी आध्या आगे आई और सबसे पहले उन्होंने अपने हथियार रखे फिर राजकुमारी को देख सभी ने अपने हथियार जमीन पर रखे, सिवाए बिणु के।

"हमें बुद्धिमानी और चतुराई से युद्ध जीतना है, समय हमारे पास कम है, क्या आप सभी तैयार हैं? - राजकुमारी ने पूछा।

"जी राजकुमारी जी", सभी ने एक स्वर में कहा लेकिन इस बार जोश में कमी थी। ललित ने तो कोई जवाब भी नहीं दिया।

तभी सभी सेनानायक अपनी सेना को रणनीति समझाकर वहाँ आए।

"सभी सेना नायक, अपनी सेनाओं को मुख्य द्वार तक ले जाइए और जब तक आपको शंकनाद ना सुनाई दे तब तक आपको आक्रमण नहीं करना है, यदि आप पर आक्रमण होता है तो आपको पता है कि आपको उसका जवाब कैसे देना है" - राजकुमारी बोली, परंतु इस बार उनका जोश और उत्साह भी कम था।

'राजकुमारी की जय हो, नैना देवी की जय हो, नैनीताल की जय हो', के नारे गूंजने लगे।

"नैना देवी के नाम पर, नैनीताल के नाम पर", राजकुमारी ने अपना दाहिना हाथ हवा में उठा कर नारा लगाया और फिर मंत्री काऊ को चलने का आदेश दिया।

मंत्री काऊ ने उस छोटी सी डिब्बी का ढक्कन खोला, उसमें से जमे हुए रक्त की एक बड़ी सी बूँद जमीन पर गिरी, उसके गिराते ही वहाँ एक लाल रंग से भरा हुआ छोटा सा ताल बनने लगा, वह ताल ऐसा लग रहा था जैसे वह रक्त से भरा हो, उसकी चौड़ाई लगभग दो मीटर थी और उसमें रक्त की लहरें बन रही थी। दिखने में वो ताल भयंकर लग रहा था।

गोपाल, जयंत और ललित ने पहली बार इतना रक्त एक साथ देखा था। वो तीनों उस रक्त से भरे ताल को देखकर घबरा गए। उस ताल में सबसे पहले मंत्री काऊ कूदे फिर राजकुमारी उनके बाद मगरमच्छ, बिणु और खौर उसके बाद जयंत, ललित, गोपाल और आखिरी में गिरीश उस खून से भरे ताल में कूद गए।

*****

अध्याय 21

चारों तरफ अँधेरा ही अँधेरा था।

"हम पहुँच गए क्या? - ललित ने पूछा।

"शांत...शांत" - मंत्री काऊ ने फुसफुसाते हुए कहा।

मंत्री काऊ ने चुटकी बजाई और कमरे की सभी मशालें जलने लगी। वहाँ पूरे कमरे में हथियार रखे हुए थे। वह कमरा उनके हथियारगृह से चार गुणा बड़ा था। जो मशालों की रौशनी से चमक रहे थे। वहाँ की दीवारों और जहाँ पर वह खड़े थे उस जमीन का रंग काला था। हर जगह ऊपर से नीचे तक काला रंग पोता हुआ था। अमूमन जमीन पर कहाँ रंग होता है लेकिन उस कमरे में था।

"यहाँ कुछ भी बोलना नहीं है सिर्फ फुसफुसाना है" - मंत्री ने फुसफुसाते हुए कहा।

"जो सामने कमरा है उसमें तीन बड़े-बड़े भकार है उन्हें खोलते हैं चलिए" - मंत्री काऊ बोले और चलने लगे।

वो कमरा हथियार गृह के साथ सटा हुआ था। वहाँ पर सिर्फ काले रंग के लकड़ी से बने हुए तीन बक्से थे।

"भकार, ये क्या होता है? – ललित ने फुसफुसाते हुए गोपाल की तरफ देखते हुए पूछा।

"भकार मतलब एक बड़ा सा लकड़ी का बक्सा जिसको सामान रखने के लिए प्रयोग में लाते हैं। जैसे बक्सा होता है ना, ठीक वैसे ही" - गोपाल ने समझाते हुए कहा।

"समझा नहीं" - ललित ने धीरे से बोला।

"तू रहने दे, तुझसे नहीं हो पाएगा, बस चुप-चाप खड़ा रह" - जयंत फुसफुसाते हुए बोला।

"वो देखो सामने पहले भकार में कवच और तलवारें होगी, दूसरे भकार में भाले और छोटे हथियार और तीसरे और आखिरी भकार में धनुष और तीर कमान होगें। हमें आवाज किए बिना भकार से युद्ध का सामान लेना है और फिर वापिस यहाँ आ जाना है। हम लोग दो-दो के जोड़े में जाएंगे। - मंत्री काऊ ने कहा।

गोपाल और ललित पहले भकार की ओर बढ़े। जयंत और गिरीश दूसरे भकार की ओर बढ़े। तथा मंत्री काऊ के साथ राजकुमारी आध्या, मगर, खौर और बिणु तीसरे भकार की ओर धीरे-धीरे बढ़ने लगे।

गोपाल और ललित पहले भकार के पास पहुँचे, वो भकार बाकि से बड़ा था। उसका ऊपरी भाग जो ढक्कन का हिस्सा था वो दो भागों में बँटा हुआ था। भकार पर पुरानी लोहे कुण्डी लगी हुई थी। वह आकार में बड़ी और वजन ने भारी तथा मजबूत नजर आ रही थी। गोपाल उसकी कुण्डी को खोलने की कोशिश करने लगा, लेकिन ललित का ध्यान मंत्री काऊ की गतिविधियों पर था। उसकी नजर मंत्री से हट ही नहीं रही थी।

"अबे कहाँ ध्यान है तेरा, यहाँ मेरी मदद कर, ये कुंडा खुल ही नहीं रहा है" - गोपाल ने उसके हाथ को झटका देते हुए कहा।

"हाँ बोल ना क्या करना है अब तुझसे ये कुंडा भी नहीं खुल रहा....क्या यार" - ललित बोला और कुंडे को अपने एक हाथ से पकड़ने लगा। उसके हाथ कुंडे पर थे पर नजर मंत्री पर।

गोपाल और ललित ने फिर से कोशिश की लेकिन भकार का कुंडा टस से मस नहीं हुआ। जयंत और गिरीश का भी यही हाल

था उनसे भी कुंडा नहीं खुल रहा था। लेकिन मंत्री काऊ और राजकुमारी वाला भकार खुल चुका था, उसमें से मंत्री काऊ ने तलवार, राजकुमारी ने तीर कमान, खौर, बिणु और मगर ने अपने लिए छोटे हथियार ले लिए।

"देखा तूने, मंत्री ने हमें जानबूझ कर यहाँ फसा रखा है ये तो हमसे खुल ही नहीं रहें है, मुझे ये पहले से ही पता था" - ललित फिर अपनी शंका की पिपनी बजाने लगा।

"देख सामने वो खुल गया है" - गोपाल ने तीसरे भकार की ओर इशारा किया।

राजकुमारी ने मगर को बाकियों की सहायता करने के लिए कहा क्योंकि उसकी भुजाओं की ताकत से ही तीसरा भकार खुल पाया था। मगर, गोपाल और ललित के पास गया और उसने उनके कुंडे को खोल दिया। गोपाल और ललित जल्दी से अपने लिए तलवार और युद्ध का सामान निकालने लगे। फिर मगरमच्छ गिरीश और जयंत के भकार के पास गया और उसे भी उसने खोल दिया। उन्होंने भी जल्दी से अपने लिए भाले, तलवार और युद्ध का सामान निकाल लिया।

"राजकुमारी जी, रोगमल की हत्या केवल और केवल सोने से बने हथियार से ही हो सकती है" - मंत्री काऊ ने राजकुमारी के बगल में खड़े होकर धीरे से कहा।

यह सुनते ही बिणु उछल कर राजकुमारी आध्या के सामने आया और घुटने के बल बैठ गया,"आप आज्ञा दीजिए राजकुमारी जी, मैं अपनी तलवार से उसका सिर काट कर आपके कदमों में रख दूँगा", बिणु ने जोश में अपनी सोने की तलवार निकालकर अपने हाथों में रखते हुए कहा।

"आपका जोश और साहस काबिल-ए-तारीफ है बिणु, पर यह संभव नहीं, आपकी तलवार बहुत छोटी है और रोगमल मोटी खाल का है। आप इस तलवार से उसका सिर नहीं काट पाएंगे" - मंत्री काऊ ने बिणु को उठाते हुए कहा।

"तो फिर कैसे होगा आप ही बताइए" - राजकुमारी ने धीरे से पूछा।

सभी अपने-अपने कवच और हथियारों के साथ तैयार थे और मंत्री काऊ की आगे की रणनीति का इन्तजार कर रहे थे।

"वो देखिए.....सामने बीचों-बीच जो भकार रखा है, उसमें आपके सवाल का जवाब है राजकुमारी जी" - मंत्री काऊ ने सामने की तरफ ऊँगली से इशारा करते हुए कहा।

सामने एक काले रंग का भकार था उसका आकार बाकी भकारों के आकार के आधे से भी कम था। वह तीन फुट लम्बा, चार फुट चौड़ा और लगभग दो फुट ऊँचा था। राजकुमारी ने मगरमच्छ को इशारा किया भकार की तरफ बढ़ने का। मगरमच्छ ने जल्दी भकार का कुंडा खोला और फिर उसका ढक्कन उठाया। सभी उस छोटे से भकार के समीप आ गए, उसमें काले कपडे में लिप्टा हुआ कुछ था।

राजकुमारी ने अपने दोनों हाथो से उसे उठाया और उस पर से उस काले कपड़े को हटाया। जैसे ही कपड़ा हटा, सभी उसे देख कर चौंक गए, वह सोने से बना हुआ एक फरसा था, जिसका मुहँ चौड़ा और धारदार था, वो चन्दन की लकड़ी के बने हत्थे से जुड़ा हुआ था। उसकी चमक से पूरा कमरा सुनहरे रंग से चमकने लगा।

उसे देखते ही गोपाल के मुहँ से निकला, **'बढ़याट'**......

"बढ़याट? - जयंत ने गोपाल को ऊँगली से इशारा करते हुए पूछा।

"बढ़याट....पुराने जमाने में ये बलि देने के लिए इस्तेमाल होता था" - गोपाल ने बताया।

"हाँ, हमारे पहाड़ों में इसका इस्तमाल किया जाता है, लेकिन ये उन सब से बड़ा है बेटे" - गिरीश ने समझाते हुए कहा।

"ये तो सोने का है" - ललित बढ़याट को छूने के लिए आगे बढ़ा और अपने हाथ से जैसे ही वह उसे छूने लगा, तभी मंत्री काऊ ने उसे चेतावनी देते हुए कहा; "छूते ही ऊँगली के दो टुकड़े हो जाएंगे, ये इतना धारदार है"।

मंत्री काऊ ने उस बढ़याट को राजकुमारी आध्या से अपने हाथों में लिया। फिर उन्होंने अपने पैजामे में बनी जेब से एक लकड़ी का टुकड़ा निकालकर हवा में उछाला। सबकी नजर उस टुकड़े पर थी, जैसे ही उस टुकड़े ने सोने से बने फरसे की धार को छुआ, उसके दो टुकड़ो हो गया। सभी हैरान थे। जयंत, ललित के पास आया और बोला, "बच गई तेरी उँगलियाँ।

ललित ने झट से अपना हाथ पीछे खींचा। तभी मंत्री काऊ ने काले कपड़े से उसे फिर से ढक दिया और राजकुमारी को सौंप दिया।

रात के 2 बज चुके थे। सभी अपने हथियारों के साथ उस कमरे से बहार निकले और राजमहल की तरफ बढ़ने लगे।

राजकुमारी सबसे आगे थी उनके बगल में खौर और बिणु फिर मगर और मंत्री काऊ उनके ठीक पीछे ललित और गोपाल और अंत में जयंत और गिरीश सभी धीरे-धीरे आगे बढ़ रहे थे।

तभी अचानक सामने से आते दो सैनिकों ने उन्हें देख लिया, वे महल की तरफ चिल्लाते हुए दौड़े, 'हमला हो गया, हमला हो गया', जैसे ही खौर और बिणु ने उन्हें देखा वे उनके पीछे दौड़े और उनके राजभवन पहुँचने से पहले ही उन्हें मौत के घाट उतार दिया। परन्तु उनकी चिल्लाने की आवाज सुनकर सभी सैनिक चौकन्ने हो गए। अचानक हर तरफ से सैनिक दौड़ कर उनकी ओर आने लगे, खौर और बिणु ने सामने का मोर्चा संभाल लिया।

मगरमच्छ और मंत्री काऊ युद्ध में कूद गए, राजकुमारी ने भी अपने धनुष पर तीर चढ़ा लिया था। वे एक-एक को चुन-चुन कर मारने लगे । दाएं तरफ से दो बोने सैनिक दौड़ते हुए आए, राजकुमारी ने उन दोनों को एक साथ एक तीर से खत्म कर दिया। गोपाल, ललित, गिरीश और जयंत बीच में खड़े थे, उन तक कोई पहुँच ही नहीं पा रहा था।

जयंत सभी को लड़ता देख परेशान हो रहा था, 'एक को तो मैं भी मारूँगा' जयंत जोश में बड़बड़ाया।

बाएँ तरफ से एक सैनिक भागता हुआ जयंत की तरफ आ रहा था, उसे देख जयंत ने अपना भाला उठा लिया, वह उसे मारने के लिए तैयार हुआ परन्तु राजकुमारी ने एक तीर छोड़ा और वो बोन वहीं पर ढ़ेर हो गया। जयंत ने मुड़कर राजकुमारी की ओर देखा।

वह उन्हें बोलना चाहता था कि वह भी सहायता करना चाहता है पर फिर वह रुक गया क्योंकि उनके पास अभी समय नहीं था कुछ सुनने का।

दूसरी तरफ गोपाल दाएँ और बाएँ बस अपनी गर्दन घुमा कर ये गिन रहा था कि कुल कितने सैनिकों को उनकी टीम मार रही है।

12 अभी तक का स्कोर था राजकुमारी ने अपने तीरों से 4 को और मार दिया। खौर और बिणु भी तेजी से उन पर कूद कर उन्हें मार रहे थे। मगर का स्कोर गिनने में थोड़ी परेशानी हो रही थी क्योंकी उसने अपने तेज पंजों से उन्हें बीच से चीर दिया था उस दृश्य को देखना भी संभव नहीं था।

ललित अलग ही अपनी उलझन में उलझा हुआ था, उसको समझ नहीं आ रहा था कि वो अपनी तलवार से पहले गर्दन पर वार करे या तलवार सीधे पेट में डाल दें। वह बड़बड़ा रहा था, 'कहीं मैंने उसकी गर्दन पर तलवार चलाई लेकिन उसने मेरे पेट में तलवार घुसा दी या मैंने उसके पेट में तलवार घुसाई और उसने मेरी गर्दन उड़ा दी तो, ऐसे तो मैं ही मारा जाऊँगा'ललित सोचते-सोचते आगे बढ़ रहा था। वे सभी, बोने सैनिकों को मारते हुए धीरे-धीरे महल की तरफ बढ़ रहे थे।

गिरीश के पास दो खंजर थे, जिसमें से उन्होंने एक अपने हाथ में पकड़ा हुआ था और दूसरा बाएँ पैर के मौजे में छुपाया हुआ था।

"आज मैं कम से कम पाँच को तो मारूँगा, इन्होंने मेरे ऊपर अब तक जो भी अत्याचार किए हैं मैं सबका हिसाब लूँगा। आने दो मेरे पास, मैं बताऊँगा इन काले-भूरे बौनों को" - गिरीश खंजर को एक हाथ से दूसरे हाथ में फैक रहे थे और उन बौनों को मारने का बेसबरी से इन्तजार कर रहे थे।

इधर खौर और बिणु दोनों में मारने की प्रतियोगिता चल रही थी, कभी बिणु आगे होता, तो कभी खौर और कभी मुकाबला बराबरी पर रहता।

मंत्री काऊ भी अपनी तलवार से सिरों को ऐसे काट रहे थे जैसे कोई मक्खन को चाकू से काटता है।

जमीन पर खून ही खून था, ऐसा लग रहा था जैसे खून की कोई नदी उस महल में बह रही हो।

जैसे ही ये सभी राजमहल के करीब पहुँचे, उन्हें देखकर बोने सैनिकों ने युद्ध का शंकनाद कर दिया था।

*****

अध्याय 22

मंत्री काऊ, राजकुमारी के पास आए और बोले, "राजकुमारी जी ये शंक नाद इस बात का प्रतीक है कि रोगमल को पता चल चुका है कि हम राजमहल के अंदर पहुँच गए हैं"

राजकुमारी ने गुस्से से अपनी तलवार को जोर से छटका जिससे उस तलवार पर लगा रक्त साफ हो गया और तलवार की धार फिर से चमकने लगी।

"तो पता लगने दो उसे, आज उसका वध मेरे हाथों निश्चित है" - राजकुमारी आध्या आक्रोशित होते हुए बोली। जैसे उनके सिर पर खून सवार हो, उनकी आँखें गुस्से से बड़ी और लाल हो गई थी। इतना बोलकर वो आगे बढ़ने लगी।

शंक की आवाज सुनकर चारों सेना नायकों ने अपनी सेना को आदेश दिया और रोगमल के मुख्य द्वार पर हमला कर दिया। राजकुमारी आध्या की सेना ने रोगमल की सेना पर दोनों तरफ से हमला कर दिया। रोगमल की सेना को जब तक हमले का आभास हुआ तब तक उनके आधे से ज्यादा सैनिक मारे जा चुके थे, जिससे उनकी सेना का मनोबल कम हो रहा था। रोगमल के सैनिकों को समझ नहीं आ रहा था कि वे राजमहल के अंदर भागे या युद्ध करने राजमहल के बाहर जाए। वे आधे-आधे बँट चुके थे जिससे उन सैनिकों में अफरा-तफरी मच गई और बहुत से सैनिक डरकर अपनी जान बचाने को इधर-उधर भागने लगे।

एक सैनिक रोगमल के पास राजभवन में भागते हुए आया और घबराते हुए बोला, " महाराज हमला हो चुका है हम पर,

राजभवन के अंदर से भी और बाहर से भी! राजकुमारी आध्या और उनकी सेना यहाँ कभी भी पहुँच सकती है", वह बहुत घबराया हुआ था उसके चेहरे पर मौत का खौफ साफ नजर आ रहा था।

"तो तू युद्ध छोड़कर हमें ये बताने के लिए यहाँ आ गया"- रोगमल उसे घूरते हुए गुस्से में बोला।

'कायर', और उसने अपनी कमर पर बंधे खंजर को पूरी जान से उस सैनिक की तरफ फेंका, खंजर उसकी गर्दन पर जाकर लगा और वो वहीं पर मर गया।

तभी राजमहल में राजकुमारी आध्या और उनके साथियों ने कदम रखा, वहाँ एक तरफ रोगमल के मंत्री थे, दूसरी तरफ सेनानायक और बीच में रोगमल अपने सिंघासन के आगे खड़ा था।

उन सबके बीच में वह सैनिक मरा पड़ा था।

राजकुमारी के एक तरफ खौर, बिणु और मंत्री काऊ खड़े थे, दूसरी तरफ गिरीश और मगर, उनके ठीक पीछे ललित, गोपाल और जयंत खड़े थे।

वहाँ मौजूद सभी उन्हें देखकर चौंक गए। वहाँ बैठे मंत्रियों, सेना नायकों को ये भरोसा नहीं हो रहा था कि शंक नाद होते ही यह सभी कैसे इतनी जल्दी अंदर आ गए। रोगमल ने जब राजकुमारी को देखा तो उसके माथे पर चिंता की लकीरें उभरने लगी परन्तु उसकी नजर जैसे ही मंत्री काऊ पर गई, वह जोर से हंसने लगा।

"हा... हा... हा..." हँसते हुए वह दोनों हाथों को अपने सिंघासन पर पटकने लगा।

दरबार में हलचल मच गई, वहाँ मौजूद सैनिकों ने रोगमल के चारों तरफ सुरक्षा घेरा बना लिया।

रोगमल हँसते-हँसते अपनी दाढ़ी खुजा कर राजकुमारी की ओर देखकर बोला, "मंत्रियों, देखो तो कौन आया है, हमारी प्यारी नन्ही राजकुमारी, हमें मारने आई है" - रोगमल जोर से हँसते हुए बोला। उसकी वो गुस्से से भरी हुई हंसी राजभवन में गूँजने लगी।

"अपने छोटे-छोटे हाथों से मुझे कैसे मरोगी राजकुमारी जी। ये मेंढक, चूहा और मगरमच्छ....ये मेरा मुकाबला करेंगे? चलो ये सब तो ठीक है, पर ये चार परदेसी इन्हे भी मरवाने के लिए यहाँ ले आई और मंत्री काऊ धोखेबाज, कायर, नमक हराम, मुझे पहले ही तेरी बलि दे देनी चाहिए थी। हमारे टुकड़ो पर पलने वाले, हमें ही तू मारने आया है", रोगमल गुस्से से लाल-पीला होकर मंत्री काऊ पर गुर्राया।

"मैं, नैनीताल की राजकुमारी आध्या" - राजकुमारी आध्या ने दो कदम आगे आकार जोर से कहा। उनकी आवाज राजभवन में गूँजने लगी। जिसे सुनकर वहाँ सभी लोग शांत हो गए।

"मैं आप सब को एक मौका देना चाहती हूँ, यदि आप सभी मेरे सम्मुख आत्म समर्पण कर दें, तो मैं आप सबकी जान बक्श दूँगी, नहीं तो आज इस राजभवन में हमारे सिवाए कोई नहीं बचेगा, ये मैं आपसे वादा करती हूँ। रोगमल की मृत्यु आज निश्चित है और जो इसका साथ देगा उसकी मृत्यु भी। नैनीताल के उज्जवल भविष्य के लिए जो मेरे साथ है वो पीछे हट जाए और जो मेरे साथ नहीं हो, वो सभी परिणाम भुगतने के लिए तैयार रहे" – राजकुमारी का एक-एक शब्द राजभवन में गूंजने लगा।

वहाँ सभी मौन थे वो, सिर्फ राजकुमारी को देख और सुन रहे थे।

यह देखकर रोगमल का गुस्सा साँतवे आसमान पर था, "ये लड़की मेरे खिलाफ इतना बोल रही है और तुम बेवकुफ उसे सुन

रहे हो। रोगमल तिलमिलाते हुए जोर से बोला, 'खड़े क्यों हो कायरों, खत्म कर दो इन सब को", रोगमल का आदेश पाते ही सिपाही राजकुमारी की तरफ बढ़ने लगे।

रोगमल ने अपने अंगरक्षकों का घेरा तोड़ना चाहा तभी उसके मुख्य अंग रक्षक ने उसे चेताते हुए कहा "महाराज आप आगे मत जाइए, आगे आपकी जान को खतरा है"

रोगमल मुख्य अंग रक्षक की आँखों में देखते हुए बोला "तुम कायर हो मैं नहीं,मैं अजर अमर हूँ, मुझे कोई नहीं मार सकता। ये छोटी सी लड़की मेरा क्या बिगड़ेगी, जाओ, उसका सिर मेरे लिए लाओ....जाओ...." - रोगमल ने अपने अंगरक्षकों को धिक्कारते हुए बोला।

"महाराज, हम आपकी सुरक्षा के लिए हैं, हम आपको छोड़ कर नहीं जा सकते" – मुख्य अंगरक्षक ने रोगमल के सामने हाथ जोड़ते हुए कहा।

"मुझे कायरों से अपनी रक्षा नहीं करवानी, तुम सभी जाओ और इन सब को खत्म कर दो, जाओ" - रोगमल तिलमिलाते हुए बोला।

"सैनिक अपनी जान दे सकता है लेकिन 'कायर' शब्द नहीं सुन सकता। वो बहादुर है और हमेशा बहादुर रहेगा, मरेगा, लेकिन कभी भी पीछे नहीं हटेगा" - मुख्य अंगरक्षक, रोगमल की आँखों में देखते हुए रोष में बोला। उसकी आँखें लाल हो गई थी।

अंगरक्षक को रोगमल की कायर वाली बात चुभ गई। पहली बार उसे किसी ने उसी के सैनिकों के सामने इतना बेइज्जत किया था। मुख्य अंगरक्षक अपने साथी सैनिकों को युद्ध में कूदने का आदेश देते हुए खुद भी युद्ध में कूद गया। अब रोगमल अकेला अपने

सिंघासन पर बैठा युद्ध को देख रहा था। उसके कुछ मंत्री काऊ को देखकर और राजकुमारी की बातें सुनकर अपनी जगह से पीछे हट गए।

वहीं दूसरी तरफ राजकुमारी अपने तीरों से सैनिकों को मार रही थी।

'34', बिणु चिल्लाते हुए आगे बढ़ा। उसने एक सैनिक की गर्दन अपनी तलवार के प्रहार से धड़ से अलग कर दी।

तभी '33', चिल्लाते हुए खौर ने आगे बढ़कर एक का सिर धड़ से अलग किया और पीछे मुड़कर उसने एक के पेट में तलवार पूरी घुसा दी और '34' चिल्ला कर फिर खौर ने बिणु की तरफ मुस्कान के साथ देखा।

'35', चिल्लाते हुए खौर आगे बढ़ा। बिणु और खौर ऐसे सैनिकों को काट रहे थे जैसे कोई गाजर मूली को काटता है।

मगरमच्छ ने एक सैनिक की गर्दन पकड़ ली और उसका दम घोंट कर उसे मार दिया। आगे बढ़ते हुए दो सैनिकों ने मगरमच्छ पर एक साथ हमला करने के लिए वे अपनी तलवारें हवा में ऊपर ले गए, मगरमच्छ ने दोनों की गर्दन अपने दोनों पंजों से पकड़ ली। मगर की पकड़ इतनी मजबूत थी कि उसकी गर्दन का कचुम्बर बन गया वो दोनों वहीं पर खत्म हो गए।

जयंत के सामने एक सैनिक दौड़ता हुआ आया। जयंत ने भी अपना भाला उसकी गर्दन के आर-पार कर दिया। उसके भाले ने खून को पहली बार चखा था, जयंत जोश से चिल्लाया और आगे बढ़ने लगा। अब उसे कुछ नजर नहीं आ रहा था वो भाले को बस आगे पीछे करते-करते दुश्मनों को मौत के घाट उतार रहा था।

सभी सैनिकों को मारते हुए आगे बढ़ रहे थे।

जयंत अपने भाले से अभी तक तीन सैनिकों को मार चुका था। गोपाल और गिरीश दोनों एक साथ कदम से कदम मिलाकर एक टीम की तरफ वार कर रहे। जब भी कोई सैनिक उनके पास आता, पहले गोपाल अपनी तलवार से उस पर वार करता फिर गिरीश अपने छोटे जेहरीले खंजर को उसके सीने में उतार देता। दोनों ने मिलकर अभी तक ऐसे ही कई सैनिक को मौत के घाट उतार दिया था।

वहीं दूसरी तरफ ललित की तलवार का स्कोर अभी भी शून्य ही बना हुआ था। हालाँकि वह सैनिक को आता देख अपनी तलवार को चारों तरफ जोर से घुमा रहा था परन्तु उसके पास पहुँचने से पहले ही जयंत और गोपाल उस सैनिक को वहीं ढेर कर देते।

उस राजभवन में हर तरफ लाशें ही लाशें पड़ी हुई थी और अभी भी वहाँ लाशों का सिलसिला चल ही रहा था। वह दृश्य बहुत ही भयावर था। हर कोई वहाँ किसी ना किसी को मार रहा था। ललित बहुत घबरा गया था, वह हर आवाज पर इधर-उधर देखने लगता। वहाँ हर कोई चिल्ला रहा था। कोई मारते हुए जोश में चिल्लाता तो कोई घायल होने पर दर्द में चिल्ला रहा था।

तभी जयंत के जोर चिल्लाने की आवाज आई। वह लड़ता हुआ आगे बढ़ रहा था कि अचानक उसके पीछे से एक सैनिक उसके सामने आया और उस पर हमला करने लगा। जयंत जोश में था उसने हमले से तो अपना बचाव कर लिया परन्तु जयंत ने जैसे ही अपने भाले से उस सैनिक पर वार किया उस बौने सैनिक ने भी तभी अपनी तलवार जयंत के पैर में पूरी ताकत से घुसा दी। जयंत दर्द में चिल्लाता हुआ नीचे लेट गया।

ललित ने जैसे ही जयंत को देखा वह भी जोर से चिल्लाया 'जयंत' की ओर भागता हुआ जयंत के पास आ गया। जयंत को घायल देख उसकी घबराहट गुस्से में बदल गई और बिना कुछ सोचे उसने अपनी पूरी ताकत से उस बैने सैनिक की गर्दन धड़ से अलग कर दी। यह पहली बार था जब ललित की तलवार ने दुश्मन का खून चखा था।

"भाई तू ठीक है ना" - ललित ने जयंत को सहारा देते हुए पूछा।

खून तेजी से निकले जा रहा था। ललित ने जल्दी से अपने कवच को खोला और जो उसने कवच के अंदर पहना था उस कपड़े को उतारकर उसे जयंत के पैर पर कस कर बांध दिया। जयंत ज्यादा खून निकलने के कारण धीरे-धीरे बेहोश होने लगा।

गोपाल और गिरीश दोनों भागते हुए जयंत और ललित के पास पहुँचे, उन्होंने उसे उठा कर एक सुरक्षित स्थान पर रखा।

"ललित तू इसके साथ यहीं पर रह, मैं और पापा सैनिकों को यहाँ आने से रोकते हैं" - गोपाल बोला।

तभी ललित गुस्से में बोला, "नहीं, मैं और तू जाएंगे, अंकल यहीं पर रहेंगे जयंत के साथ ....मुझे इन बौनों से बदला लेना है अपने दोस्त का, मैं एक को भी जिन्दा नहीं छोड़ूँगा", उसका पूरा चेहरा गुस्से से लाल हो गया और आँखों से आँसू भी टपकने लगे।

"जयंत तू यहीं पर रुक भाई, हम आते हैं" - इतना बोलकर ललित और गोपाल आगे बढ़ गए।

गिरीश, जयंत के साथ बैठ गए।

गोपाल की आँखें गुस्से से लाल हो चुकी थी। ललित बदले की आग में जल रहा था, उसका डर घबराहट अब गुस्से और

प्रतिषोड में बदल चुका था। गोपाल ने ललित का ऐसा रूप पहली बार देखा था। वो और गोपाल एक साथ युद्ध में दुबारा आ गए। वहीं राज़कुमारी के तीर अब खत्म हो चुके थे। खौर और बिणु भी थकने लगे थे लेकिन सैनिकों का आना रुक नहीं रहा था।

ललित दोनों हाथों में तलवार लिए आगे बढ़ता जा रहा था, ज़ो भी उसके सामने आ रहा था बिना कुछ सोचे वो उसे मौत के घाट उतार रहा था। गोपाल भी उसके साथ-साथ चलट हुआ अपनी तलवार से बौनों को मार रहा था।

मंत्री काऊ भागते हुए राजकुमारी के पास आए और बोले, "राजकुमारी जी अब फरसे को दिखाने का समय आ गया है, इन बौने सैनिकों का आना रुक ही नहीं रहा है, आप गोपाल, और ललित को अपनी ढाल बना कर आगे बढ़िए" - मंत्री काऊ इतना बोल कर सैनिकों को मारने लगे।

राजकुमारी ने अपनी कमर से उस सोने के फरसे को निकालते हुए उसके काले कपड़े को हटाया और जोर से बोली, 'नैनादेवी के नाम पर'.....'नैनीताल के नाम पर'.....

जैसे ही रोगमल ने उस फरसे को देखा वह डर गया और अपने आस -पास देखने लगा, उसके पास कोई भी सैनिक नहीं था। उसने पहले ही अपने मुख्य अंगरक्षक को 'कायर' बोल युद्ध में भेज दिया था। उसने मुख्य अंगरक्षक को सिंघासन से आवाज लगाई, लेकिन मुख्य अंगरक्षक ने उसे अनसुना कर दिया। रोगमल अपने व्यवहार के कारण अब वहाँ अकेला था। दो-तीन बार अपने सिंघासन से चिल्लाया लेकिन मुख्य अंगरक्षक नहीं आया। फिर रोगमल ने रोश में अपनी तलवार निकाली और बोला, "मुझे किसी से डर नहीं लगता"

खौर, बिणु, ललित और गोपाल, राजकुमारी को सैनिकों से बचाते हुए सिंघासन की ओर बढ़ रहे थे। अब उन बौने सैनिकों की सँख्या बहुत ज्यादा हो गई थी, ऐसा लग रहा था कि रोगमल की सारी सेना वहाँ आ गई हो।

खौर, बिणु, ललित और गोपाल उन्हें लगातार मारे जा रहे थे पर वे बौने सैनिक कम ही नहीं हो रहे थे। ये चारों भी थकने लगे थे, वे छोटे-छोटे बौने सैनिक उन पर हर तरफ से वार कर रहे थे। वे भी घायल होने लगे थे, तभी मगरमच्छ पीछे से उन्हें अपने पंजों से चीरता हुआ आया। मगरमच्छ को देखकर उन चारों को भी लड़ने की थोड़ी और ताकत मिल गई और उन सब ने राजकुमारी को सुरक्षित सिंघासन तक पहुँचा दिया।

राजकुमारी आध्या के आगे बिणु था, दाईं तरफ ललित, बाईं तरफ गोपाल और उनके ठीक पीछे खौर उनको सुरक्षा दे रहे थे और वो इन चारों के बीच में चल रही थी उनके हाथ में सिर्फ फरसा था और कोई हथियार नहीं। उनकी आँखो से खून बह रहा था वो बस हर कदम के आगे कदम रख रही थी। खौर, बिणु, ललित और गोपाल योद्धाओं की तरह युद्ध कर रहे थे और हर दिशा से सैनिकों को मौत के घाट उतार रहे थे। कोई भी सैनिक राजकुमारी के आस-पास भी नहीं आ पा रहा था। वो सब बस अपनी तलवार, भालों को चलाए जा रहे थे, जैसे वो कोई मशीन हो।

राजकुमारी, रोगमल से बस कुछ ही कदमों की दूरी पर खड़ी थी वो अचानक बिजली की रफ्तार से दौड़ती हुई राज सिंघासन तक पहुँची और रोगमल के सामने खड़ी हो गई। रोगमल अपनी तलवार निकाल कर राजकुमारी के सामने खड़ा था।

"चलो वार करो" - रोगमल चिल्लाया।

"आत्म समर्पण का एक और मौका देती हूँ मैं" - राजकुमारी ने फरसे को अपने हाथ में घुमाते हुए कहा।

"कभी नहीं" - रोगमल बोला और अपनी तलवार से पहला वार करने लगा।

राजकुमारी ने उसके वार को रोका परन्तु जैसे ही वो वार करने लगी रोगमल ने अपनी तलवार से उनके हाथ पर वार कर दिया। जिससे वह सोने का फरसा नीचे गिर गया और राजकुमारी के हाथ से खून बहने लगा। रोगमल हँसाकर बोला, "युद्ध से पहले फरसा ठीक से पकड़ना तो सीख लेती"। फिर वह अपने दूसरे वार के लिए आगे बढ़ा पर इस बार राजकुमारी ने अपने हाथ से उसके वार को रोका और वो पीछे हो गई।

रोगमल, राजकुमारी पर फिर से वार करने लगा। वह राजकुमारी को मार कर युद्ध को जल्दी खत्म करना चाहता था। तभी राजकुमारी गुस्से से उठी और लगातार उस पर उस सोने के फरसे से वार करने लगी। उनका हर वार पूरी ताकत से रोगमल पर बरस रहा था। ऐसा लग रहा था जैसे वे सालों का प्रतिशोध ले रही हो। उनके अगले वार से रोगमल की तलवार जमीन पर गिर गई। राजकुमारी ने फरसे को रोगमल की गर्दन पर रख दिया। उस फरसे की धार से रोगमल की गर्दन की ऊपरी खाल कटने लगी और खून बहने लगा। रोगमल दोनों घुटनों के बल जमीन पर बैठा था। राजकुमारी ने अभी भी उसकी गर्दन पर फरसा रखा हुआ था।

"बोल अपने सैनिकों को आत्म समर्पण के लिए" - राजकुमारी ने फरसे पर और वजन डालते हुए कहा।

"नहीं....मैं नहीं बोलूँगा, अभी मेरे अंगरक्षक आएंगे और तुझे तेरे माँ-बाप की तरफ बंदी बना लेंगे" - रोगमल चिल्लाया।

राजकुमारी ने गुस्से में फरसा हवा में उठा लिया और जैसी ही उसे रोगमल की गर्दन काटने के लिए नीचे ला रही थी कि तभी अचानक पीछे से मंत्री काऊ चिल्लाए, 'रुकिए..... रुकिए.....राजकुमारी जी'

खौर, बिणु, मगर, ललित और गोपाल राजसिंघासन के पास घेरा बना कर खड़े थे। मंत्री काऊ की आवाज सुनते ही सभी एक दूसरे को देखने लगते हैं।

सारा वातावरण शांत हो गया, राजकुमारी ने अपने फरसे को रोगमल की गर्दन के उसी भाग पर रखा था जहाँ वह पहले रखा हुआ था लेकिन इस बार फरसा हल्का गहरा चला गया था। मंत्री काऊ चैन की सांस लेते हुए तेजी से राजसिंघासन की तरफ बढ़ने लगते हैं।

मंत्री काऊ राजकुमारी के पास पहुँचे और रोगमल के सैनिकों को आदेश देते हुए बोले, "आप सभी अपने हथियार जमीन पर डाल दीजिए अब ये आपका महाराज नहीं है, राजकुमारी आध्या नैनीताल की राजकुमारी है और राजकुमारी आध्या आपकी और हम सभी की राजकुमारी है"

सभी सैनिकों ने अपने हथियार डाल दिए और बिणु जोर से चिल्लाते हुए नारे लगाने लगा 'राजकुमारी आध्या की जय हो जय हो"

'नैनादेवी की जय हो.... '
'नैनीताल की जय हो....।'

*****

अध्याय 23

ललित और गोपाल युद्ध रुकने के बाद दौड़ते हुए जयंत से मिलने चले गए। जयंत दर्द से करहा रहा था। गिरीश उसके पैरो को अपनी जाँघ के ऊपर लिए बैठे थे। उन्होंने जयंत के पैर को कपड़े से बाँधा हुआ था। जयंत होश में तो था लेकिन उसे दर्द बहुत हो रहा था। ललित और गोपाल भागते हुए जयंत के पास पहुँचे, उनको देखते ही जयंत के चेहरे पर मुस्कान आ गई।

"क्या हुआ, हम जीत गए? - जयंत दोनों हाथों के सहारे उठते हुए पूछने लगा।

"हाँ हम जीत गए....लेकिन तू आराम से लेटा रह" - गोपाल बोला।

"ये........."- चिल्लाते हुए जयंत एक टाँग पर खड़े होने की कोशिश करने लगा अचानक उसे दर्द हुआ और वो धड़ाम से गिरने ही वाला था कि ललित ने उसे सहारा देते हुए कहा, "आराम से यार"

"बताओ मुझे, क्या हुआ, कैसे हुआ....सब कुछ, रोगमल मारा गया, उसकी गर्दन कहाँ है? - जयंत ने उत्साहित होते हुए पूछा।

"भाई आराम से.....तू बैठ जा पहले, फिर हम तुझे सब बताते हैं" - गोपाल और ललित, उसको सहारा देकर नीचे बिठा दिया और खुद भी उसके बगल में बैठ गए।

ललित और गोपाल उसे सब एक-एक करके बताते हैं। गिरीश भी उनकी बातों का आनंद लेगे।

वहीं दूसरी तरफ राजकुमारी ने मंत्री काऊ से पूछा, "आपने मुझे क्यों रोका?"

मंत्री काऊ ने उन्हें बताया कि, " राजकुमारी जी, मेरा आपको रोकना जरूरी था क्योंकि हमें अभी इसकी आवश्यकता है, अगर हम इसे मार देंगे तो अँधेरी गुफा में बंदी महाराज और महारानी को कैसे छुड़ाएँगे? अभी आप राज सिंघासन पर बैठिए और इसे बंदी बना कर कारावास में डालने का आदेश दीजिए"

राजकुमारी को मंत्री काऊ की बात में दम लगा और उन्होंने बात मान ली, वो राज गद्दी पर बैठी, जहाँ उनके पिताजी बैठते थे। उनके बैठते ही सेना नायकों ने युद्ध समाप्ति का शंक नाद किया, उन्होंने तीन बार हर दिशा में शंक नाद किया जिसकी आवाज चारों तरफ गूँजने लगी।

"जो हमारे सैनिक मुख्य द्वार के बाहर खड़े है उन्हें अंदर लाया जाए और जो इस सेना के वीर सैनिक हमारी सेना में आना चाहते है उन्हें उसी औधे और सम्मान से सेना में शामिल किया जाए और जो नहीं आना चाहते उन्हें कारागार में डाल दिया जाए, इस दुष्ट रोगमल को अंध कारागार (एक छोटा कारागार जहां सिर्फ अंधेरे ही अंधेरा होता है) में डाला जाए" - राजकुमारी ने सिंघासन पर बैठ कर अपने सेना नायकों को आदेश दिया।

राजकुमारी की सेना जो बाहर बहादुरी से युद्ध कर रही थी, जैसे ही उन्हें शंक की आवाज सुनी उन्हें यह पता चल गया कि वे युद्ध जीत गए है। उनका उत्साह चौगुना हो गया और वो सभी राजमहल की तरफ दौड़ने लगे। वो चारों दिशाओं से दौड़ते हुए राजमहल के अंदर पहुँच गए।

"सेना नायकों, जो भी घायल सैनिक है उन सबको इलाज के लिए तुरंत ले जाया जाए और जो अपनी मात्र भूमि के लिए शहीद हुए है उन सभी सैनिकों को चाहे वो हमारे हो या रोगमल के, सभी को सम्मान पूर्वक अंतिम श्रद्धांजलि दी जाये" – राजकुमारी ने आदेश दिया उनसे आज्ञा लेकर सेना नायक अपनी सेना की टुकड़ियों के साथ काम में लग गए।

"मंत्री जी आप पुरोहितों को बुलवाइए जिन्होंने महाराज और महारानी को अँधेरी गुफा में कैद किया था" - राजकुमारी ने मंत्री काऊ को आदेश देते हुए कहा।

"जी राजकुमारी जी" - इतना बोलकर मंत्री काऊ सिंघासन के पीछे के रास्ते से चले गए।

राजकुमारी आध्या अपने सिंघासन से उठी और चारों तरफ देखने लगी फिर उन्होंने खौर और बिणु से पूछा, "वे सभी परदेसी कहाँ पर है?"

"राजकुमारी जी, जयंत जी को पैर में गहरी चोट लगी है वो युद्ध के दौरान घायल हो गए थे, गोपाल, ललित और गिरीश जी सभी उनके पास ही होंगे" - बिणु ने बताया।

"चलिए, हमें उन सभी से मिलना है" - इतना बोलकर राजकुमारी सिंघासन से उठी और चलने लगी, पीछे-पीछे खौर और बिणु भी उनके साथ चलने लगे।

ललित मिर्च मसाला लगा कर जयंत को कहानी सुना रहा था। जयंत, गोपाल और गिरीश के साथ मिलकर ललित की बातों पर ठहाका लगा रहा था।

जब राजकुमारी आध्या वहाँ पहुँची तो सभी खड़े हो गए, जयंत भी खड़े होने की कोशिश कर रहा था।

"आप बैठे रहिए" - राजकुमारी ने जयंत को कहा।

जयंत फिर भी खड़ा होने की कोशिश कर रहा था। ललित और गोपाल ने उसे सहारा दिया।

"आप सभी का धन्यवाद, आपने हमारे लिए युद्ध में भाग लिया, हम हमेशा आपके क्रिणी रहेंगे" - राजकुमारी ने भावुक शब्दों में कहा।

"मैं आपसे थोड़ी देर में मिलने आऊंगी, अभी कुछ जरूरी कार्य करने है मुझे, इन सभी के लिए विशिष्ट अतिथि गृह में विशेष प्रबंध किया जाए और राजवैद्य को इनकी सेवा में लगाया जाए" - राजकुमारी ने खौर और बिणु को आदेश दिया और फिर वो वहाँ से चली गई।

मंत्री काऊ पाँच पुरोहितों के साथ सिंघासन के पास खड़े थे। जिसमें से एक मुख्य पुरोहित थे। उनके पूरे माथे पर राख लगी हुई थी, गले में रुद्राक्ष की तीन मालाएं और हाथों में एक कमंडल था। बाकी चारों पुरोहितों के गले में मानव की हड्डियों से बनी मालाएं थी और हाथ में लकड़ी से बनी छड़ी जो कि दो फुट के आस-पास लम्बी थी। वे चारों मुख्य पुरोहित के पीछे खड़े थे। राजकुमारी को देखते ही सभी पुरोहितों हाथ जोड़कर उनके सामने खड़े हो गए।

"आज्ञा दें राजकुमारी जी" - मुख्य पुरोहित ने बड़े ही आदर से कहा।

"हमें महाराज और महारानी को इस राजगद्दी पर फिर से विराजमान करना है ये आपकी जिम्मेदारी है, आप हमारे देश के मुख्य पुरोहित है" - राजकुमारी ने कहा।

"जो आज्ञा राजकुमारी जी, हमे अभी चलना होगा यात्रा लम्बी और कठिन है" - मुख्य पुरोहित ने सिर झुकाते हुए कहा।

"मैं सदैव तैयार हूँ, महाराज और महारानी के लिए, मैं उन्हें मुक्त कराने के लिए कठिन से कठिन यात्रा करने के लिए भी तैयार हूँ" - राजकुमारी बोली।

तभी खौर और बिणु दौड़ते हुए राजकुमारी के सामने आए, "हम भी चलेंगे आपके साथ राजकुमारी जी", दोनों ने सिर झुकाते हुए कहा।

"आप यहाँ है तो अतिथियों के साथ कौन है? - राजकुमारी ने चौंकते हुए पूछा।

"आप चिंता ना करे राजकुमारी जी, वहाँ मगर है उनकी सेवा में और हम यहाँ आपकी सेवा में" - बिणु ने गर्व से कहा।

युद्ध के बाद पहली बार राजकुमारी के चेहरे पर मुस्कान आई।

"चलो ठीक है आप हमारे साथ चलिए" - राजकुमारी बोली।

"राजकुमारी की जय हो, राजकुमारी की जय हो" - बिणु और खौर खुशी से चिल्लाते हुए नारे लगाने लगे।

"रोगमल चाहिए अँधेरी गुफा के लिए" - मुख्य पुरोहित ने राजकुमारी से कहा।

"रोगमल को हमारे सामने लाया जाए" - राजकुमारी ने तभी अपने सेना नायक को आदेश दिया।

कुछ ही पलों में रोगमल, राजकुमारी के सामने लाया गया। उसके हाथों और पैरों को लोहे की बेड़ियों से बाँधा हुआ था और उसके सिर को काले कपड़े से ढका हुआ था।

पाँचों पुरोहित, राजकुमारी, मंत्री काऊ, खौर, बिणु और दो सिपाहि रोगमल को लेकर अँधेरी गुफा की कठिन यात्रा पर निकल गए।

*****

अध्याय 24

पुरोहितों ने सभी को जंगल के माया जाल के बारे में बताते हुए कहा, "आप सभी से एक निवेदन है कि अपनी आँखें ना खोलें, चाहे कैसी भी आवाज या आहाट सुनाई दे"

रोगमल को सिर से लेकर कंधों तक उसे काले कपड़े से ढका हुआ था। जिसके कारण उसे कुछ भी दिखाई नहीं दे रहा था। कई बार वो चलते-चलते नीचे भी गिर जाता। फिर पीछे से दो सैनिक उसे भाले की नुकीली नौंक चुभा कर खड़े होने का आदेश देते और वो फिर से खड़ा होता और लड़खड़ाता हुआ चलने लगता। ये सिलसिला बदस्तूर जारी था।

राजकुमारी के साथ पाँचों पुरोहित, खौर, बिणु और मंत्री काऊ घने जंगल के रास्ते पर एक के पीछे एक चल रहे थे। पुरोहित सबसे आगे मंत्रोउच्चारण करते हुए पीपल की सूखी पत्तियों का बारीक पीसा हुआ चूरा मंत्र के शुरुआत और अंत में एक चुटकी से हवा में उड़ाए जा रहे थे। मुख्य पुरोहित चारों दिशाओं में अपने कानों और ध्यान द्वारा नजर रखे हुए थे। वह आँखे बंद कर लगातार मन में मंत्रोउच्चारण कर रहे थे।

उस जंगल का एक हिस्सा पार करने में आधी रात हो गई और चारों तरफ अँधेरा और बढ़ने लगा।

"रुको" - अचानक मुख्य पुरोहित बोले, उनकी आँखे अब भी बंद थी।

सभी रुक गए और अपने चारों तरफ देखने की कोशिश करने लगे, वहाँ इतनी शांति थी अगर कोई सूखा पत्ता भी गिरे तो उसकी भी आवाज सुनाई दे जाए।

"हम पहुँच गए हैं" - मुख्य पुरोहित ने कहा।

चारों तरफ अँधेरा था किसी को भी एक-दूसरे का चेहरा तक सही से नहीं दिखाई दे रहा था।

"अब आप लोग मशालें जला सकते हैं, लेकिन ध्यान रहे उसकी लौ ज्यादा ऊँची ना हो" - मुख्य पुरोहित बोले।

जैसे ही खौर और बिणु ने मशालें जलाई, वे एक दुसरे को देखकर डर गए और उन दोनों की चीख निकल गई।

"क्या हुआ? - राजकुमारी ने पूछा।

सभी एक दूसरे को देखकर चिल्लाने लगे। सिवाए उन पाँच पुरोहितों और मंत्री काऊ के।

सभी का रंग काला हो गया था बिलकुल काला, उनकी आँखों के रंग को छोड़ कर सब कुछ काला हो गया था।

"आप सभी शांत जो जाइए, ये इस जंगल का मायाजाल है, जो भी इस जंगल में बिना इसे जाने आते है वे इसके मायाजाल से भ्रमित हो कर एक दूसरे की जान ले लेते हैं" - मंत्री काऊ ने समझाते हुए कहा।

सभी पुरोहित अभी भी मंत्रों का उच्चारण कर रहे थे।

"अगर एक बार भी पुरोहितों का मंत्रोउच्चारण रुक जाएँ तो हम यहीं पर मृत्यु को प्यारे हो जायेगें, आप सभी शांत रहिए, सब ठीक हो जाएगा, इसलिए आप सबको आँखे बंद करके चलने के लिए कहा गया था, ये अँधेरी गुफा का रास्ता है ही ऐसा" - मंत्री काऊ बोले।

"तो अब आगे क्या, कहाँ है गुफा" - राजकुमारी ने फिर से अपनी आँखे बंद करते हुए पूछा।

"बस कुछ क्षण और, मंत्रोउच्चारण का अंतिम चरण चल रहा है" - मंत्री काऊ बोले।

पुरोहितों की आवाज धीरे-धीरे बढ़ने लगी। मुख्य पुरोहित ने अपनी आँखे धीरे-धीरे खोली और थाली से चन्दन अपनी दाएं हाथ की पांचो उँगलियों में लगाकर और हवा में स्वास्तिक का चिन्ह बनाने लगे। ऐसा लग रहा था जैसे वो किसी अदृश्य दीवार पर उसे बना रहे हों। लेकिन वहाँ पर ऐसा कुछ भी नहीं था। जैसे ही स्वास्तिक का निशान पूरा हुआ, मुख्य परोहित ने मंत्रोउच्चारण रोकने का आदेश दिया। मंत्रोउच्चारण रुक गए और अचानक उनके सामने एक काले रंग का विशाल पहाड़ प्रकट हो गया, जिसकी चौड़ाई और ऊँचाई उस अँधेरे जंगल में गायब हो रही थी। मुख्य पुरोहित और उनके साथी पुरोहितों ने उस अँधेरी गुफा के सामने दण्डवत प्रणाम किया और उन्हें देख पीछे खड़े सभी दण्डवत प्रणाम करने लगे।

"हे अँधेरी गुफा हम कुछ अधूरा कार्य को पूरा करने आपके समक्ष आए हैं और हम आपके लिए भेंट भी लाए हैं", पुरोहितों ने रोगमल को धक्का मार के आगे किया।

"हमारी भेंट स्वीकार करें और हमें अंदर जाने का रास्ता दिखाएं" - मुख्य पुरोहित ने दोनों हाथ जोड़ते हुए बड़ी ही नम्रता से कहा।

सभी काली गुफा की तरफ देख रहे थे। वो बड़ी चट्टान बीचों-बीच से दो हिस्सों में खुलने लगी। धरती हिलने लगी और उसकी आवाज इतनी तेज थी कि सभी ने आपने कान बंद कर लिए।

रोगमल को छोड़कर कोई गिरा नहीं। वो कभी इधर तो कभी उधर लुढ़क रहा था।

वहाँ सामने दो मनुष्यों के जाने की जगह बन गई थी।

सभी पुरोहित खड़े हुए और अंदर जाने के लिए सभी को इशारे करने लगे। खौर और बिणु एक दूसरे को देखकर भयभीत हो रहे थे, उन्होंने कहने पर भी अपनी आँखे बंद नहीं करी थी।

राजकुमारी को भी कुछ समझ नहीं आ रहा था कि ये सब क्या हो रहा है।

मुख्य पुरोहित, मंत्री काऊ के पास आए और बोले, "आप सभी के पास 24 घंटे का समय है। मैं और मेरे शिष्य यहीं पर आपकी प्रतीक्षा करेंगे। अगर आप 24 घंटे के भीतर इस गुफा से बाहर नहीं निकले तो फिर कभी नहीं आ पाएंगे"

"आपकी इस बात का पूरा ध्यान रखा जाएगा, हम 24 घंटे से पहले पहुँच जाएँगे: - मंत्री काऊ ने कहा।

सभी ने उस अँधेरी गुफा में धीरे-धीरे प्रवेश किया। अँधेरे में कोई फर्क नहीं था, सिर्फ मशालों की रौशनी के सहारे से वो सभी आगे बढ़ रहे थे और जैसे ही सब अंदर आए गुफा बंद हो गई। सब एक दूसरे की तरफ चौंक कर देखने लगे परन्तु मंत्री काऊ आगे बढ़े जा रहे थे।

करीब तीन घंटों से वे सभी उस गुफा में इधर-उधर घूम रहे थे लेकिन महाराज और महारानी का अभी तक कोई अता-पता नहीं था।

"हम कब से चलें ही जा रहे हैं परन्तु अभी तक हमें महाराज और महारानी का कोई भी सुराग नहीं मिला" - राजकुमारी आध्या, मंत्री काऊ की तरफ देखते हुए बोली।

सभी एक ही जगह पर रुक गए।

"राजकुमारी जी, ये अँधेरी गुफा मीलों तक फैली हुई है, अब ये हमें भी नहीं पता की महाराज और महारानी कहाँ पर होंगे। इसलिए आप धीरज रखिए हमें जल्द ही उनके दर्शन होगें" - मंत्री काऊ ने राजकुमारी को धैर्य देते हुए समझाया।

"कैसे धीरज रखे, हमे पता भी नहीं है वो कहाँ है, कब से बस हम चले ही जा रहे हैं और ये जो हमारे चेहरे और शरीर का रंग काला हो गया है ये कैसे ठीक होगा.... बताइए मंत्री जी" - खौर ने चिड़ते हुए पूछा।

"अब वो क्या बताएंगे, उन्होंने थोड़ी ना किया है हमें काला, वो भी तो काले हो गए हैं" - बिणु ने मंत्री काऊ का बचाव करते हुए कहा।

गर्मा गर्म नौक झोक के बाद फिर से सभी ने चलना शुरू किया। उन्हें चलते-चलते 6 घंटे बीत चुके थे। दूर एक रौशनी जैसा कुछ नजर आ रहा था। मंत्री काऊ ने इशारा करते हुए कहा, "वहाँ कुछ है शायद उस दिशा में, आगे बढ़ते रहिए", सभी मंत्री काऊ के पीछे-पीछे चलने लगे। वहाँ सामने एक कुटिया जैसी कुछ नजर आ रही थी। कुटिया को देखते ही राजकुमारी कि रफ्तार बढ़ने लगी ओर वो सबसे आगे चलने लगी, मंत्री काऊ ने उन्हें रोका और सावधान किया।

मंत्री काऊ सबसे आगे चलने लगे। फिर राजकुमारी आध्या उनके अगल बगल में खौर और बिणु चल रहे थे, और अंत में दो सिपाही रोगमल को रस्सी से बांधकर खिँचते हुए चल रहे थे।

सभी उस कुटिया से कुछ दूरी पर रुक गए। मंत्री काऊ आगे बढे और उन्होंने कुटिया के चारों तरफ एक चक्कर लगाया लेकिन

उन्हें वहाँ कोई भी दिखाई नहीं दिया। वो राजकुमारी के पास वापस आकर खड़े हो गए।

"यहाँ तो कोई नहीं है राजकुमारी जी, आगे चलते हैं" - मंत्री काऊ ने कहा ही था कि तभी कुटिया से आवाज आई।

"कौन है.... कौन है बाहर? - कुटिया के अंदर से एक महिला की आवाज आई।

"चले जाओ यहाँ से नहीं तो हम तुम्हें भस्म कर देंगे" - इस बार एक भारी मर्दाना आवाज कुटिया से आई।

उस आवाज को सुनकर सभी लोग चौंक गए।

"पिताजी" - राजकुमारी के मुख से निकला।

"महाराज" - खौर और बिणु ने एक साथ कहा।

राजकुमारी की आँखों से आँसू छलक गए थे। अपने माता-पिता की एक झलक पाने के लिए बेताब थी।

"महाराज और महारानी, राजकुमारी आध्या आपको इस अँधेरी गुफा से बाहर निकालने आई है" - मंत्री काऊ ने जोर से कुटिया की ओर देखते हुए कहा।

"आध्या राजकुमारी आध्या.....राजकुमारी आध्या....." - कुटिया के अंदर से उस महिला की भावुक आवाज आई।

"हम कैसे मान ले कि बाहर हमारी बेटी राजकुमारी आध्या ही है? - कुटिया के अंदर से उस मर्दाना आवाज ने पूछा।

"पिताजी, मैं ही हूँ आपकी बेटी....राजकुमारी आध्या" - राजकुमारी ने रोते हुए कहा। उनके आँखों से आँसुओं की धार बहने लगी।

खौर और बिणु की आँखें भी नम हो गई।

"आप सभी कुटिया से सात कदम दूर हो जाएँ और मशालों को पीछे की तरफ कर दें" - उस मर्दाना आवाज ने कहा।

"जैसी आपकी आज्ञा महाराज" - इतना बोलकर मंत्री काऊ और सभी सात कदम पीछे हो गए।

कुटिया के दरवाजे से महाराज और महारानी बाहर आए। वो वैसे ही काले दिख रहे थे जैसे मंत्री काऊ, राजकुमारी और अन्य! उनकी भी सिर्फ आँखे ही नजर आ रही थी।

"माँ.....पिताजी....." राजकुमारी रोते हुए उनके पास जाने के लिए आगे बढ़ी।

"रुको बेटी" - महारानी ने कहा।

"आज की शाम आप सभी हमारे मेहमान है, आइए हम सभी अंदर कुटिया में बैठकर बातें करते हैं"

मंत्री काऊ और राजकुमारी आध्या आगे बढ़ने लगे और उनके साथ खौर और बिणु भी, लेकिन उन दोनों को कुटिया की पहरेदारी करने के लिए महाराज ने आदेश दिया।

मंत्री काऊ, राजकुमारी आध्या, महाराज और महारनी कुटिया के अंदर गए।

अंदर से कुटिया हर तरफ से टूटी-फूटी थी, वे सभी जमीन पर बैठ गए। राजकुमारी अपने माता-पिता से मिलकर बहुत खुश थी। मंत्री काऊ भी महाराज और महारानी को देखकर खुश थे।

"आपने कोई मशाल नहीं जलाई? - मंत्री काऊ ने शंका से चारों तरफ देखते हुए पूछा।

"पहले हम रोजाना मशालें जलाते थे लेकिन एक दिन महाराज ने जैसे ही मशाल जलाई पूरी कुटिया में आग लग गई, तब

से हमने मशालें जलाना बंद कर दिया। पूरे तीन महीने लगे हमें दूसरी कुटिया बनाकर तैयार करने में" - महारानी बोली।

तभी महाराज उठे और बोले, "आप सभी इतना लम्बा सफर तय करके आए हैं" मैं आपके लिया कुछ फल ले आता हूँ, और कुटिया से बाहर चले गए।

"और बताओ कैसी हो बेटी? - महारानी ने राजकुमारी से पूछा।

राजकुमारी कुछ बोल पाती इतनी ही देर में महाराज एक फलों की टोकरी लेकर आ गए।

"ये लो बेटी खाओ आप भी लीजिए मंत्री जी" - महाराज ने फलों की टोकरी राजकुमारी आध्या के सामने रखते हुए कहा।

मंत्री काऊ उनकी रफ्तार देखकर अचंभित हो गए, वह झट से अपनी जगह पर खड़े हो गए।

राजकुमारी टोकरी से फल उठाने ही वाली थी कि तभी मंत्री काऊ ने ना आव देखा ना ताव अपनी तलवार म्यान से बिजली की रफ्तार से निकाली और महाराज के आर-पार कर दी और फिर दूसरे ही पल में उन्होंने महारानी को भी मौत के घाट उतार दिया।

राजकुमारी यह देखकर सहम गई। वो कुछ समझ पाती कि हुआ क्या, तभी मंत्री काऊ ने अपने दूसरे हाथ से बिना समय गँवाये अपनी कमर में बंधी रस्सी खोली, उसको जमीन पर पटका, पटकते ही उसमें से पाँच फुट की लम्बी आग की लपटें निकलने लगी। महाराज और महारनी, मंत्री काऊ और राजकुमारी के बीचों बीच अग्नि की पाँच फुट लंबी एक दीवार सी बन गई।

"ये आपने क्या किया? - राजकुमारी का गुस्सा साँतवे आसमान पर था उन्होंने चिल्लाते हुए कहा।

उस अग्नि की दीवार के दूसरी तरफ महाराज और महारानी के शरीर दो टुकड़ों में राजकुमारी के सामने पड़े हुए थे। राजकुमारी की चीख की आवाज सुनते हुए खौर और बिणु दौड़ते हुए मशालें लेकर कुटिया के अंदर आए।

राजकुमारी उठी और वो महाराज और महारानी के कटे शरीरों के पास जाने के लिए दौड़ पड़ी। मंत्री काऊ ने उन्हें पकड़ा...कुछ ही पलों में देखते-देखते वे कटे हुए शरीर काले धुँए में बदल गए। वो धुआँ उसी जगह घूमते -घूमते एक हो गया, अचानक उस धुँए से एक भारी और डरावनी सी आवाज आई, 'आज तो तुम सब बच गए हो, अगली बार नहीं बचोगे'! फिर वो काला धुआँ हँसते हुए कमरे से बाहर चला गया।

उसके जाने के बाद भी उसकी हँसी कुटिया में चारों तरफ गूँज रही थी। उसके जाने के बाद मंत्री ने राजकुमारी आध्या का हाथ छोड़ा और चैन की साँस ली

खौर, बिणु और राजकुमारी को कुछ समझ में नहीं आ रहा था। वो सभी अचम्भित और सहमे निशब्द अपनी जगह स्तम्भ की तरफ खड़े थे।

"ये सब क्या था...मंत्री काऊ जी" - बिणु ने भाव हीन आवाज में पूछा।

"चलिए, पहले आप सभी इस कुटिया से बाहर आइये फिर मैं आपको बताता हूँ, जो अभी यहाँ हुआ" - मंत्री काऊ ने लंबी-लंबी सांसे भरते हुए कहा।

"राजकुमारी आध्या जी आप ठीक तो है ना? - मंत्री काऊ ने बड़ी नम्रता से पूछा।

"हाँ हम ठीक है, कुटिया के अंदर ये सब क्या हुआ? - राजकुमारी आध्या ने अपने दोनों गालों से आँसू हटाते हुए पूछा।

"इस काली गुफा में अगर कोई मनुष्य वर्षो से बंद होते हैं भूख प्यास से मर जाते है और फिर उनकी आत्माएं यहीं रह जाती है। राजकुंमारी जी, उनको कभी शांति नहीं मिलती, वो आत्माएँ यहाँ भूत बन जाती है। जैसे की आपने अभी देखा, वो दोनों भूत थे, जिनकी आत्मा यहाँ भटकती रहती है। अगर कोई मनुष्य या जानवर इस अँधेरी गुफा में प्रवेश कर जाता हैं, तो ये उसके शरीर के अंदर प्रवेश करके उसको भीतर से खाना शुरू कर देते हैं और कुछ ही घंटों में उसके शरीर को नष्ट कर देते हैं" - मंत्री काऊ ने बताया।

ये बात सुन कर सभी दंग थे।

"आपको कब और कैसे पता चला कि ये महाराज और महारानी नहीं थे? - खौर ने आश्चर्य से पूछा।

"मुझे इन पर संदेह तब हुआ जब इन्होंने मुझसे कहा कि मशालें लेकर अंदर मत आना और आप दोनों को बाहर खड़े होने के लिए कहा। क्योंकि मशालें आपके हाथों में थी, भूत अग्नि से डर कर भाग जाते हैं। और मेरा संदेह यकीन में तब बदला जब वो हमारे लिए फल लेने गए। जिस बिजली की रफ्तार से वो गए थे उतनी ही तेजी से वो फल लेकर हमारे सामने आ गए। आम इंसान में इतनी रफ्तार का होना नामुमकिन है" - मंत्री काऊ ने उन्हें समझाते हुए कहा।

"और वो अग्नि की लपटें और दीवार, वो आपने कैसे किया? - बिणु ने जिज्ञासा से पूछा।

"वो मेरे मित्र की नई खोज है रास्ते में शायद जरूरत पड़ जाए, इसलिए मैं ले आया, उसने इसका नाम भी रखा है 'अग्नि कमरबंध' - मंत्री काऊ ने गर्व से बताया।

"हमारे लिए भी बनवा दीजिए अग्नि कमर बंध अपने मित्र से कहकर" - बिणु ने हल्की मुस्कान के साथ अनुरोध करते हुए कहा।

"हाँ-हाँ क्यों नहीं, उसे बेहद अच्छा लगेगा" -मंत्री काऊ ने कहा।

"वे भूत फल क्यों लाए थे और उन्होंने राजकुमारी को खाने के लिए क्यों दिए? - खौर ने आँखों की भौं को ऊपर करते हुए पूछा।

"ये अच्छा सवाल है" - मंत्री काऊ बोले। "वो इसलिए क्योंकि इन भूतों द्वारा दी गई भेंट अगर आप स्वीकार कर लेते हो तो आप उन्हें अपने शरीर में आने का आमंत्रण देते हो। अगर राजकुमारी उस फल को खाती तो वो भूत इनके शरीर में चला जाता और आगे तो आपको पता ही है"।

"क्या महाराज और महारानी इन भूतों से बच पाए होंगे इतने सालों तक? अब हम उन्हें कहाँ ढूँढे" - राजकुमारी हताश होते हुए बोली।

"वे इस गुफा से भली-भाँति परिचित है, उन्होंने कोई ना कोई रास्ता निकाल लिया होगा। हमें चलते रहना चाहिए राजकुमारी जी, हम जल्दी ही उनके पास पहुँच जाएंगे" - मंत्री काऊ ने उन्हें विश्वास दिलाते हुए कहा।

वे उस गुफा में पिछले नौ घंटों से महाराज और महारानी को ढूँढ रहे थे लेकिन उनका कुछ पता नहीं चल रहा।

कुछ और दूर चलते ही उन्हें एक और कुटिया दिखी जो हुबहू वैसी ही थी जैसी उन भूतों की कुटिया थी और इस बार भी कुटिया के अंदर कोई रौशनी नहीं थी।

राजकुमारी और वे सभी इसबार पहले से परिचित और अधिक सतर्क थे।

वे धीरे से कुटिया के पास पहुँचे;

"कौन है भीतर बाहर आइए, हम नैनीताल के राज घराने से आए हैं" - मंत्री काऊ ने कुटिया में आवाज लगाई।

"जो भी है सात कदम दूर खड़ा हो जाए" - ये आवाज और शब्द वैसे ही थे जैसे उस पहली कुटिया से आये थे।

आवाज सुनते ही सभी सात कदम पीछे खड़े हो गए।

कुटिया के अंदर से बिलकुल हुबहू वैसे ही एक महिला और पुरुष बाहर आए जिनका सामना उन्होंने अभी थोड़ी देर पहले ही किया था। उनकी बातें और आवाज हूबहू उन भूतों जैसी थी।

मंत्री काऊ आगे बढ़े इस बार उनके हाथ में मशाल थी, उन्होंने मशाल आगे करी और उनके चेहरे देखने की कोशिश करी। राजकुमारी पीछे खड़ी सब देख रही थी। उनके दिमाग में वो ही घटना चल रही थी जो अभी थोड़ी देर पहले घटित हुई थी।

"मंत्री काऊ इसे दूर कीजिए, अँधेरी गुफा में हमें रौशनी की आदत नहीं है, हमारी आँखों में तेज रौशनी लग रही है" – उस महिला ने मशाल से एक कदम पीछे हटते हुए कहा।

"महारानी जी...कैसी है आप" - मंत्री काऊ के चेहरे पर राहत और मुस्कान दोनों एक साथ आई।

"मंत्री काऊ.....मैं तो आपको पहचान ही नहीं पाया। पहली बार किसी मनुष्य की आवाज सुनी है यहाँ पर, नहीं तो अक्सर भूत ही आते हैं" - दूसरी तरफ से आवाज आई।

राजकुमारी पीछे से सभी बातें पूरे ध्यान से सुन रही थी लेकिन वो इस बार कोई जल्दी नहीं करना चाहती थी।

वो अपने आप को काबू करके बिणु और खौर के साथ खड़ी थी। बिणु और खौर को भी कुछ समझ में नहीं आ रहा था। वो अपनी

मशालों की जाँच कर रहे थे, उनकी लो कम होने लगी थी वहाँ ठंडी-ठंडी हवाएँ भी चल रही थी।

"महारानी और महाराज आप से एक अनुरोध है आप अपना हाथ बढ़ाइए" - मंत्री काऊ ने आग्रह किया।

महारानी और महाराज ने अपना हाथ आगे बढ़ाने के लिए जैसे ही हिलाया, मंत्री काऊ ने अपनी तलवार बिजली की रफ्तार से म्यान से निकाली और उनके हाथों को छुआकर वापिस म्यान में डाल रख दी। ये सब उन्होंने इतनी जल्दी किया कि महाराज-महारानी को पता भी नहीं चला और ना ही दूर खड़ी राजकुमारी, खौर और बिणु भी देखते ही रह गए। महाराज और महारानी के हाथों में छोटी से खरोंच लग गई थी।

"ये क्या गुस्ताखी है? - महाराज ने अपने हाथ को देखते हुए कहा। दोनों के हाथों से खून की एक-एक बूँद जमीन पर टपकी।

"अपनी गलती के लिए माफी चाहता हूँ महाराज, ये करना अनिवार्य था" - मंत्री काऊ ने आदरपूर्वक कहा।

"राजकुमारी आध्या जी अब आप अपने माता-पिता से मिल सकती है" - इतना बोलकर मंत्री काऊ एक तरफ हटकर खड़े हो गए।

जिन आँसुओ को रोक कर राजकुमारी आध्या दूर खड़ी सब देख रही थी आँखों से वे आंसू अपने आप बहने लगे। मंत्री काऊ के शब्द सुनते ही राजकुमारी ने दौड़ कर महारानी और महाराज को गले से लगाया और तीनों की आँखों से आँसुओ की गंगा बहने लगी।

वे तीनों इतने सालों बाद एक-दूसरे से मिले थे कि आंसू रुक ही नहीं रहे थे।

कुछ देर तक आलिंगन चला, फिर मंत्री काऊ ने कहा;

"महाराज......महारानी.....राजकुमारी जी......अब हमें यहाँ से चलना चाहिए, पुरोहितों ने हमें सिर्फ 24 घंटे का ही समय दिया है, फिर अँधेरी गुफा का द्वार हमेशा के लिये बंद हो जाएगा। हमें जल्द से जल्द यहाँ से प्रस्थान करना चाहिए, हमारे पास सिर्फ 10 घंटे ही है"।

"इस रोगमल का क्या करना है राजकुमारी जी? - सिपाही रोगमल को धक्का देकर महारानी और महाराज के सामने लाए।

"तो ये है रोगमल?" - महाराज ने उसे घूरते हुए पूछा।

"जी महाराज" - मंत्री काऊ बोले।

"मैं इसका सिर धड़ से अलग कर देती हूँ" - राजकुमारी अपनी तलवार निकालती हुई बोली।

"नहीं बेटी, इसे इस कुटिया में बांध दो" - महाराज बोले।

सिपाही उसे कुटिया के अंदर ले गए।

रोगमल को कुटिया से बांध कर वे गुफा से बाहर निकलने के लम्बे सफर पर फिर चल दिए। पर अब उन सबके चेहरों पर ख़ुशी और उनके दिल में राहत और सुकून था।

मंत्री काऊ सबसे आगे, महाराज-महारानी बीच में और सबसे पीछे राजकुमारी, खौर और बिणु के साथ चल रहे थे। उनके साथ-साथ वे दो सिपाही भी थे।

वापिस आठ घंटों की कठिन यात्रा के बाद, वे सभी फिर से उस अँधेरी गुफा के दरवाजे पर पहुँचे। गुफा के द्वार पर पुरोहित खड़े थे। उन्हें देखकर महाराज और महारानी ने प्रणाम किया। और दूसरी तरफ से पुरोहितों ने भी उन्हें प्रणाम किया।

पुरोहितों ने मंत्रोउच्चारण किया और सभी गुफा से बाहर आ गए। फिर पुरोहितों ने उस गुफा को मंत्रोउच्चारण के साथ हमेशा के लिया बंद कर दिया कर दिया।

*****

अध्याय 25

महाराज, महारानी और राजकुमारी महल के करीब आए, उनकी प्रजा उनके स्वागत में महल के द्वार पर खड़ी उनका इन्तजार कर रही थी। महल के सभी रास्ते हरे और लाल रंग की सजावट से सजे हुए थे। उनके आते ही फूलों की वर्षा आरंभ हो गई। महाराज, महारानी और राजकुमारी के नाम पर 'जय हो' के नारे चारों तरफ सुनाई दे रहे थे। सारी प्रजा महाराज और महारानी को एक झलक देखने के लिए उत्साहित थी। सबके चेहरों पर खुशी और उल्लास साफ नजर आ रहा था।

महाराज और महारानी अपने दोनों हाथों को जोड़कर सभी का अभिनंदन स्वीकार कर रहे थे। पाँचों पुरोहितों उनका मार्ग दर्शन करते हुए आगे-आगे चल रहे थे। राजकुमारी, महाराज और महारानी के पीछे, खौर, बिणु और मंत्री काऊ के साथ चल रही थी।

महाराज की जय हो,
महारानी की जय हो,
राजकुमारी की जय हो,
नैनादेवी की जय हो।

सारा राजमहल इन्हीं नारो से गूँज रहा था।

मंत्री काऊ, खौर और बिणु भी इस उत्साह की ऊर्जा को महसूस कर रहे थे। उनके चेहरे पर भी खुशी के भाव साफ नजर आ रहे थे।

सारी प्रजा अपने महाराज और महारानी को हर्ष और उल्लास के साथ राजमहल तक ले आए।

राजमहल में महाराज और महारानी को पुरोहितों ने मंत्रोउच्चारण सहित पूरे रीति रिवाज के साथ सिंघासन पर बिठाया। राजकुमारी और बाकि सब नीचे सिंघासन के सामने ही खड़े थे। मंत्रोउच्चारण की आवाज से पूरा राजमहल गूँज उठा।

मंत्रोउच्चारण की आवाज इतनी तेज थी कि वे महल के हर कोने तक पहुँचकर उसे शुद्ध कर रही थी। जब विशिष्टअतिथि गृह तक वो आवाजे पहुँची तो ललित चौंक कर बैठ गया।

"ये क्या हो रहा है! ये किसी भूत-वूत को तो नहीं बुला रहे हैं? ऐसा लग रहा है जैसे कोई सौ लोग एक साथ यज्ञ कर रहे हो" - ललित इधर उधर-देखते हुए बोला।

"बेटा, ये मंत्रोउच्चारण कि आवाज है सायद महाराज का राज्याभिषेक हो रहा है" - गिरीश ने अपनी आँखे खोलकर एक लम्बी मुस्कान के साथ कहा।

"मतलब" - ललित ने पूछा।

"अबे महाराज का राज्याभिषेक हो रहा है, उनके सिर पर मुकुट रखा जाएगा" - गोपाल अपने हाथों के सहारे उठते हुए बोला।

"इसका मतलब है राजकुमारी, महाराज और महारानी को सुरक्षित ले आई। हमें भी वहाँ होना चाहिए, यहाँ पर सो कर क्या करेगें। कहाँ बार-बार एक असली महाराज का राज्याभिषेक देखने का मौका मिलता है" - ललित ने उत्साहपूर्वक खड़े होते हुए कहा।

"यार अभी? - गोपाल ने उबासी लेते हुए पूछा।

"हाँ और मैं वीडियो भी शूट कर लूंगा अपने व्लॉग के लिए" - ललित खुश होते हुए बोला।

"अबे तेरा फोन कहाँ है तेरे पास....." – जयंत हँसते हुए बोला"।

अबे हाँ यार, फोन के बारे में तो मैं भूल ही गया था, चल कोई नहीं हम बिना फोन के ही राज्याभिषेक का आनंद ले लेंगे" - ललित बोला।

"एक मिनट मैं भी चलता हूँ" - गोपाल बोला।

"हाँ बेटा, हमें यहाँ से प्रस्थान करने का आग्रह भी करना है" - गिरीश बोले।

"हाँ यार, पता नहीं धरती पर क्या हो रहा होगा, हमारे परिवार को कुछ भी पता नहीं है हमारे बारे में और उन सबको हमारी कितनी फिक्र हो रही होगी" - ललित ने चिंता जताते हुए कहा।

"ठीक है, हम सभी समझ गए, फिलहाल अभी यहाँ से चलते हैं" - गोपाल ने कहा।

चारों तैयार होकर राजमहल की तरफ चल पड़े। वहाँ राजमहल में अभी भी मंत्रोउच्चारण चल रहा था। एक तरफ मंत्री बैठे हुए थे। दूसरी तरफ चारों दिशाओं के सेना नायक खड़े थे।

सिंघासन के दाएँ तरफ खड़े पुरोहित एक थाल लेकर आए जिसमें नैनीताल के महाराज और महारानी के मुकुट थे, वे दोनों मुकुट शानदार और बेहद खूबसूरत थे, उनका आकार गोल था, उसके सबसे ऊपर भाग पर एक लाल रंग का हीरा जड़ा हुआ था जो इस दुनिया में मिलना दुर्लभ था। उसकी चमक दिन में हरी और रात्रि के समय लाल रंग की होती थी। वे स्वर्ण मुकुट बेशकीमती हीरे, मोती और अनगिनत नगीनों से सजे हुए थे।

जयंत, गोपाल, ललित और गिरीश वहाँ भीड़ में सबसे अंतिम पंक्ति में जाकर खड़े हो गए। उनके आगे इतनी भीड़ थी कि उन्हें पैर

खिसकाने की जगह तक नहीं मिली। लेकिन वहाँ से भी उन्हें सबकुछ साफ-साफ दिखाई दे रहा था। क्योंकि वहाँ सभी बौने थे, उनकी कमर तक आ रहे थे।

जैसे ही मुख्य पुरोहित ने बड़ा मुकुट उठाया और महाराज की तरफ बढ़ने लगे। लोग उत्साहित थे और महाराज के जय जय कार के नारे लगा रहे थे। महाराज के सिर पर पुरोहित ने मुकुट को शुशोभित कर दिया। और फिर दूसरे मुकुट को उठा कर महारानी के सिर पर रखा। महारानी का मुकुट हूबहू महाराज की तरह था बस आकार में वो महाराज के मुकुट से छोटा था। मुकुट रखते ही महाराज और महारानी के जय जयकार से पूरा राजमहल गूँज उठा।

महाराज और महारानी 5 साल बाद अपने सिंघासन पर दुबारा बैठे थे। तभी महाराज अपने सिंघासन से उठकर दो कदम आगे आये और उन्होंने अपना दाहिना हाथ उठाया, उनके हाथ के इशारे से सभी शांत हो गए।

"हम आपके प्रेम और विश्वास के लिए सदैव आपके आभारी रहेंगे। आज भोज महल से सभी के घरों में पहुँचा दिया जाएगा और माँ नैनादेवी की आकृति का स्वर्ण का सिक्का भी सभी को हमारी तरफ से भेंट में दिया जायेगा"

महाराज का आदेश सुनकर चारों तरफ जय-जय कार होने लगी। प्रजा, महाराज और महारानी की लंबी आयु के लिए आशीर्वाद और प्रार्थना करने लगे। प्रजा उत्साह से नाचने गाने लगी। खुशी की नई लहर समस्त नैनीताल की प्रजा में फैल गई। प्रजा धीरे-धीरे जय-जय कार करती अपने घरों की ओर लौटने लगी।

राजकुमारी आध्या सिंघासन के पास गई और बोली, 'पिताजी परदेस से तीन लोग आए हैं', राजकुमारी आगे बोल ही रही थी महाराज सिंघासन से चौंकते हुए खड़े हो गए।

"कहाँ है वो तीन, कहीं वो तो नहीं, जो हमारे सामने खड़े है" - महाराज ने दाहिने हाथ से सामने की तरफ इशारा करते हुए पूछा।

"हाँ पिताजी वो ही हैं। इन सभी ने अपनी जान पर खेलकर रोगमल से युद्ध किया और हमारे नैनीताल को उस दुष्ट के हाथों से मुक्त कराने में हमारी सहायता की" - राजकुमारी ने कहा।

"आपका सपना सच हुआ महाराज" - महारानी ने महाराज की तरफ देखते हुए मुस्कुरा कर कहा।

"कैसा सपना पिताजी? - राजकुमारी आध्या ने अचंभित हुए पूछा।

"आज से पाँच साल पहले जब रोगमल के साथ हमारा युद्ध चल रहा था और उसने हमें धोखे से उस अँधेरी गुफा में बंधी बना दिया था, तब एक दिन मेरे सपने में माता नैना देवी आई, उन्होंने पूरे सोलह श्रृंगार किये हुए थे, माथे पर मांग टीका, गले में गलोबंध, नाक में नथ।

उनके चेहरे का तेज इतना तेज था कि मानों सौ सूर्य एक साथ रौशनी दे रहे हो। उन्होंने लाल रंग की साड़ी और पीले रंग की पिछोड़ी पहनी थी" - महाराज नैना देवी और अपने सपने के बारे में बताते-बताते खो गए और वो अपने उस दिन के सपने में चले गए।

उनके सपने में सामने माता नैना देवी बैठी हुई थी, उनका सिंघासन पूरा नैनीताल था। महाराज घुटनों पर अपने दोनों हाथों को जोड़कर उनके सामने बैठे हुए थे।

नैना देवी ने महाराज की तरफ देखा और उन्होंने मधुर आवाज में कहा, उनकी आवाज इतनी तेजस्वी थी कि उनका एक-एक शब्द चारों दिशाओं में गूँज रहा था।

"पुत्र, आज से कुछ साल पहले तुमने एक परदेसी को बंदी बना कर अपने कारागार में रखा था, उसको लेने के लिए परदेस से तीन युवक आएंगे और वो तुम्हें भी इस काली अँधेरी गुफा से मुक्त कर, तुम्हारा राजसिंहासन तुम्हें वापिस सौंपेगें" - इतना बोलकर माता नैना देवी अंतर ध्यान हो गई।

इतना बताकर महाराज ने राजकुमारी की तरफ देखा और कहा "मेरा सपना सच हुआ, ये सब माता नैना देवी का आशीर्वाद है", महाराज ने दोनों हाथ हवा में जोड़ते हुए आकाश की तरफ देखकर माता नैनादेवी को प्रणाम कर कहा।

"उन्हें यहाँ बुलाओ राजकुमारी"- महारानी बोली।

"चलिए हम ही उनके पास चलते हैं, आखिर हमारे मेहमान है वो" - तभी महाराज उठे और उनकी ओर चलने लगे। महारानी और राजकुमारी भी उनके पीछे-पीछे चलने लगे।

जैसे ही महाराज उनके पास पहुँचे गोपाल, जयंत, ललित और गिरीश सभी ने हाथ जोड़कर उन्हें प्रणाम किया। सभी के चेहरों पर हल्की मुस्कान थी पर ललित का चेहरा कुछ ज्यादा ही खिला हुआ था।

महाराज, गिरीश के सामने खड़े हुए और हाथ जोड़ते हुए बोले, "आपको देखकर अच्छा लगा गिरीश जी, आप एक खोजी है, आपके पिताजी भी एक खोजी थे और हमने आपको चोर समझ कर कारावास में डलवा दिया, हमसे गलती हो गई" - महाराज बोल ही रहे थे कि गिरीश ने उनके दोनों हाथों को पकड़ लिया और कहा,

"नहीं-नहीं महाराज आपको ये सब बोलने की कोई आवश्यकता नहीं है जिस जगह पर आप थे वहाँ पर राष्ट्र को सर्वोपरि रखना ही आपका धर्म था और आप ने वो ही किया"।

"हमने बहुत गलत किया आपके साथ, हमें अपने किए की सजा मिल गई" - महाराज बोले।

ऐसा लग रहा था जैसे महाराज को अपने किए पर पछतावा हो।

"महाराज, ये मेरा पुत्र है गोपाल" - गिरीश ने गोपाल की तरफ इशारा करते हुए कहा।

गोपाल ने दोनों हाथ जोड़कर सिर झुकाकर उन्हें प्रणाम किया।

"और ये इसके मित्र है, जयंत और ललित जो इसके साथ मुझे ढूँढ़ते-ढूँढ़ते यहाँ तक आ पहुँचे" – वो तीनों मित्र हाथ जोड़े महाराज के सामने खड़े थे।

"आप सभी का हम ह्रदय से धन्यवाद करते हैं, जो भी आपने हमारे नैनीताल के लिए किया है उसके लिए हम आपके उम्र भर ऋिणि रहेंगे। आज का भोज आप सभी हमारे साथ करेंगे, हम आपसे भोज पर मिलते हैं, अभी हमें जाना होगा" - महाराज इतना बोलकर वहाँ से चले गए।

"जो आदेश महाराज" - गिरीश बोले।

राजकुमारी ने खौर और बिणु की तरफ देखते हुए कहा, "आप इनके लिए शाही भोज से पहले शाही पोशाक जल्द से जल्द बनवाएं"।

"आपकी आज्ञा का पालन होगा राजकुमारी जी" - खौर और बिणु ने सिर झुकाते हुआ कहा।

"हम भी आपसे राजभोज पर मिलते हैं" - राजकुमारी इतना कहकर वहाँ से चली गई।

"चलो बेटा, हम भी अपने कमरे में चलते हैं" - गिरीश ने कहा।

"यार राजकुमारी जी क्या लग रही थी" - ललित ने जयंत के कान में कहा। लेकिन उसकी आवाज इतनी तेज थी कि सभी ने सुन लिया।

"चल भाई चल, कमरे में चलते हैं" - गोपाल ने ललित के कंधे पर हाथ रखकर मुस्कुराते हुए कहा।

जयंत हँसने लगा और गिरीश के चेहरे पर भी मुस्कान आ गई।

जल्दी ही गोपाल, ललित, जयंत और गिरीश की नई राजशाही पोशाक उनके कमरे में चार बौनों द्वारा लाई गई। खौर और बिणु ने उन्हें पोशाक पहनने का तरीका समझाया और वहाँ से चले गए।

"क्या बात है! ये पोशाकें तो मुझे महाराजों वाली फील दे रहें है" - ललित की आँखे उन्हें देखकर चमकने लगी।

"अबे महाराजों से कम थोड़ी ना है तू, राजकुमारी ने खुद ये पोशाकों को बनवाने का आदेश दिया था समझा......" - जयंत, गोपाल की तरफ आँख मारते हुए बोला।

"सही बात है और ये भी हो सकता है कि आप तीनों में से महाराज और महारानी को कोई पसंद आ जाए" - गिरीश ने जयंत का इशारा समझ लिया और वो भी संवाद में कूद पड़े।

गोपाल मुस्कुराते हुए उन पोशाकों की तरफ गया, ऊपर की सभी पोशाकें लाल रंग की थी। वे कमीज की तरह थी पर उनसे थोड़ी लम्बी जिसमें बटन कंधों के दोनों तरफ लगे हुए थे। सीने के पास

एक सुनहरा कवच था जिसपर राजचिन्ह बना हुआ था और उसके नीचे 'जलमेव जीवनम' लिखा था। नीचे पहनने के लिए एक सफेद रंग का पैजामा था, जो धोती की तरह दिख रहा था और शानदार चमकते हुए भूरे रंग के चमड़े के जूते।

गोपाल ने पहली पोशाक अपने पिता 'गिरीश' को दी, फिर उसने ललित और जयंत को दी, फिर वह भी अपनी पोशाक को पहनने लगा।

ललित पोशाक पहनते-पहनते बोला, "यार एक बात तो है, यहाँ हमने सबकुछ किया, खजाना ढूँढा फिर गिरीश अंकल को ढूँढा फिर......", जयंत, ललित को बीच में टोकते हुए बोला, "फिर तुझे ढूँढा", ये बात सुनकर सभी जोर से हंसने लगे।

"मैं वो भी बोल ही रहा था, तू थोड़ा सब्र रखा कर समझा" - ललित तमतमाते हुए बोला और शुरू हो गया।

"कहाँ पर था मैं....हाँ....गिरीश अंकल को ढूँढा फिर आप सभी ने मुझे ढूँढा", गोपाल और जयंत फिर हंसने लगे।

"उसके बाद हमने युद्ध की तैयारी की, फिर रोगमल को हराया और अंत में महाराज और महारानी को उनका खोया हुआ राजपाठ वापिस दिलाया।

सभी ललित की बात सुनते-सुनते अपनी-अपनी पोशाके पहन चुके थे।

"हाँ यार.....ललित की बात में दम तो है, हम सभी ने अपनी जान पर खेल कर महाराज और महारानी को उनका राज तो दिलवाया ही है और उस पापी रोगमल को उस अँधेरी गुफा में डलवा दिया जिसका वो हकदार था" - गोपाल ने कहा।

"अब खजाना तो मिलना ही चाहिए हमें, इतनी सारी मेहनत जो करी है और वैसे भी महाराज और महारानी क्या करेंगे इतने सारे खजाने का, उनके पास राज करने को पूरा नैनीताल है" - ललित अपनी पोशाक पहनते हुए बोला।

"हाँ यार से बात तो है, पूरा का पूरा खजाना हमें ही मिलना चाहिए" - अपनी शैतानी मुस्कराहट के साथ जयंत अपने जूते पहनते हुए गोपाल की तरफ देखकर बोला।

"पूरा खजाना चलो ना भी दे लेकिन आधा तो दे हमें, ये तो उनका भी फर्ज बनता है" - ललित ने गंभीरता से सोचते हुए कहा।

"आधे खजाने से क्या होगा तेरा, महाराज को आधा राज्य ही तेरे नाम कर देना चाहिए" - जयंत ने फिर ललित की फिरकी लेते हुए कहा।

फिर सभी हंसने लगे।

जयंत सबसे पहले तैयार हो गया और वो उस पोशाक में योद्धा लग रहा था।

"अच्छा ये सब छोड़ो, कैसा लग रहा हूँ मैं? - जयंत ने पूछा।

"एकदम हीरो" - गोपाल बोला।

"झकास" - ललित बोला।

"बहुत बढ़िया" - गिरीश बोले।

"नहीं यार मुझे राज्य नहीं चाहिए मैं क्या करूँगा राज्य का, मुझे सिर्फ खजाना चाहिए बस" - ललित ने खजाने के प्रति अपने लालच को उजागर करते हुए कहा।

गोपाल उसे जवाब देने ही वाला था कि तभी गिरिश के सामने एक गुलाबी रंग का ताल बनने लगा, उसको देखकर वो रुक गया। उस ताल से राजकुमारी आध्या बाहर आई।

ललित, जयंत और गोपाल उन्हें देखते ही रह गए। गिरीश ने झुककर उन्हें प्रणाम किया।

अब भी वे तीनो बस राजकुमारी को ही देखे जा रहे थे।

उन्होंने सफेद रंग की हीरे-मोतियों से बनी शाही पोशाक पहनी थी और उनके सिर पर हीरों से जड़ा मुकुट उनकी ख़ूबसूरती और बढ़ा रहा था। वे आज कहानियों की राजकुमारी जैसी लग रही थी।

गिरीश ने अपने गले को साफ कर उन्हें इशारा किया लेकिन तीनों ने उनके इस इशारे को नजर अंदाज कर दिया। गिरीश ने फिर दोबारा जोर से अपना गला साफ किया उन्होंने जैसे ही उन्हें देखा वे तीनों एक साथ अपने दाएँ घुटने के बल बैठकर उन्हें प्रणाम करने लगे।

"आप सभी को पोशाकें कैसी लगी? ये आप पर बहुत अच्छी लग रही हैं" - राजकुमारी ने उन्हें देखकर मुस्कुराते हुए पूछा।

"बहुत बढ़िया है राजकुमारी जी" - गिरीश ने कहा।

"जी.....जी.....जी......" - गोपाल, जयंत और ललित, गिरीश के पीछे दोहराते हुए बोले।

"हमने आपके लिए विशेष शाही भोज तैयार करवाया है, आप सभी तैयार हैं तो हमारे साथ चलिए" - राजकुमारी बोली।

सभी तैयार थे सिवाए ललित के।

"बस दो मिनट राजकुमारी जी" - ललित होश में आते हुए बोला और जल्दी-जल्दी पोशाक पहनने लगा। सभी की नजर ललित पर टिकी हुई थी। बड़ी मशक्त के बाद उसने शाही पोशाक पहनी।

"चलिए सभी तैयार है", राजकुमारी ने कहा और अपनी दाहिने हाथ से जमीन की तरफ इशारा किया। राजकुमारी के साथ वो सभी राजभोज के लिए ताल में कूद गए।

*****

अध्याय 26

शाम के सात बजे हुए थे। पूरा राजभवन हर तरह के रंगों की सजावट से सजाया हुआ था। गोपाल, गिरीश, ललित और जयंत, राजकुमारी के साथ वहाँ पहुँचे। सबसे आगे राजकुमारी चल रही थी उनके पीछे बाकी सब। वहाँ पहुंचते ही उन पर फूलों की वर्षा होने लगी थी। चारों तरफ हर्षोउल्लास का माहौल था। सामने एक चौकोर बड़ी-सी मेज खाने के अलग-अलग प्रकार के अनगिनत भोज और पकवानों से सजी हुई थी।

महाराज और महारानी सबसे आगे सामने लगी दो कुर्सी पर बैठे हुए थे, उनके बाएँ की सभी कुर्सियों पर सभी मंत्री और सेना नायक बैठे हुए थे। गिरीश, गोपाल, जयंत और ललित सभी को प्रणाम करते हूए उनके दाएँ तरफ लगी कुर्सियों पर जाकर बैठ गए।

उनके बैठते ही, हर कुर्सी के पीछे खड़े खानसामों ने मेज पर रखी एक बड़ी थाली में अलग-अलग प्रकार के व्यंजनों को परोस दिया। पकवानों को देखकर ललित का मुहँ पानी से भर गया, वो बस

खाना शुरू होने का इन्तजार करने लगा और मन में सोचने लगा कि शुरुआत वो किस व्यंजन के साथ करें।

महाराज ने सभी को देखा और बोले, "आप सभी का राजभोज पर स्वागत है, हम आप लोगों का ज्यादा समय नहीं लेंगे, भोजन प्रारंभ कीजिए।"

इतना कहते ही ललित खाने पर टूट पड़ा और बाकि सभी भी खाना खाने लगे।

खाना इतना सारा था कि किसी से भी अपनी थाली में रखा हुआ खाना खत्म ही नहीं हो रहा था लेकिन ललित पूरी कोशिश में था कि वह पूरी थाली खा जाए।

राजभवन की एक परंपरा थी, भोज करने के बाद महाराज और महारानी किसी से बात नहीं करते थे।

भोज के बाद महाराज और महारानी को सभी ने झुक कर प्रणाम किया और फिर वो तुरंत अपने कक्ष की तरफ चले गए।

राजकुमारी, गोपाल, गिरीश, जयंत और ललित के साथ कुछ आगे तक टहलते हुए आई और बोली, "कल रात्रि 11 बजे आप सभी को खौर और बिणु, माता नैना देवी के मंदिर तक छोड़ कर आएंगे। तब तक आप सभी अपने कक्ष में आराम कीजिए," - राजकुमारी ने कहा।

"जी राजकुमारी जी" - गिरीश ने हाथ जोड़े और सिर झुकाते हुए कहा पीछे-पीछे सभी ने सिर झुकाए।

राजकुमारी ने अपनी दाएँ हाथ की पहली ऊँगली से जमीन पर पानी का ताल बनाया, राजकुमारी को सभी बारी-बारी से शुभ रात्रि कह कर उस ताल में एक-एक कर कूद गए। उस ताल से वे सभी अपने कक्ष में पहुँच गए। और अपने-अपने बिस्तर पर पसर

गए। किसी से भी ज्यादा हिला ढुला नहीं जा रहा था क्योंकि सभी ने खाना ठूस-ठूस कर खाया था।

"आज मैंने कुछ ज्यादा ही खा लिया" - जयंत अपने पेट को सहलाते हुए बोला।

"खाना स्वादिष्ट ही इतना बना था कि मैं भी ज्यादा खा गया" - गोपाल ने चादर को ओढ़ते हुए कहा।

"हाँ महाराज और महारानी ने भोज का आयोजन बहुत अच्छा किया था और भोज भी ऐसा कि क्या कहने" - गिरीश अपने पैरों पर मालिश करते हुए बोले।

परन्तु ललित गुमसुम अपने बिस्तर पर लेटा हुआ ऊपर की तरफ देखते हुए गंभीर सोच में डूबा हुआ था।

गोपाल ने जयंत की तरफ इशारा किया। जयंत, ललित की तरफ देखते हुए बोला, "शायद ललित का पेट भरा नहीं....आज" और फिर सभी हंसने लगे।

"पेट भरने की बात नहीं है यार", ललित उठा और झट से बैठ गया, "महाराज और महारानी ने हमसे कोई बात ही नहीं की और ना ही राजकुमारी ने खजाने के बारे में कुछ कहा और तुम लोग भी कुछ बात नहीं करते खजाने के बारे में" - ललित ने बड़ी ही गंभीरता से कहा।

"हाँ यार इसकी बात में दम तो है, किसी ने कोई जिक्र ही नहीं किया, शायद वो हमें देना ही नहीं चाहते हो" - जयंत लेटे लेटे बोला।

"और कोई उन्हीं की वस्तु को उनसे कैसे माँग सकता है, वो भी खजाना" - गिरीश बोले।

"हद हो गई!! हम पूरा खजाना थोड़ी ना माँग रहे है, पर वे थोड़ा बहुत तो दे ही सकते हैं, जिससे हमारी जिंदगी बदल जाए, क्या

ये कल हम यहाँ से खाली हाथ भेज देंगे?" - ललित चिड़ता हुआ बोला।

गोपाल चुप था, क्यूँकि उसी ने खजाने का बीज ललित के दिमाग में बोया था। उसके ही कहने से तो ललित तैयार हुआ था, वो बोलता भी तो क्या बोलता।

"और ये गोपाल, हमें खजाने के सपने दिखा कर यहाँ ले आया और अब चुप चाप लेटा हुआ है" - ललित, गोपाल की तरफ देखते हुए बोला।

"अबे एक दिन का इन्तजार कर ले क्या पता खजाने के साथ-साथ तेरे हाथ में राजकुमारी का हाथ भी दे दें" - जयंत हँसते हुए बोला।

और कमरे में फिर से ठहाके गूँजने लगे।

"कम से कम एक-एक बोरा तो खजाना देना चाहिए हमें, सिर्फ चार बोरे अब इससे और नीचे नहीं आ सकता मैं, सिर्फ चार बोरे" - ललित अपनी इच्छा बताते हुए बोला।

"चल भाई अब सो जाते हैं, कल देखते हैं क्या मिलता है" - जयंत इतना बोलकर चादर तान कर सो गया।

"अबे सो जा, कल का इन्तजार कर" - गोपाल बोला और फिर वो भी सो गया।

"में भी सो रहा हूँ" - गिरीश ने सभी को कहा और वो भी सो गए।

लेकिन ललित अभी भी खजाने के बारे में ही सोचे जा रहा था। सोचते-सोचते उसे कब नींद आ गई उसे भी पता नहीं चला।

*

अगली रात 11 बजे हुए उस कमरे में हर तरफ अफरा तफरी का माहौल था। सभी अपने कपड़े पहनने में लगे हुए थे जो उन्हें राजमहल से मिले थे। गोपाल और गिरीश सबसे पहले कपड़े पहन कर तैयार हो गए। जयंत और ललित के कपड़ो में थोड़ी दिक्कतें आ रही थी। जयंत के कपड़े थोड़े छोटे हो गए थे और ललित के भी। जयंत कपड़े पहनते हुए बोला, "शायद हमने कुछ ज्यादा ही खा लिया" लेकिन जैसे-तैसे जयंत जोर लगा कर तैयार हो गया।

तभी वहाँ पानी का ताल बना जिसमें से खौर और बिणु निकले।

"आप सभी तैयार हैं? - खौर ने प्रश्न सूचक के साथ पूछा।

सभी के मुहँ से मिला जुला जवाब मिला सिवाए ललित के। वह अभी भी पैजामे को पहनने की भरमार कोशिश कर रहा था। लेकिन वह पैजामा उसकी कमर से टाइट हो रहा था। उसने जैसे ही अपनी पूरी ताकत लगाकर अंतिम कोशिश की अचानक चर...की आवाज आई। कमरे में उपस्तिथ सभी को पता चल चुका था कि ललित ने एक नया कांड कर दिया है।

जयंत ने हँसते हुए गोपाल की तरफ देखा और गोपाल भी अपनी हंसी रोक नहीं पाया और कमरे में जोर-जोर से ठहाके लगने लगे। गिरीश, खौर और बिणु भी हंसी के इस कार्यक्रम में शामिल हो गए।

ललित की समस्या उनके ठहाके नहीं थे उसकी समस्या राजकुमारी आध्या थी अब वो उनके सामने कैसे जाएगा। यही सोचकर वो जितना दुखी था उतने ही गोपाल और जयंत खुश थे।

"देरी मत कीजिए......" - बिणु ने अपनी हँसी पर काबू लाते हुए कहा और पानी का छोटा सा ताल अपने सामने बना दिया।

"चलिए" - खौर हँसते हुए बोला और सबसे पहले कुद गया।

"चल भाई अपनी इज्जत बचा लियो आज" - जयंत ने हँसते हुए गोपाल के कंधे पर हाथ रखा और फिर वो भी उस ताल में कूद गया।

"अरे बेटा मैं तुम्हें एक सुझाव देता हूँ तुम अपने चेहरे पर ऐसा भाव रखो जैसे कुछ हुआ ही नहीं है और आवाज भी इतनी नहीं आई है जिससे तुम्हें परेशान होना चाहिए" - गिरीश ने ललित के पीछे घूम कर देखा, उसका पैजामा पीछे से बीचों-बीच फट चुका था जहां से उसका भूरे रंग का कच्छा साफ़ नजर आ रहा था। लेकिन गिरीश के चेहरे पर ऐसे भाव थे जैसे कुछ हुआ ही नहीं।

"देखा मैंने बोला था ना ज्यादा परेशान होने वाली बात नहीं हैं, चलो मेरे साथ" - गिरीश ललित का होसला बढ़ाते हुए बोले।

ललित का उनकी बातों से थोड़ा मनोबल बढ़ा और वह गिरीश के साथ ताल में कूद गया।

इनके बाद अंत में गोपाल और बिणु भी ताल में कूद गए। ताल से वे सभी सीधे खजाने वाले कमरे में पहुँचे।

सभी खजाने के ऊपर खड़े थे। हर तरफ सोना ही सोना, हीरे-मोतियों से भरे हुए अनगिनत बक्से। वे इस कमरे में अपनी पूरी यात्रा के दौरान अब दूसरी बार आये थे।

"देखा मैंने बोला था ना, महाराज और महारानी हमें ऐसे ही थोड़ी ना जाने देंगे वो कुछ ना कुछ तो हमें देंगे ही" - ललित, गोपाल और जयंत की तरफ देखते हुए बोला।

ललित खजाने को देखकर अपने फटे पैजामे के बारे में सब भूल चूका था। उसकी आँखों में सिर्फ खजाने की चमक थी।

तभी राजकुमारी आध्या छोटे गुलाबी ताल से बाहर आई, वे युद्ध के बाद अब हमेश शाही राजकुमारी पोशाक में रहती थी।

"आपको ले जाने वाली नौका और आपके सभी यंत्र वहाँ सामने है। खौर और बिणु आपको माता नैना देवी के मंदिर तक छोड़कर आएंगे" - राजकुमारी ने कहा।

ललित के चेहरे की मुस्कान धीरे-धीरे कम होने लगी क्योंकि खजाने की बात कोई नहीं कर रहा था। अब उसे लगने लगा कि खजाना उन्हें नहीं मिलेगा, 'खजाना छोड़ो कुछ भी नहीं मिलेगा' वह मन ही मन बड़बड़ाये जा रहा था।

गोपाल, गिरीश और जयंत के चेहरे पर मुस्कान थी और वहाँ से जाने की खुशी भी, लेकिन ललित की सोच की धारा उलटी बह रही थी। उसका चेहरा उतरा हुआ था।

जैसे ही वो सभी नाव की तरफ जाने के लिए बढ़े, तभी अचानक वहाँ सामने एक बड़ा सुनहरे रंग का ताल बनने लगा। पहली बार उन लोगों ने सुनहरे पानी का ताल देखा।

उस ताल के सामने राजकुमारी, खौर और बिणु झुक गए। तभी महाराज और महारानी उस ताल से बाहर आये।

जयंत, गिरीश और गोपाल ने झुक कर उन्हें प्रणाम किया लेकिन ललित का मन नहीं था उसने बस हाथ जोड़े और पीछे मायूस खड़ा रहा।

महाराज के हाथो में एक छोटा लाल और सुनहरे रंग का थैला था जिसपर नैनीताल का राजचिन्ह बना हुआ था।

महाराज सबसे पहले गिरीश के सामने आये उन्होंने उस थैले में हाथ डाला कर एक बड़ा सिक्का गिरीश के हाथों में रखा। वह गोल, सोने का सिक्का करीब 6 इंच चौड़ा व एक इंच मोटा था, वह वजन में भी लगभग एक किलो का लग रहा था। उस सिक्के के एक तरफ नैनीताल का राजचिन्ह था और दूसरे तरफ महाराज की तस्वीर उकेरी हुई थी।

महाराज बारी-से सबके पास आए और उन सबके हाथों में वह सिक्का रख दिया।

"ये हमारे राज्य की तरफ से आप सभी को छोटी सी भेंट है" - महाराज बोले।

"बहुत छोटी कहिए इसे...." - ललित धीरे से बड़बड़ाया।

तभी गोपाल बोला, "शुक्रिया महाराज" और उसके साथ जयंत और गिरीश ने भी शुक्रिया कहा।

"आपकी यात्रा मंगलमय हो" - इतना बोलकर महाराज और महारानी वहाँ से चले गए।

खौर और बिणु पानी की एक बूँद जमीन पर डालते है और वहाँ से उन्हें चलने को कहते हैं। उस पानी के ताल में वे सभी कूद जाते हैं और अगले ही पल वे नैनीताल में माँ नैनादेवी के मंदिर की सीढ़ियों पर पहुँच गए।

रात के ठीक बारह बजकर एक मिनट हो रहा था, चारों तरफ गहरा अँधेरा और बर्फीली ठंडी हवाएँ वैसी ही चल रही थी जैसी उस अमावस्या की पहली रात को चल रही थी।

"आप सभी से मिलकर बहुत अच्छा लगा" - खौर और बिणु ने एक साथ क़हा।

गोपाल ने बिणु को गले से लगाया। सभी ने एक-दूसरे को अलविदा कहा और खौर और बिणु उसी ताल से वापिस चले गए।

गोपाल के पास उसके पिता थे, जयंत के पास युद्ध के किस्से, ललित के पास वो एक सिक्का......

सभी एक दूसरे को देखकर बहुत खुश थे। सभी ने कुछ ना कुछ पाया था, खजाना ना सही पर जो उन्होंने पाया वो खजाने से कम भी नहीं था।

वे चारों वहाँ मंदिर की सीढ़ियों पर बैठ गए।

ललित ने उस सिक्के को अपनी जेब से निकाला और उसे देखने लगा, "यार उस खजाने के सामने ये कुछ भी नहीं लग रहा था लेकिन अभी तो ये काफी बड़ा और भारी लग रहा है", ललित मुस्कुराते हुए बोला।

ललित की बात सुनकर सभी के चहरे पर मुस्कान आ गई।

******

www.ingramcontent.com/pod-product-compliance
Lightning Source LLC
La Vergne TN
LVHW040420051026
849517LV00002B/388

* 9 7 9 8 8 8 7 7 2 3 0 8 2 *